昭明文選 二

黄侃黄焯批校

〔梁〕蕭統 編　〔唐〕李善 注
黄侃 黄焯 校訂

長江出版傳媒
崇文書局

自第六卷以後凡注文间用朱筆圈點或加丨者皆依先唐父原評本過錄其用墨筆圈點者係焯所加
眉評及校字上加朱圈者皆依先隆父本過錄無者係焯所加
丽文圈點用朱筆摘去者係焯所加
據賦末善注㦖字云文此當有張載注三字

文選卷第六

梁昭明太子撰

文林郎守太子右內率府錄事參軍事崇賢館直學士臣李善注上

京都下

魏都賦一首

魏曹操都鄴相州是也太沖賦三都以吳蜀遞相頓折以魏都依制度

左太沖

魏國先生有睟其容乃盱衡而誥曰昪乎交益之士孟子曰君子所性仁義禮智根於心其生色睟然見於面不言而喻趙岐曰睟潤澤貌也眉上曰衡盱舉眉大視也昪異也尚書堯典四岳曰昪哉善曰漢書曰武帝置交州又改梁曰益有益州又曰公盱衡厲色振揚武怒音義曰眉上曰衡謂舉眉揚目也字林曰盱張目也爾雅曰誥告也蓋音有楚夏者土風之乖也善曰孫卿子曰人居楚而楚居夏而

夏非天性也積靡使然也史記曰淮北沛陳汝南南郡此西楚也潁川南陽夏人之居故至今謂之夏人情有險易者習俗之殊也論語曰性相近習相遠也善曰周易曰辭有險易春秋説題辭曰中國之性習俗常操雖則生常固非自得之謂也傳曰習實生常善曰孟子曰使自得之趙岐曰使自得其本善性也昔市南宜僚弄丸而兩家之難解聊爲吾子復翫德音以釋二客競于辯囿者也莊子曰市南宜僚弄丸而兩家之難解又曰公孫龍辯者之徒飾人之心易人之意能勝人之口不能服人之心辯者之囿也善曰毛詩曰德音孔昭夫泰極剖判造化權輿善曰周易曰易有太極是生兩儀史記曰鄒衍稱引天地剖判以來淮南子曰大丈夫無爲與造化逍遥爾雅曰權輿始也劇秦美新序曰權輿天地未祛也班固漢書述曰彰其剖判體兼晝夜理包清濁善曰列子曰昏明之分察故一晝一夜又曰夫有形者生於無形清輕者上爲天濁重者下爲地流而爲江海結而爲山嶽善曰班固終南山賦曰流澤遂而成水停積結而爲山列宿分其野荒裔帶其

衿

隅巖岡潭淵限蠻隔夷峻危之竅也潭淵也屈平卜居曰横江潭而漁善曰漢書曰秦地於天官東井輿鬼之分野楊雄交州箴曰交州荒裔水與天際方言曰竅空也蠻陬子侯夷落譯導而通鳥獸之氓也陬落蠻夷之居處名也一名聚居爲陬善曰廣雅曰落居也杜篤通邊論曰親錄譯導緩步四來論衡曰四夷入諸夏因譯而通說文曰譯傳四夷之語者漢書賈捐之上書曰駱越之人與禽獸無異毛萇詩傳曰氓民也正位居體者以中夏爲喉不以邊垂爲襟衿也易曰正位居體美在其中而暢於四支善曰喉衿以身及衣爲喻也戰國策頓子曰韓天下之喉咽也魏天下之胷腹也李尤函谷關銘曰衿帶咽喉聲類曰衿衣交領也長世字甿者以道德爲藩不以襲險爲屏也善曰左氏傳北宮文子曰有其國家令問長世周書成王曰朕不知字民之道敬問伯父說文曰甿田民也東方朔集曰文帝以道德爲籬以仁義爲藩毛萇詩傳曰藩屏也楊雄城門校尉箴曰盤石唐芒襲險重固毛萇詩傳曰屏蔽也而子大夫之賢者尚弗曾庶翼

宣十二年杜注威儀有等差

侃己之

等威附麗皇極思稟正朔樂率貢職善曰言不曾與衆庶翼戴上者等其威儀而附著於大中之道也國語越王勾踐曰苟聞子大夫之言賈逵曰親而近之故曰子大夫尚書曰庶明厲翼孔安國曰衆庶皆明其教而自勉厲翼戴上命左氏傳宣十二年曰士會曰貴有常尊賤有等威莊子曰附麗不以膠漆王弼周易注曰麗著也尚書曰皇極皇建其有極孔安國曰皇大極中也謂大中之道也又曰稟受也論語比考讖曰正朔所加莫不歸義又撰考讖曰穿胷儋耳莫不貢職漢書曰單于非正朔所加東觀漢記曰百蠻貢職而徒務於詭隨匪人宴安於絕域榮其文身驕其險棘善曰詭隨匪人言詭善隨惡同於匪人又自宴安於其絕域也毛詩曰無縱詭隨以謹無良毛萇曰詭隨詭人之善隨人之惡毛詩曰獨爲匪民左氏傳管仲曰宴安酖毒不可懷也李陵書曰出征絕域漢書曰少康之庶子封於會稽文身斷髮蔡雍樊陵碑曰進路孔夷人情險棘毛萇詩傳曰棘急也繆默語之常倫牽膠言而踰侈飾華離以矜然假倔渠屈彊巨兩而攘臂非醇粹之方壯謀

禮夏

善

踳舛駮於王義孰愈尋靡蓱於中逵造沐猴於棘刺

李尅書曰言語辯聰之説而不度於義者謂之膠言周官曰形方氏掌制邦國之地域而正其封疆無華離之地班固云不變曰醇不雜曰粹莊子曰惠施多方其書五車其道踳駮言惡也楚辭天問曰靡蓱九逵枲華安居韓子曰燕王好微巧衛人曰臣能以棘刺之端爲母猴王悦之養以五乘之奉王曰吾請觀客爲棘刺之母猴衛人曰臣爲棘刺之母猴也人主欲觀之必半歲不入宮不飲酒食肉雨霽日出視之晏陰之間而棘刺之母猴乃可見燕王因養衛人而不能觀母猴鄭人有臺下之冶者謂王曰臣爲削者諸微巧必以削削之所削必大於削今棘刺之端不容削王試觀客之削則能與不能可知也王曰客爲棘刺之母猴何以理之曰以削王曰吾欲觀客之削也客曰臣請取之因逃冶人謂王曰上之無度量言談之士多棘刺之説也義曰周易曰君子或默或語廣雅曰膠欺也鄭玄禮記注曰矜謂自尊大也毛萇詩傳曰然是也漢書伍被曰偪彊江淮閒孟子曰馮婦善搏虎攘臂下車衆皆悦之楚辭曰王色頩以開顔精純粹而始壯華口哇反司馬彪莊子注曰踳讀曰舛舛乖也駮色雜不

善曰刪

同也頫普丁反王逸楚辭注曰寧有莽草蔓衍於九逵之道靡蔓也劒閣雖嶛憑之者蹶
非所以深根固蔕也善曰劒閣蜀境也酈元水經注曰小劒戍去大劒飛閣通衢故謂之劒閣
廣雅曰嶛巢高也力彫反又曰蹶敗也善曰老子曰有國之母可以長久是謂深根固蔕長生久視之道聲類
曰蔕果鼻也洞庭雖濬負之者北非所以愛人治國也善曰洞庭
吴境也史記天起曰三苗氏左洞庭而右彭蠡恃此險也禹滅之毛萇詩傳曰濬深也鄭玄周禮注曰負性恃
也漢書曰義服虔曰師敗曰北南北之北老子曰愛人治國能無知乎彼桑榆之末光踰
長庚之初輝善曰東觀漢記光武曰失之東隅收之桑榆毛詩曰東有啓明西有長庚況河
冀之爽塏苦改與江介之湫子小湄善曰左氏傳齊景公欲更晏子之宅曰子之宅
湫隘囂塵請更諸爽塏楚辭曰長江介之遺風薛君韓詩章句曰介界也毛萇詩傳曰水草交曰湄故將
語子以神州之略赤縣之畿魏都之卓犖呂角六合之樞

畿鄒衍以爲儒者所謂中國者於天下八十一分居一耳中國名赤縣神州赤縣神州內自有九州禹之所叙九州也是以不得爲州數中國外若赤縣神州者九所謂九州者也范雎說秦王曰魏韓中國處而天下之樞也善曰河圖括地象曰崑崙謂東南地方五千里名曰神州帝王居之小雅曰略界也周禮曰方千里曰王畿西都賦曰卓躒諸夏卓犖與卓躒音義同吕氏春秋曰神通乎六合于時運距陽九漢網絶維姦回內熲備兵纏紫微翼翼京室眈眈眈帝宇巢焚原燎變爲煨燼故荆棘旅庭也殷殷寰內繩繩八區鋒鏑縱橫化爲戰場故麋鹿寓城也不飲酒而怒曰熲詩曰內熲于中國漢室之亂起於閹官故曰內熲也紫微宮在南城下于時兵所圍繞光熹元年四月靈帝崩八月大將軍何進入省見大后黃門張讓郭進等斬進進部曲將兵突入尚書閣閉虎賁中郎將袁術等攻閣日暮術等起火燒閣初平元年十二月董卓遷都長安其夜燒洛陽南北宮易曰鳥焚其巢尚書曰若火之燎于原春秋穀梁傳曰寰內諸侯

反凡切皆當作反
此注有誤
煴
傳
鏑

非天子之命不得出會尹更始曰天子以千里爲寰伍
被謂淮南王曰昔伍子胥諫吳王吳王不用乃曰臣今
見麋鹿遊姑蘇臺也臣今見宮中荆棘露沾衣也善曰
春秋保乾圖曰五運七變各以類驚宋衷曰五運五行
用事之運也孔安國尚書傳曰距至也漢書陽九厄曰
初入百六陽九音義曰易傳所謂陽九之厄漢書曰漢
興禁網疏闊管子曰國有四維四維不張則滅王逸楚
辭注曰維紘也尚書曰崇信姦回毛詩曰商邑翼翼漢
書客謂陳涉曰夥涉之爲王沈沈者應劭曰沈沈宮室深
邃之貌沈長含切與耽音義同謝承後漢書曰陽球爲
司隸校尉虎視帝宇廣雅曰煨燼也烏瓌反廣雅曰煨
煙也杜預左氏傳注曰燼火之餘木也似進反毛萇詩
曰殷衆也毛詩曰子孫繩繩兮長楊賦曰洋溢入區言廣大也
說文曰鋒兵端也又曰矢鋒也戰國策曰綴甲厲兵效勝於戰
場

伊洛榛曠。崤函荒蕪。善曰服虔漢書注曰榛木叢生也賈逵國語注曰蕪穢也

臨菑牢落。鄢郢丘墟。善曰漢書齊郡有臨菑縣牢落猶遼落也洞簫賦曰翩連綿以牢落東觀漢記曰第五倫自度仕宦牢落漢書南郡有故鄢縣呂氏春秋燭過曰子胥諫而不聽故吳爲丘墟

而是有魏開國之。

猶。別本　三　民　鈞

曰締構之初萬邑譬焉亦獨犨昌由麋之與子都培塿之與方壺也善曰周易曰開國承家廣雅曰締結也犨麋古之醜人也呂氏春秋曰陳有惡人焉曰敦洽犨麋椎顙廣顙色如漆赭陳侯悅之毛詩曰不見子都子都美大夫也左氏傳曰太叔曰培塿無松柏培步苟反塿路苟反方壺二山名已見上文且魏地者畢昴之所應虞夏之餘人先王之名梓列聖之遺塵考之四隈則八埏延之中測之寒暑則霜露所均卜偃前識而賞其隆吳札聽歌而美其風雖則衰世而盛德形於管絃雖踰千祀而懷舊蘊於遐年詩譜云魏地畢昴之分野虞舜及禹所都之地在禹貢其州雷首之北析城之西周以封同姓其後晉獻公滅之以封大夫畢萬在晉之南河曲故其詩云彼汾一曲寘之河之干隈猶隅也鄒衍曰四隈不靜司馬相如封禪文曰下泝八埏國語曰卜偃云魏大名也以是始賞天啓之矣左傳曰吳公子札來聘使工為之歌魏曰美

文六　五

歌大而婉儉而易行以德輔此則爲明主也善曰毛詩曰惟桑與梓必恭敬止王逸楚辭注曰考校也周禮曰以土圭測日影以求地中日南多暑日北多寒禮記曰日月所照霜露所墜左氏傳史趙曰盛德必百世祀吳越春秋樂師曰君上之德可記之於管絃毛詩序曰懷其舊俗方言曰蘊積也爾其疆域則旁極齊秦結湊冀道開胷殷衛跨躡燕趙山林幽峽烏朗切川澤迴繚恒碣碪礍於青霄河汾浩涆而皓溔南瞻淇澳於六則綠竹純茂北臨漳滏父則冬夏異沼神鉦迢遞於高巒靈響時驚於四表溫泉毖秘涌而自浪華清蕩邪而難老善曰史記蘇秦說魏襄王曰南有鴻溝東有淮頴西有長城北有河外地埋志曰魏觜觽參之分野也自高陵以東河東河内南有陳及汝南之邵陵隱强新汲西華長平頴川舞陽郾許鄢樊陵河南之開封中牟陽武酸棗卷皆魏分也魏武皇帝初封魏公南得河内死郡北得趙國中山常山鉅鹿

安平甘陵東得平原西得東平凡十郡以此爲魏之本國蓋冀州之地恒山北岳也碣石山名也詩云瞻彼淇澳綠竹猗猗漢書溝洫志曰下淇園之竹漳滏二水名經鄴西北滏水熱故曰滏口水有寒有溫故曰冬夏異沼也冀州圖鄴西北鼓山山上有石鼓之形俗言時自鳴劉邵趙都賦曰神鉦發聲俗云石鼓鳴則天下有兵革之事詩云毖彼泉水溫水在廣平都易縣俗以治疾洗百病華清井華水也善曰王逸楚辭注曰湊聚也冀道亦二國名也爾雅曰兩河間曰冀州左氏傳曰江黃道栢方睦於齊杜預曰道國在汝南胷猶前也南都賦曰淯水蕩其胷漢書地理志曰河內本殷舊都周分爲都鄘衛碪碍高貌碪五感反○鄭玄周禮注曰汾水出汾陽縣浩古老切○汧古旦反○上林賦曰灝溔潢漾廣雅曰浩溔大也皓故老反溔餘眇反○山海經曰少山清漳水出焉郭璞曰至武安南入濁漳山海經曰神囷山滏水出焉郭璞曰經鄴西北入漳說文曰泌水駛流也泌與毖同音秘○魚豢典略曰浪井者弗鑿而成○毛詩曰永錫難老

墨井鹽池玄滋素液厥田惟中厥壤惟白原隰畇畇墳衍斥斥或嵬罍力罪而複

陸或爌苦光朗而拓落乾坤交泰而絪縕嘉祥徽顯而豫作是以兆朕振古萌柢疇昔藏氣讖緯閟象竹帛迴時世而淵默應期運而光赫曁聖武之龍飛肇受命而光宅鄭西高陵西伯陽城西有石墨井井深八丈河東猗氏南有鹽池東西六十四里南北七十里尚書禹貢豫州厥土惟白壤厥田惟中中閟閉也詩云閟宮有侐善曰周禮曰辨其墳衍原隰之名鄭玄曰水厓曰墳下平曰衍毛詩曰畇畇原隰以純反斥斥廣大之貌也蒼頡篇曰斥大也磈礧不平之貌磈鳥罪切爍朗光明之貌拓落廣大之貌周易曰天地交泰又曰天地絪縕西京賦曰備致嘉祥文帝荅曹植詔曰所獻詩二篇徽顯成章兆猶機事之先見者也淮南子曰欲與物接而未成朕兆者也許慎曰朕兆也直軫反毛詩曰振古如茲毛萇曰振自也廣雅曰萌始也爾雅曰柢本也丁計反禮記曰余疇昔之夜夢鄭玄曰疇發語聲也說文曰讖驗也河洛所出書曰讖毛萇詩傳曰閟閉也墨子曰以其所書於竹帛傳於後代子孫春秋說題辭曰尚書者所以推期運明命授之際魏志曰太祖武皇帝姓曹諱操爲丞相封魏王文帝

尤云全模吾作謨

受禪追尊曰武皇帝東京賦曰世祖乃龍飛白水毛詩序曰文王受命作周也鄭玄曰受天命而王天下也東京賦曰漢初弗之宅爰初自臻言占其良謀龜謀筮亦既允臧修其郛郭繕其城隍經始之制牢籠百王畫雍豫之居寫八都之宇鑒茅茨於陶唐察卑宮於夏禹古公草創而高門有閌苦浪宣王中興而築室百堵兼聖哲之軌并文質之狀商豐約而折中準當年而爲量思重爻摹大壯覽荀卿采蕭相僝拱木於林衡授全模於梓匠謀龜謀筮猶周公之卜都洛邑也毛詩云爰契我龜又曰卜云其吉終然允臧重爻易爻也大壯易卦名也易曰上古穴居而野處後世聖人易之以宮室上棟下宇以禦風雨蓋取諸大壯謂壯觀也荀卿曰宮室臺榭以避燥濕養德別輕重也非爲夸泰將以明人之大通仁順也春秋左傳曰山林之木衡鹿守之治木器曰梓尚書有梓材之篇也善

云

曰尚書曰謀及卜筮淮南子曰太一者牢籠天地雍西京
也豫東京也西京賦曰取殊裁於八都墨子曰堯舜茅茨
不翦論語子曰禹卑宮室毛詩美古公亶父曰高門有閌
又美宣王曰築室百堵說文曰僝具也饌勉反又曰僝取
也子較切孟子曰梓匠輪輿能與人規遐邇悅豫而子
矩不能使人巧趙岐曰梓匠木工也
來工徒擬議而騁巧闡鉤繩之筌緒承三分之正要
揆日晷考星耀建社稷作清廟築曾宮以迴匝比閣廉
魚檢而無陂造文昌之廣殿極棟宇之弘規巋若崇山崫
起以崔嵬髧徒感若玄雲舒蜺以高垂二分春秋之中者
也詩定之方中作
爲楚宮揆之以日作爲楚室定營室星營室中可以興
土功也陂傾也易曰無平不陂文昌正殿名也蜺龍形
而五色善曰難蜀父老曰遐邇一躰豫或爲務西都賦
序曰衆庶悅豫毛詩曰庶人子來周易曰擬之而後言
議之而後動擬議以成其變化甘泉賦曰王爾投其鈎
繩杜預左傳注銓次也與筌同周禮曰匠人建國晝參

楔振注同
當作楔棖從木
注

諸日中之景夜考之極星以正朝夕鄭玄曰極星北辰
也周禮曰左宗廟右社稷說文曰隒崖也鄭玄禮記注
曰陂傾也周易曰上棟下宇以避風雨嶤高貌也景福
殿賦曰若仰崇山而戴垂雲皃垂貌也淮南子曰玄雲
素朝瓌材巨世埔楚洽塄除立參差枌音汾橑音老複結欒櫨疊施丹
梁虹申以並亘朱桷森布而支離綺井列䟽以懸蔕華蓮
重葩而倒披齊龍首而涌霤時梗概於滮被尤池爾雅曰桷謂之榱善曰西
都賦曰因瓌材而究奇抗應龍之虹梁廣雅曰曲枅謂之欒說
文曰欂櫨柱枅也然欒櫨一也有曲直之殊耳西京賦蔕倒茄
於藻井披紅葩之狎獵又曰䟽龍首以抗殿齊龍首而漏霤
謂畫爲龍首於椽承檐四隅而以爲霤也說文曰霤屋水流
也東京賦曰其梗概如此毛詩曰滮池北流也旅楹閑列暉鑒挾烏浪振榱題黮
䵴階䧯嶙峋長庭砥平鍾虡夾陳風無纖埃雨無微津
詩云旅楹有閑陜中央也振屋宇穩也文昌殿前有鍾
虡其銘曰惟魏四年歲在丙申龍次大火五月丙寅作

享 抵

㯃虡鍾又作無射鍾建安二十一年七月始設鍾簴於文昌殿前所以朝會四方也善曰鄭玄毛詩箋曰旅楹衆也薛君韓詩章句曰閑大也謂閑然大也暉鑒言楹柱光輝遠照抰振也廣雅曰鑒照也聲類曰黰深黑色也直感反黰亦黑也徒對反應劭上林賦注曰楯闌橫也西京賦曰抵鍔嶙峋埤蒼曰嶙峋山崖之貌也毛詩曰風雨攸除墨子曰聖王作爲宮室邊足以御風寒上足以待露巖巖北闕南端逌遵竦峭雙碣方駕比輪西闕延秋東啓長春用覲羣后觀享頤賓文昌殿前值端門端門之前南當南止車門又有東西止車門端門之外東有長春門西有延秋門文昌殿所以朝會賓客享四方善曰德陽殿賦曰朱闕巖巖凡南方正門皆謂之端春秋説題辭曰血書魯端門西京賦曰圓闕竦以造天若雙闕之相望毛萇詩傳曰覲見也尚書曰肆覲羣后周易曰觀頤觀其所養也頤養亦享也故曰觀享頤賓許兩切左則中朝有赩聽政作寢匪樸匪斲去泰去甚木無彫鎪所留土無綈題錦玄化所甄國風所稟中朝內朝也漢氏大司馬侍中散騎

元化自此陶甄下成國風于
是有稾承也

惠

章華

諸吏爲中朝丞相六百石以下爲外朝也文昌殿東有聽政殿内朝所在也晏子曰堯之爲君采椽不斲晏子春秋曰明堂之制下之溼潤不能及也上之寒暑不能入也土事不文木事不鏤示民知節也老子曰去甚去泰爾雅曰鏤鍥也善曰毛萇詩傳曰虒赤貌也尚書曰既勤樸斲孔安國曰樸治斲削也西京賦曰木衣綈錦說文曰綈厚繒也蔡雍陳留太守頌曰玄化洽矣黔首用寧漢書音義如淳曰陶人作瓦器謂之甄吉然反毛詩序曰一國之事繫一人之本謂之風

於前則宣明顯陽順德崇禮重闈洞出鏘鏘濟濟珍樹猗猗奇卉萋萋蕙惠風如薰甘露如醴

聽政殿聽政殿門聽政門前升賢門升賢門左崇禮門崇禮門右順德門三門並南向升賢門前宣明門宣明門前顯陽門顯陽門前有司馬門闈守門也周官闈人守王門爾雅曰宮中之門謂之闈洞達也南比外内東西左右掖門皆洞達相通善曰禮記曰大夫濟濟庶士鏘鏘毛萇詩傳曰猗猗萋萋茂盛貌也音此禮切叶韻東京賦曰惠風横被邊讓章臺賦曰惠風如春施家語舜曰南風之薰兮王肅曰薰風至之貌也論衡曰甘露味如飴蜜王者太平則降鄭玄

周禮注曰醴今甜酒禁臺省中連闥對廊直事所繇典刑所藏藹藹列侍金蜩齊光詰朝陪幄納言有章亞以桂後執法內侍符節謁者典璽儲吏膳夫有官藥劑有司肴醳亦順時腠理則治升賢門內聽政闥向外東入有納言闥尚書臺宣明門內升賢門升賢門外東入有內醫署顯陽門內宣明門門外東入最南有謁者臺閤次中央符節臺閤最北御史臺閤二臺並別西向符節臺東有丞相諸曹善曰魏武集荀欣等曰漢制王所居曰禁中諸公所居曰省中淮南子曰連闥通房人所安也直事若今之當直也蔡邕獨斷曰直事尚書一人典刑周禮六典八刑也建安十八年始置侍中中尚書御史符節謁者金蜩金蟬蔡邕獨斷曰侍中常侍皆冠惠文加貂附蟬左氏傳曰詰朝將見杜預曰詰朝平旦也周禮曰幕人掌幄帝鄭玄曰王所居之帳也尚書舜典曰龍命汝作納言應劭漢書注曰納言如今尚書官王之喉舌也毛詩曰出言有章漢書音義曰柱後以鐵爲柱今法冠是如淳曰御史冠也符節掌璽故云典璽漢有尚符璽謁者受事故〻儲

蓍

吏漢書謁者掌讚受事周禮膳夫上士又曰醫師掌毒藥共醫事鄭玄周禮注曰劑和也又禮記注曰舊醳之酒謂昔酒也呂氏春秋伊尹曰用新去陳腠理遂通高誘曰腠理肌脉也於後則椒鶴文石永巷壼術楸梓木蘭次舍甲乙西南其户成之匪日丹青煥炳特有温室儀形宇宙歷像賢聖圖以百瑞綷以藻詠芒芒終古此焉則鏡有虞作繪茲亦等競近世王者後宮以椒房爲通稱聽政殿後有鳴鶴堂楸梓坊木蘭坊文石室後宮所止也壼宮中巷也術道也鳴鶴堂之前次聽政殿之後東西二坊之中央有温室中有畫像讚尚書咎繇蔦舜曰予欲觀古人之象日月星辰山龍華蟲作繪粉米永巷掖庭之别名善曰列女傳曰姜后待罪永巷周禮曰正宮掌宮中次舍甲乙謂次舍之名以甲乙紀之也毛詩曰築室百堵西南其户又曰不日成之藻詠文藻頌詠也綷子對切芒芒遠貌也楚辭曰長無絶兮終古廣雅曰鑒謂之鏡照也鄭玄論語注曰繪畫也右則踈圃曲池下畹高堂蘭渚莓莓石瀨湯

高 別本校注語

周

銅雀臺 上

湯弱蔆係實。輕葉振芳。奔龜躍魚有睠呂梁馳道周
屈於果下延閣胤宇以經營飛陛方輦而徑西三臺
列峙以崢嶸亢陽臺於陰基擬華山之削成上累棟
而重霤下冰室而沍冥文昌殿西有銅爵園園中有魚池堂皇班固曰畹三十畝也離騷曰
既滋蘭之九畹石瀨湍也水激石間則怒成湍蔆木之細枝
者也楊雄方言曰青齊兖豫之間謂之蔆故傳曰慈母怒子
折蔆而笞之其惠存焉子紅切係古計切莊子曰呂梁懸
水三十仞流沫三十里黿鼉魚鼈之所不能游也漢廄舊有
樂浪所獻果下馬高三尺以駕輦車銅爵園西有三臺中
央有銅爵臺南則金虎臺北則冰井臺有屋一百一間金
虎臺有屋一百九間冰井臺有屋百四十五間上有冰室
三臺與法殿皆閣道相通直行為徑周行為營建安十五
年作銅雀臺山海經曰太華之山削成四方沍堅也春秋
左氏傳曰固陰沍寒善曰楚辭曰坐堂伏檻臨曲池曹植
責躬詩曰夕宿蘭渚左氏傳曰原田莓莓杜預曰若原田之
草莓莓然莓莫來反楚辭曰石瀨兮淺淺說文曰睠察也千例

注

反漢書曰太子不敢絕馳道應劭曰天子道也若今之中道延相連延也淮南子曰延樓棧道魯靈光殿賦注飛陛揭孽方輦言廣也甘泉賦曰似紫宮之崢嶸魯靈光殿賦曰榭而高大謂之陽基在小故曰陰基周軒中天。丹墀臨猋。增構峩峩。清塵彯彯。雲雀踶甍而矯首。壯翼摛鏤於青霄。雷雨窈冥而未半。皦日籠光於綺寮。習步頓以升降。御春服而逍遥。八極可圍於寸眸。萬物可齊於一朝。丹墀以丹與蔣離合用塗地也爾雅曰扶搖謂之猋猋上也風從下升也班固西都賦說鳳闕曰上觚稜而棲金雀凡鳥之栖也羽翼戢弭以令摎古言栖非所覩之形也張衡西京賦曰鳳者羽騫於甍標感愬風而欲翔此鳳之有定有住尚向風而無一方則不冝言愬風也但鳥跱則形定翼住飛則斂足絕據踶則舉羽翻用勢若將飛而尚住故言雲雀踶甍而矯首也踶音提。王吉傳曰進退步趨以實下言人不行則膝脛以下虛弱不實也眸眸子也王襃甘泉賦曰十分未升其一增惶懼而目眩若播岸而臨坑登木末以闚泉楊雄甘泉賦說臺曰鬼魅不能自逮半長途而下顛班固西都賦說臺曰攀井幹而未半目眩轉而意迷舍靈檻而却倚若顛墜而復稽張衡西京賦說臺曰將乍往而未半怵悼慄而竦兢非都盧之輕蹻孰能超而究升此四賢所以說臺榭之體皆危峴悚懼雖輕捷與鬼神由莫得而自逮也非夫王公大人聊以雍容升高彌望得意之謂也異乎老子曰若春升臺之爲樂焉故引習步顛以實下稱八方之究遠適可以圍於徑寸之眸子言其理曠而當情也莊子有齊物之論善曰軒長廊之有牕也列子曰周穆王築臺號中天臺漢典職儀曰以丹漆地故稱丹墀西都賦曰正殿崔嵬魯構七發曰蒙清塵毛萇詩傳曰壯健也摛鏤摛布其彫鏤也說文曰窈窕深遠也冥幽昧也毛詩曰有如皦日西京賦曰交綺豁以踈寮論語曾點曰春服既成毛詩曰於焉逍遥淮南子曰八紘之外乃有八極趙岐孟子章句曰眸目童子也

長途牟首豪徼古弔互經晷漏肅唱明宵有程附以蘭錡魚几宿以禁兵司衛閑邪鉤陳罔驚牟者閣道有說者也霍光傳說昌邑王輦道牟首鼓吹歌舞豪徼道也晷漏漏刻也善曰說文曰晷景故曰晷漏漢書房中歌曰肅倡和聲字書倡亦唱

也

徵賦夏

字也充向反程猶限也程與呈通西京賦曰武庫禁兵設在蘭錡建安二十二年初置衛尉漢書曰衛尉掌宮門衛屯兵周易曰閑邪存其誠樂汁圖曰鉤陳後宮也服虔甘泉注曰紫宮外營鉤陳星於是崇墉濬洫嬰堞帶涘四門䡾䡾魚竭隆廈重起憑太清以混成越埃壒烏害而資始藐藐標危亭亭峻趾臨焦原而不怳誰勁捷而无偲與岡岑而永固非有期乎世祀陽靈停曜於其表陰祇濛霧於其裏墉城也濬深也洫城溝也張衡西京賦曰經城洫堞城上女墻也賈誼曰翟伐衛寇使城堞涘厓也毛詩云夏屋渠渠又曰既成藐藐尸子曰莒國有石焦原者廣尋長五十步臨百仞之谿莒國莫敢近也有勇以見莒子者獨却行齊踵焉所以服莒國也善曰薛綜西京賦注曰䡾䡾高貌也鶡冠子曰上及太清下及太寧老子曰有物混成先天地生西都賦曰軼埃壒之混濁周易曰萬物資始王逸楚辭注曰藐藐遠也說文曰標末也鄭玄禮記注曰危棟上也西京賦曰狀亭亭以

蒲清
贊清同
勳
洪

茗茗說文曰阯基也論語曰慎而无禮則葸猥與葸同思子反陽靈天神也甘泉賦曰齊乎陽靈之宮周禮曰掌地祇之禮也苑以玄武陪以幽林繚了垣開囿觀宇相臨碩果灌叢圍木竦尋篁篠懷風蒲陶結陰回淵灌積水深蒹葭蘋藿胡官蒻弱森丹藕淩波而的皪綠芰泛濤而浸七心潭以心羽翮頡頏鱗介浮沈栖者擇木雊者擇音若咆步交潡勳澥與姑餘常鳴鶴而在陰表清籞勤虞箴思國卹忘從禽樵蘇往而無忌即鹿縱而匪禁玄武苑在鄴城西苑中有魚梁釣臺竹園蒲萄諸果詩曰集于灌木春秋左氏傳曰鳥則擇木又曰鹿死不擇音皆自得之謂也雊者舉雉兎之類不傷其時况其巨者乎楊雄曰勤澥之鳥淮南子曰鵔鶿雞於姑餘易曰鳴鶴在陰其子和之張衡東京賦曰江池清籞虞箴虞人之箴也事見春秋其辭曰芒芒禹跡畫爲九州經啓九道人有寢廟

是衍

獸有茂草各有攸處德用不擾在帝夷羿冒于原獸忘其國恤思其麀牡武不可重是用不恢于夏家獸臣司原敢告僕夫周易曰即鹿無虞往從禽也孟子齊宣王問曰文王之囿方七十里有諸孟子對曰於傳有之曰若是其大乎荅曰民猶以爲小也曰寡人之囿方四十里民猶以爲大何也荅曰文王之囿方七十里芻蕘者往焉雉兎者往焉與民同之民以爲小不亦宜乎臣始至於境問國之大禁然後敢入臣聞郊關之内有囿方四十里殺其麋鹿者如殺人之罪則是四十里爲阱於國中民以爲大不亦宜乎言樵蘇往而無忌即鹿縱而匪禁者蓋同乎周文之德異乎齊宣之意善曰西都賦曰幽林穹谷西京賦曰繚垣緜連周易曰碩果不食莊子曰見巨木其絜百圍孫子曰水深則回說文曰淵回水也毛詩曰有漼者泉文子曰積水成海說文曰贙分別也胡犬反本草曰藕一名水芝爾雅曰荷芙蕖其根藕此文云凌波而的皪即藕爲徧名非唯根矣的皪光明也上林賦曰的皪江靡鄭玄周禮注曰陵芰也說文曰白濤大波也浸潭漸漬也隨波之貌洞簫賦曰玉液浸潭而承其根毛萇詩傳曰飛而上曰頡飛而下曰頏周禮曰川澤宜鱗物墳衍宜介物鄭玄曰鱗魚龍之屬介龜鼈之屬水居陸生者也漢書音義晉灼曰樵取薪也蘇取草也

葉 堰 注

腜腜坰野奕奕菑畝甘荼伊蠢芒種斯阜西門溉其前史起灌其後墱流十二同源異口畜爲屯雲泄爲行雨水澍稉古衡稌徒五陸蒔穋黍黝黝桑柘油油麻紵均田晝疇蕃廬錯列薑芋充茂桃李蔭翳音咽叶韻家安其所而服美自悅邑屋相望武方而隔踰奕世腜腜美也詩云周原腜腜堇荼如飴爾雅曰田一歲曰菑詩云薄言采芑于此菑畝周官曰澤草所生種之芒種鄭司農曰芒種稻麥也今鄴下有十二墱天井傴在城西南分爲十二墱丁鄧切微子麥秀之歌曰黍苗油油漢制列侯公主田無過三十頃者其餘各以官次哀帝時董賢賜田猥多王嘉上疏均田之制從此隳壞疇者界也埒畔際也詩云中田有廬孟子曰五畝之宅樹之以桑故曰蕃廬錯列老子曰甘其食美其服樂其俗安其居鄰里相望雞犬之聲相聞人至老死不相與往來善曰韓詩曰周原腜腜莫來反毛詩曰奕奕梁山維禹甸之賈逵國語曰阜長也

更或作植立

河渠書曰西門豹引漳水溉鄴以富魏之河内漢書曰史起爲鄴令遂引漳水溉鄴人歌之曰鄴有賢令兮爲史公決漳水兮灌鄴旁終古潟鹵兮生稻粱水陸謂高下之田也二渠之利下則澍生稉稌高則植立穋黍也説文曰澍時雨所以澍生萬物者也之樹反方言曰蒔更也郭璞曰謂更種也時吏切爾雅曰黒謂之黝郭璞曰黝黒皃也聲類曰油油麻肥也莊子曰治邑屋曷嘗不法聖人哉謝承後漢書曰王公翁位二千石奕世相襲

内則街衝輻輳朱闕結隅石杠飛梁出控漳渠䟽通溝以濵路羅青槐以蔭塗比滄浪平而可濯方步櫩以占而有踰習習冠蓋華華所巾蒸徒斑白不提行旅讓衢設官分職營處署居夾之以府寺班之以里閭

鄴城内諸街有赤闕黒闕正當東西南北城門最是其通街也石竇橋在宫東其水流入南北里爾雅曰石杠謂之倚郭璞曰石橋音江䟽通也魏武帝時堰漳水在鄴西十里名曰漳渠堰東入鄴城經宫中東出南北二溝夾道東行出城所經石竇者也楚辭曰滄浪之水清可以濯

里

尤云奉常五臣作太常

夏 据上注

吾纓善曰杜預左氏傳注曰衝交道也齒容反文子曰群臣輻湊李尤德陽殿賦曰朱闕巖巖嶻晉灼漢書注曰飛梁浮道之橋小雅曰控引也步欄長廊也楚辭曰曲屋步欄宜擾畜上林賦曰步欄周流長途中宿蔡雍胡億碑曰祁祁我君習習冠蓋毛萇詩傳曰莘莘衆多也禮記曰斑白者不提挈鄭玄曰雜色曰斑家語曰虞芮二國爭田入文王境行者讓路周禮曰設官分職以爲民極小雅曰班次也

其府寺則位副三事官踰六卿奉常之號大理之名厦屋一揆華屏齊榮肅肅階闢重門再扃師尹爰止毗代作楨當司馬門南出道西最北東向相國府第二南行御史大夫府第三少府卿寺道東最北奉常寺次南大農寺出東掖門正東道南西頭太僕卿寺次中尉寺出東掖門宮東北行北城下東入大理寺宮内大社西郎中令府城南有五營魏武帝爲魏王時太常號奉常廷尉號大理建安十八年始置侍中尚書御史符節謁者郎中令太僕大理大農少府中尉二十一年大理鍾繇爲相國始置太常宗正二十二年以軍師華歆爲御史大夫初置衛尉時武帝爲魏王置相國御史大夫故云位副三事

置卿近九故曰官踰六卿善曰毛詩曰三事大夫莫肯夙夜
夏屋已見上注鄭玄禮記注曰畫華也爾雅曰屏謂之樹鄭
玄禮記注曰榮屋翼也爾雅曰兩階間曰鄉許亮反周易曰
重門擊柝說文曰扃門之關也毛詩曰赫赫師尹毛萇曰太
師周之三公也尹氏爲太師毛詩曰天子是
毗又曰王國克生維周之楨毛萇曰楨幹也其閭閻則長壽
吉陽永平思忠亦有戚里寘宮之東閈出長者巷苞
諸公都護之堂殿居綺窻輿騎朝猥蹀㕗其中長壽吉陽永平
思忠四里名也長壽吉陽二里在宮東中當石竇吉陽南入
長壽北入皆貴里都護者將軍曹淵也漢書萬石君傳曰徙
其家長安戚里以姊爲美人故善曰古詩云交疏結綺窻廣
雅曰猥衆也烏罪反聲類曰蹀躡也徒協反說文曰㕗臨也
巳知反營客館以周坊餝賔侶之所集瑋豐樓之閈閎
起建安而首立葺牆幂室房廡雜襲剞居綺劂囷掇
匠斵積習廣成之傳無以疇槀街之邸不能及鄴城南有都亭
東

邸

成

也輟与

三達字改達

城東亦有都道北有大邸起樓門臨道建安中所立也古者重客館故舉年號也春秋左傳曰高其閈閎繕完葺墻以待賓客圬人以時冪館宮室子産曰僑聞文公之爲盟主也宮室卑埤以崇大諸侯之館館如公寢爾雅曰閎巷門也一曰閎門中所從出入也葺覆也圬人塗人也冪墁也館宮室諸侯傳也史記藺相如奉璧西入秦秦舍相如廣城傳善曰説文曰廡堂下周屋也許慎淮南子注曰剞劂曲刀也劂九月反鄭玄論語注曰輟止掇古字通〇張晏漢書注曰疇等也漢書曰郅支首懸槀街蠻夷邸間晉灼曰黃圖在長安城內也

廓三市而開廛籍平逵而九達班列肆以襟帶濟有無之常偏距日中而畢會抗旗亭之嶢薛五結侈所覜之博大周禮大市日昊而市朝市朝時而市夕市日夕而市此三市之謂也逵已見上章傳曰逵市在逵之上易曰日中爲市致天下之人聚天下之貨交易而退各得其所善曰有無謂貨物之多少也二者常偏此能濟之也孟子曰古之爲市也以其所有易其所無西京賦注曰旗亭市樓也嶢嶭高峻之

材

尤云馴風五臣作馴跂

漢書及貨殖傳均無此文

貌爾雅曰覞視也他吊反百隧轂擊連軫萬貫憑軾捶馬袖幕紛半。壹八方而混同極風采之異觀質劑子遺平而交易刀布貿而無筭軾車橫覆膝人所憑也周官曰聽賣買以質劑又曰以質劑結信而止訟鄭玄曰質劑謂兩書一札而別之也若今下手書保物要還矣質大賈也劑小賈也刀布錢刀之謂荀卿書曰省刀布之斂善曰西京賦曰俯察百隧史記蘇秦曰臨菑之塗車轂擊人肩摩連衽成帷舉袂成幕左傳曰楚子玉謂晉侯曰君憑軾而觀之說文曰捶擊也河圖龍文曰八方歸德淮南子曰采俗者所以一羣生之短脩明九夷之風采高誘曰風俗采事也。賄以工化賄以商通難得之貨此則弗容器周用而長務。物背窳而就攻。不鬻邪而豫賈。古著馴風之醇醲。周官曰百工飭貨八材商賈阜通貨賄漢書貨殖傳曰桓文之後禮義大壞上下相冒於是商通難得之貨工作無用之器攻者堅也詩曰我車既攻通物曰商居賣曰賈禮記王制曰器用不中度不鬻於市布帛精麤不中數幅廣狹不中量

尚書偽孔傳云致所慎者財貨貢賦言取之有節不過度

不粥於市姦色亂正色不粥於市禽獸魚鱉不中殺不粥於市此皆不粥邪之義史記曰子產治鄭不粥賈周官曰平肆展成鄭玄曰展整也成平也市者使定物賈防誑豫也善曰廣雅曰財貨也財與材古字通爾雅曰賄財也廣雅曰長常也言常習之史記曰舜居河濵器不苦窳晉灼曰窳病也餘乳反淮南子曰黃帝治天下市不豫賈周易曰馴致其道仲長子昌言曰淑清穆和之風既宣醇醲之化既浹孔安國尚書傳曰醇粹也說文曰醲厚酒也女龍切優渥然以酒之醲以喻政厚也

白藏平之藏去富有無隄同賑大內控引世資賨幏積墆琛幣充牣仞關石之所和鈞財賦之所底慎燕弧盈庫而委勁兾馬填廄救而駔駿

白藏庫在西城下有屋一百七十四間爾雅曰秋爲白藏因以爲名也大內京邑都內寶藏也漢書淮南王安上䟽曰越人貢財之奉不輸大內食貨志曰或墆財百夏書曰關石和鈞王府則有此夏之逸書禹貢曰庶土交正底慎財賦咸則三壤鄰城西下有乘黃廄燕幽州也弧弓也爾雅曰北方之美者有幽都之筋角焉春秋左傳曰兾之北土馬之所生善曰周

士

易曰富有之謂大業漢書東方朔曰不足以危無隄之輿蘇林曰隄限也爾雅曰賑富也風俗通曰槃瓠之後輸布一匹二丈是謂賨布廩君之巴氏出幏布八丈賨在宗反幏音稼○墆音滯○賈逵國語注曰闢通也鄭玄儀禮注曰和調也孔安國尚書傳曰金鐵曰石供民器用通之使和平子虛賦曰充仞其中說文曰駔壯馬也子朗反

至乎勍敵糾紛庶士罔寧聖武興言將曜威靈介冑重襲旍旗躍莖弓珧以焦解檠巨景矛鋋飄英三屬之甲縵莫韓胡之纓控絃簡發妙擬更平嬴

建安十九年五月立魏公位諸侯王上赤紱遠遊冠二十一年進爵為王二十二年得設天子旍旗出警入蹕賜朱冠冕十二旒金根車駕六馬建太常設五時副車爾雅曰弓以蜃者謂之珧蜃骨也檠弓柙也詩云二矛重英漢書刑法志曰魏氏武卒衣三屬之甲趙惠文王好劒劒士夾門而客者三千人趙太子悝謂莊周曰吾王所見劒士皆蓬頭突鬢垂冠縵胡之纓短後之衣瞋目而語難者王乃悅之戰國策更嬴謂魏王曰臣能虛發而下鴈魏王曰然則射可至於此乎更嬴

漫 注同

別本作咻舊音休

嘯當作輷〻从旬

祲威盛威也〻

曰可有鴈從南方來更羸虛發而鴈下善曰左氏傳曰子魚曰勍敵之人隘而不成列杜預曰勍强也尚書曰庶士交正毛詩曰庶士有揭又曰興言出宿長楊賦曰以露威靈金匱曰良弓非勍檠不張說文曰鋋小矛史記曰冒頓自立爲單于控弦之士三十萬班固漢書李廣述曰控弦貫石威動北鄰爾雅曰簡擇也謂擇處而發也齊被練而銛息廉戈襲偏裂以讃會列畢出征而中律執奇正以四伐碩畫精通目無匪制推鋒積紀鎧氣彌銳三接三捷既晝亦月剋翦方命吞滅咆白交烋虛交雲撤叛換席卷虔劉祲子鵂威八紘荒阻率由洗兵海島刷馬江洲振旅輷輷反旆悠悠凱歸同飲跣爵普疇朝無刓五官印國無費留春秋左傳曰被練三千馬融曰練爲甲裘史記蘇代曰强弩在前銛戈在後司馬法曰師多則讃孫武曰奇正還相生若環之無端莊子曰庖丁爲文惠君屠牛手之所觸莫不中音合於桑林之舞文君曰善哉技庖丁對曰

黜　琮

臣好者道進乎技矣臣始解牛時所見無非牛者三年之後未
嘗見全牛也今臣以神遇而不以目視也良庖歲更刀割也族
庖月更刀折也今臣刀十九年矣所解數千牛也而刀刃若新
發於硎若彼節者有間而刀刃者無厚以無厚入有間恢乎其
於遊刃必有餘地矣文君曰善吾聞丁之言得養生焉一紀十
二年推鋒積紀謂魏武帝從初平元年起兵至建安二十五年
軍無不尅抑亦庖丁用刀十九年之義也孫武曰避其鋭氣謂
鋭氣之利甚於鋒刃也易曰晉康侯用錫馬蕃庶晝日三接詩
云一月三捷旣晝亦月者蓋取其頻繁之數或日或月也方
命放棄王命也尚書曰咈哉方命尅翦方命者謂始起兵誅
董卓之首亂漢室也咆烋猶咆哮也自矜健之貌也詩云咆
烋于中國吞滅咆烋者尅黜韓暹楊奉之專用王命也叛換
猶恣睢也漢書曰項氏叛換雲撤換叛者謂討破袁紹猶勝
項羽也虔劉殺也春秋左傳呂相絶秦曰虔劉我邊陲卷
虔劉者謂擒呂布於徐州尅袁術於揚州平韓約馬超於雍
州降劉表於荆州之屬也禓威八紘荒阻率由者謂北羈單于
于白屋東懷孫權於吳會西攝劉備於巴蜀也刷小嘗也司馬
相如梨賦曰唰嗽其漿史記蘇秦曰輷輷殷殷若三軍之衆
穀梁傳曰入曰振旅兵事以嚴終也春秋左傳曰凡公行告
於宗廟反行飲至漢書曰䟽爵而貴之䟽爵普疇疇其爵邑

者刓印印角刓也韓信傳曰項王有功當封爵印刓忍不能
與孫子兵法曰戰勝而不脩其賞者凶命曰費留善曰國語
曰公使申生伐東山韋昭注曰東山臯落氏也衣之偏裻之衣
韋昭注曰裻在中左右異故曰偏裻音督說文曰讀列中止
也然讀列或止或列周易曰師出以律漢書楊雄上䟽曰石
畫之臣甚衆史記曰秦穆公與晉惠公戰於韓地秦人見穆
公窘亦皆推鋒爭死尚書曰方命圮族春秋感精符曰楚圖
宋更相吞滅春秋推誠圖曰諸侯氷散席卷各爭恣妄西都
賦曰寖威盛容淮南子曰入澤之外乃有八紘尚書曰率由
典常以藩王室魏武兵接要曰大將將行雨濡衣冠是謂洗
兵㓘猶飲也所劣切劉劭七華曰漱馬河源遊目崑崙蒼頡
篇曰輷輷衆車聲也呼萌切今爲輷字音田毛詩曰悠悠旆
旌魏武孫子注曰賞不以時但留費也 喪亂既弭而能宴武人歸獸而去戰蕭斧
戢柯以柙刃虹旌攝麾以就卷斟洪範酌典憲觀所恒通其變
上垂拱而司契下緣督而自勸道來斯貴利往則賤囹圄寂
寥京庾流衍 尚書曰往伐歸獸桓譚新論雍門周說孟嘗君曰以強秦之勢伐弱燕譬猶礳蕭斧以伐朝菌也馬融廣成頌曰建

東

王元長三月三日曲水詩序注引旌作旍

沈休文齊故安陸昭王碑文注引作寂寞

周上有挽

術ミ

雄虹之長於洪範箕子陳政術之篇也易曰觀其所恒而天地萬物之情可見矣又曰通其變使人不倦老子曰聖人執左契而不責於人有德司契無德司徹善曰毛詩曰喪亂既平周公攝政弘化弭亂司馬法曰以戰去戰雖戰可也押胡甲反尚書曰垂拱而天下治莊子曰緣督以爲經可以保身可以全生司馬彪曰緣順也督中也順守道中以爲常也禮記曰仲春省囹圄文子曰法寬刑緩囹圄空虚毛詩曰曾孫之庾如坻如京鄭玄曰庾露積穀也

於時東鯷即序西傾順軌荆南懷憓惠朔北思韙偉緜緜迥塗驟山驟水襁負賫贄重譯貢篚髽首之豪鐻耳之傑服其荒服斂衽而審魏闕置酒文昌高張宿設其夜未遽庭燎晣晣有客祁祁載華載裔入聲協韻岌岌冠縰所綺纍纍辮髮清酤戶如濟濁醪如河凍醴流澌温酎躍波豐肴衍衍行庖皤皤愔愔醧一據讌酣湑無譁呼瓜反地理志曰會

馬斠薛君韓詩章句以爲章句中語

分

稽海外有東鯷人分爲二十餘國以歲時獻見尚書禹貢曰織皮西傾因桓是來織皮西戎國也司馬相如封禪書曰義征不憓淮南子曰三苗髽首書賮禮贄也周官曰九州之外謂之藩國世一見各以其所貴寶爲贄孟子曰將有遠行行者必以賮蒼頡篇曰賮財貨也建安二十一年匈奴南單于呼韓厨泉將其名王大人來朝待以客禮張衡南都賦曰九醞甘醴十旬兼清蘇秦曰齊有清濟濁河楚辭小招魂曰挫糟凍飲酎清涼王逸曰凍冷也酎三重釀醇酒也韓詩云賓爾籩豆飲酒之醧能者飲不能者已謂之醧許氏曰醧酒美也善曰尚書曰西戎即序尸子曰荆者非無東西也而謂之南其南者多也杜預左氏傳注曰踶是也論語曰襁負其子博物志曰織縷爲之以約小兒於背上尚書曰厥貢漆絲厥篚織文山海經曰青要之山䰠武羅司之穿耳以鐻郭璞曰鐻金銀之器名䰠音神鐻音渠漢書曰高張四縣晉灼曰樂四縣也周禮曰凡樂事宿縣毛詩曰夜未央鄭玄曰未渠央也毛詩曰庭燎晣晣又曰采繁祁祁楚辭曰高余冠之岌岌鄭玄禮記注曰纚今之幘也纚與縰同漢書曰諸侯纍纍從楚又終軍曰解辮髮削左衽毛詩曰旣載清酤說文曰澌流氷也周易曰鴻漸于磐飲食衎衎王肅曰衎衎寬饒之貌也皤皤豐多貌也韓詩曰愔愔夜飲

萇

二字有漢當作英莖

英

尤云冒六莖五且多五英二字

薛君曰愔愔和悅之貌也孔安國尚書傳曰樂酒曰酣毛詩曰迨我暇矣飲此湑矣毛詩曰湑莤也鄭玄曰沛莤之也一曰湑樂也嘔乙據反延廣樂奏九成冠韶夏冒六莖僣響起疑震霆天宇駭地廬驚憶若大帝之所興作二嬴之所曾聆善曰賈逵國語注曰延陳也尚書曰簫韶九成鳳凰來儀樂動聲儀曰帝嚳樂曰六英帝顓頊曰五莖舜曰大韶禹曰大夏宋衷曰六英能爲天地四時六合也五莖能爲五行之道立根本也漢書曰顓頊作六莖夏大承二帝也韶繼堯也僣與曹古字通西京賦曰大帝說秦穆公而覲之饗以鈞天廣樂史記曰趙簡子病扁鵲視之曰昔秦穆公嘗如此七日而寤寤之日告公孫支曰我之帝所甚樂帝告我晉國且大亂今主君之疾與之同二日簡子寤曰我之帝所甚樂與百神遊於鈞天廣樂九奏萬舞不類三代之樂又曰趙氏之先與秦同祖然則秦趙同姓故曰二嬴也博雅曰聆聽也金石絲竹之恒韻匏土革木之常調干戚羽旄之飾好去清謳微吟之要妙世業之所日用耳目之

菁读缩

尤本闓覺五臣作開覺

所聞覺雜糅紛錯兼該泛博鞮鞻所掌之音韎邁昧又廿六任而金禁金之曲以娛四夷之君以睦八荒之俗鞮鞻周掌樂官名也周官鞮鞻氏掌四夷之樂與其聲歌韓詩內傳曰王者舞六代之樂舞四夷之樂大德廣之所及善曰周禮曰播之以八音金石土革絲木匏竹禮記注曰干戚羽旄謂之樂鄭玄曰干盾也戚斧也武舞所執羽翟羽也旄旄牛尾文舞所執魏文帝樂府曰短歌微吟不能長孔叢子曰卌業不替周易曰百姓日用而不知鄭玄周禮注曰鞮鞻四夷舞者扉也鞮都泥反鞻俱具反毛萇詩傳曰東夷之樂曰韎孝經鉤命決曰東夷曰昧南夷曰任西夷之樂曰株離北夷之樂曰禁然韎昧皆東夷之樂而重用之疑悞也甘泉賦曰入荒協兮萬國諧旣苗旣狩爰遊爰豫藉田以禮動大閱以義舉去聲備法駕理秋御顯文武之壯觀邁梁騶之所著夏獵曰苗冬獵曰狩建安二十一年三月魏武帝親耕藉田于鄴城東建安二十二年十月甲午治兵上親執金鼓以詔進退大閱講武也魯詩傳

曰古有梁騶梁騶天子獵之田曲也善曰孟子夏諺曰吾王不遊吾何以休吾王不豫吾何以助一遊一豫爲諸侯度禮記曰天子爲藉田千畝公羊傳曰大閱者何簡車馬也蔡邕獨斷曰天子有法駕莊子曰尹需學御三年而無所得夜夢受秋駕於其師明日往朝其師其師望而謂之曰吾非獨愛道也恐子之未可與也今將教子以秋駕司馬彪曰秋駕法駕也史記曰此天下之壯觀也

林不槎枿澤不伐天斧斨以時畱思以道德連木理仁挺芝草皓獸爲之育藪丹魚爲之生沼奮雲翔龍澤馬于阜山圖其石川形其寶莫黑匪烏三趾而來儀莫赤匪狐九尾而自擾嘉頴離合以蕣蕣醴泉涌流而浩浩顯禎祥以曲成固觸物而兼造蓋亦明靈之所酬酢休徵之所偉兆草木未成曰天斨方銎斧也詩曰取彼斧斨以伐遠揚延康元年木連理芝草生於樂平郡白鹿白麞見於郡國赤魚見於太原郡黃初元年十一月黃龍髙四五丈出雲中張口正赤奮雲者外赤內青也楊雄太玄經曰紫霓奮雲澤馬見於上黨郡瑞石靈圖出於張掖之柳谷始見於建安形成於黃初文備於大和周圍七尋中

此注有误

小注

舊音

髙一仭旁厚一里蒼質素章龍馬鳳凰仙人之象粲然盛著是以有魏詩雲烏之書黄初二年醴泉出河内郡玉璧一枚延康元年三足烏九尾狐見於郡國嘉禾生醴泉出易曰顯道而神德行是故可與酬酢可與佑神矣賔主俱飲主人先舉名曰酬客酌主人酒名曰酢酢者報也行道德守神明而祥瑞皆至此蓋明靈感應之理其與人事交報之義也故曰盖亦明靈酬酢也菩曰國語里革曰山不槎蘖澤不伐夭槎士雅切栟五割切夭烏老切浙七羊切爵子能切文子曰鷹隼未擊羅罔不得張谷草木未落斤斧不得入山林孝經援神契曰德至草木則木連理古瑞命記曰王者慈仁則芝草生說文曰亍丁步也丑赤反毛詩曰莫亦匪狐莫黑匪烏尚書曰鳳凰來儀應劭漢書曰擾音擾馴也說文曰穎穗也蕣茂盛貌子本切蒼頡篇曰禎善也周易曰曲成萬物而不遺尚書有休徵孔安國曰序美行之驗也說文曰偉大也

旼旼率土遷善罔匱沐浴福應宅心醰徒南粹餘糧栖畝而弗收頌聲載路而洋溢河洛開奧符命用出翩翩黄鳥銜書來訊叶韻與音悉人謀所尊鬼謀所秩劉宗委馭巽其神器闚玉策於金縢案圖錄於石室考歷數之所在察五德之所莅量卑寸

此注有誤

宅心知訓康誥文

爲讎作

旬消吉日陟中壇即帝位改正朔易服色繼絶世脩廢職徽幟以變器械以革顯仁翌明藏用玄默菲言厚行陶化染學讎校篆籀篇章畢覿優賢著於揚歷匪孽形於親戚河洛開奥

河出圖洛出書也黄初元年黄鳥銜丹書書見河尚臺易曰人謀鬼謀百姓與能玉策玉牒也尚書曰納策于金縢縢緘也楊雄遺劉歆書曰得觀書於石室莅臨也詩曰方叔莅止司馬法曰明不寶咫尺之玉而愛寸陰之旬旬時也禮記曰聖人南面而治天下改正朔易服色殊徽號異器械易曰顯諸仁藏諸用讎校所爲讎校者也魏文帝好書作皇覽諸文章辭藻多奏御故曰讎校尚書盤庚曰優賢揚歷歷試也善曰封禪書曰旼旼穆穆周易曰君子見善則遷有過必改史記太史公曰成王作頌沐浴膏澤尚書曰宅山阜偎積醲美也廣雅曰粹純也淮南子曰昔容成之時置餘糧於畝首蔡雍胡廣碑曰餘糧棲于畝畝公羊傳曰古者什一而籍而頌聲作矣毛詩曰厥聲載路毛萇曰路大也七略曰鄒子有終始五德從所不勝木德繼之金德次之火德次之水德次之魏志曰文帝諱丕字子桓武帝太子爲魏王漢帝以衆望在魏遂禪位乃爲壇於繁陽王升壇即阼改元爲黄初尚書曰將遜于位遜與巽同消擇也古玄切淮南子曰君人之道儼然玄默馬融論語注曰菲薄也論語曰君子薄於言而厚於行風俗通曰案劉向別録讎校一人讀書校其上下得繆誤爲校一人持本一人讀書若怨家相對漢書音義曰周宣王太史大篆

文六　二十二

也籀音胄漢書晁錯曰今陛下不孽諸侯應劭曰接之以禮不以庶孽畜之也本枝別幹蕃屏皇家勇若任城才若東阿抗旍則威噞秋霜摛翰則華縱春葩英喆知列雄豪佐命帝室相兼二八將猛四七赫赫震震開務有謐故令斯民覩泰階之平可比屋而爲建安二十三年代郡烏丸反魏武帝以鄢陵侯彰爲北中郎將行驍騎將軍入涿郡界叛胡數千騎卒至彰唯有步卒千人騎數百疋身自搏戰追胡大破之斬首五千餘級二八者八元八凱也四七者漢光武二十八將也黃帝泰階六符經曰泰階者天之三階也上階上星爲天子下星爲女主中階上星爲諸侯三公下星爲卿大夫下階上星爲元士下星爲庶人三階平則陰陽和風雨時歲大登民人息天下平足謂太平善曰毛詩曰本支百世說文曰幹本也左氏傳富辰曰封建懿親以蕃屏周蔡邕述行賦曰皇家赫而天居彰後爲任城王植爲東阿王漢書終軍曰驃騎抗旌昆耶左衽唫噤猶猛也魚瞻反荀悅申鑒曰人士怒如秋霜荅賓戲曰摛藻如春華易乾鑿度曰代者赤兌黃佐命應劭漢官儀曰帝室猶古言王室毛詩曰赫赫師尹周易曰夫易開物成務爾雅曰謐靜也音密尚書大傳曰周人可比屋而封笄祀有紀天祿有終傳業禪祚高謝萬邦皇

允云皇恩五臣作皇情

依朱珔說乙

恩綽矣帝德沖矣讓其天下臣至公矣榮操行之獨得
超百王之庸庸追亘卷領與結繩睠留重華而比蹤尊
盧赫胥羲農有能雖自以爲道洪化以爲隆世篤玄
同奚遽不能與之踵武而齊其風淮南子曰古者有督而卷領以王天下其
爲德生而不殺莊周曰昔者軒轅氏赫胥氏尊盧氏虙戲神農氏當是時人結繩而用之若此之時則至治也
黄帝一號有熊氏踵繼也武迹也楚辭曰及前王踵之武善曰幽通賦曰旦筭祀于契龜音義曰筭數也尚書
曰天禄永終王逸楚辭注曰謝去也西京賦曰皇恩溥尚書曰帝德廣運老子曰大滿若沖字書曰沖虛也魏志
曰陳留王奐即皇帝位後禪位于晋嗣王魏世譜曰魏封帝爲陳留王臣至公謂帝爲臣於晋至公之道也仲
長子昌言曰人主臨之以至公司馬相如弔二世文曰操行之不得班固曰漢承百王之弊馮衍顯志賦曰非
庸庸之所識庸謂凡常無奇異也史記曰舜字重華高誘淮南子注曰隆盛也老子曰知者不言言者不知是

于漢書作于法同

謂玄同韓子曰雖厚愛之奚遽不亂是故料聊其建國析其法度諮其考室議其舉厝復之而無斁申之而有裕非䟽糲魯葛之士所能精非鄙俚之言所能具毛詩序云斯干宣王考室也䟽糲麤也韓非曰糲糧之飲黎藿之羹斁猒也漢書司馬遷傳曰質而不俚俚鄙也善曰說文曰析量也爾雅曰諮謀也陳琳檄吴將校曰豈輕舉厝也哉毛詩曰無斁於人斯又曰綽綽有裕至於山川之倬詭物產之魁殊或名奇而見稱或實異而可書生生之所常厚洵美之所不瑜其中則有鴛鴦交谷虎澗龍山掘鯉之淀蓋節之淵𤞞𤞞精衛銜木償怨冤常山平干鉅鹿河間列真非一往往出焉昌容練色犢配眉連玄俗無影木羽偶仙琴高沈水而不濡時乘赤鯉而周旋師門使火以

涉 化爲 世

驗衛故將去而林燔

老子曰人之輕死以其生生之厚也謂適生生之情以自厚也鴛鴦水在南和縣西交谷水在鄴南虎澗在鄴西南龍山在廣平沙縣掘鯉淀在河間莫縣之西淀者如淵而淺也蓋節淵在平原鬲縣北山海經曰發鳩之山有鳥狀如烏文首白喙赤足名曰精衛赤帝之女名曰女娃女娃遊於海溺而不反精衛常取西山之木石以堙東海焉列真謂列仙也列仙傳昌容者常山道人也自稱殷王女食蓬累根二百餘年而顔色如年二十人故曰鍊色犢子者鄴人也時壯時老時好時醜乃知其仙人也陽都女者生而連眉耳細而長衆以爲異俗皆言此天人也會犢子來過都女都女悦之遂留相奉待出門共牽犢耳而走莫能追之玄俗者自言河間人也餌巴豆雲英賣藥於市七丸一錢治百病王病瘕服藥用下蛇十餘頭王家老舍人自言父世見俗俗形無影王呼俗著日中實無影河間故趙也文帝三年以爲國木羽者鉅鹿南和人也母貧賤常助産婦兒生自下視母母大怖暮夢見大冠赤幘守兒言此兒司命君也當報汝恩使子與木羽俱仙母陰信識之後兒生字之爲木羽兒至年十五夜有車馬來迎之呼木羽木羽爲我御來遂俱

翄

去琴高者趙人也浮遊冀州二百餘年後辭入碭水中取龍子與諸弟子期期日皆絜齊待於傍設屋祠果乘赤鯉來出坐祠中留一月復入水去師門者嘯父弟子亦能使火為孔甲龍師孔甲不能修其心意殺而埋之外野一旦風雨迎之訖則山木皆燔孔甲祠而禱之未還而道死嘯父冀州人也在曲周市上曲周屬廣平郡漢武帝征和二年嘗為平干國故曰常山平干也師門者木嘯父弟子故附冀州善曰廣雅曰倬絕也薛綜西京賦注曰詭異也王逸楚辭注曰瀸大也鄭玄周禮注曰生猶養也劉瓛周易義曰自無出有曰生毛詩曰洵美且仁鄭玄曰洵信也毛詩曰舍命不渝毛萇曰渝變也浣音殿說文曰翄亦翅字翼翅也叔鼓切今音祇翄飛貌馮衍爵銘曰壽配列真劉歆移曰天下衆書往往頗出左傳太史魁曰奉以周旋

易陽壯容衛之稚質邯鄲躧步趙之鳴琴真定之梨故安之栗醇酎中山流湎千日淇洹之筍信都之棗雍丘之粱清流之稻錦繡襄邑羅綺朝歌緜纊房子縑總清河若此

桓

之屬繁富夥禍夠古侯非可單究是以抑而未罄也枚乘兔園

賦曰易陽之容淮南子曰蔡之幼女衛之稚質史遷記曰趙中山鼓鳴瑟跕躧真定屬中山郡出御黎故安屬范陽出御栗揚雄幽州箴曰蕩蕩幽州惟冀之別禹貢無幽州故安今見屬中山郡中山出好酎酒其俗傳云昔有人曰玄石者從中山酒家酤酒酒家與之千日之酒語其節度比歸數百里可至於醉如其言飲之至家而醉其家不知其醉以爲死也棺斂而葬之中山酒家計向千日意曰玄石前來酤酒其醉向解也遂往問其鄰人曰玄石死來三年服已闋矣於是與其家至玄石冢上掘而開其棺玄石於是醉始解起於棺中其俗語曰玄石飲酒一醉千日信都屬安平出御棗雍丘屬陳留也地理志曰魏參之分野南有陳留梱娀曰雍丘之糧清流鄴西出御稻襄邑屬陳留舊有服官中都賦曰朝歌羅綺又房子出御緜清河出縑總清河一名甘陵也善曰漢書音義臣瓚曰跕爲躧跕都牒反躧所解反薛君韓詩章句曰均衆謂之流閑門不出容謂之湎淇園已見上文杜預左氏傳注曰水出洹汲郡汲即衛地也洹或爲園洹音垣孔安國尚書傳曰纊細緜廣雅曰總絹也

當作顯

廣雅曰嚮多也古侯切蓋比物以錯辭述清都之閑麗雖選言以
簡章徒九復而遺旨覽大易與春秋判殊隱而一致未
上林之嘖墻本前脩以作系胡計切逸詩九變復貫知言之選擇求比物謂屬變
而還復舊貫則知言之選擇求比物錯辭物上之敘也
屈原遠遊曰造句始觀清都言雖選言簡章徒至九復
而猶遺其精旨也春秋推見至隱易本隱以之顯所
言雖殊其合德一也故曰末上林之嘖墻本前脩以作
系也前脩謂前賢也離騷攬吾法夫前脩司馬相如上
林賦曰頽墻填壍使山澤之人得至楊雄羽獵賦後曰
放雉兔收罝罘與百姓共之亂者理也傳曰有亂臣十
人此皆二賦以其後居正之義理其前過甚之事也張
衡東京賦曰相如壯上林之觀楊雄騁羽獵之辞雖系
以嘖墻填壍亂以收其罝罘卒無補於風規盖易有系
辭之義而以本於前脩以爲系脩之意也系者脩也且
易之系述而辦至於相如初壯上林之蘙後說嘖墻之
事首尾相剿非本系辭而流也而張衡云系以嘖墻謂
爲系辭同音於義有未安焉諸文賦之後亂者與本絕

此下皆前脩也
本作說
謂之

於嘖墻收罝罘雖不與本文絶義張氏同諸系辭之別可知也善曰韓子曰連類比物列子曰周穆王暨及化人之宮王以爲清都紫微班固漢書司馬相如贊文曰推見至隱言大易春秋隱顯殊而合德若一故觀覽而法則之上林則頽墻塡壍雖本前修而作系所謂勸百而諷一故輕末而鄙賦

其軍容弗犯信其果毅糾華綏戎以戴公室元勳配管敬之績歌鍾析邦君之肆則魏絳之賢有令聞也

國語曰鄭伯納女樂二入歌鍾二肆公錫魏絳女樂一八歌鍾一肆曰子教寡人和戎狄而政諸華於今八年七合諸侯寡人無不得志與子共之管敬仲相桓公九合諸侯魏絳輔晉悼公七合諸侯故謂之元勳配管敬之績也悼公得二肆而賜魏絳一肆故謂諸侯歌鍾析邦君之肆也善曰司馬法曰古者國容不入軍軍容不入國禮記曰介胄有不可犯鄭玄禮記注曰信讀如屈伸之伸假借字也左氏傳君子曰殺敵爲果致果爲毅班固漢書述曰太祖元勳啓立輔臣毛詩曰令問令望

閑居隘巷室邇心遐富仁寵義職競弗羅千乘

爲之軾廬諸侯爲之止戈則干木之德自解紛也呂氏春秋曰段干木者魏文侯敬之過其廬而軾之其僕曰干木布衣耳而君軾其廬不亦過乎文侯曰干木不趣俗役懷君子之道隱處窮巷聲馳千里之外未肯以己易寡人也寡人光乎勢干木富於義勢不如德尊財不如義高吾安敢不軾乎秦欲攻魏而司馬康諫曰段干木賢者而魏禮之天下皆聞無乃不可加乎兵秦君以爲然乃止干木寂然不競於俗故曰職競弗羅也逸詩云兆云詢多職競弗羅善曰漢書曰司馬相如稱疾閑居毛詩曰誕寘之隘巷又曰其室則迩老子曰解其紛也貴非吾尊重士踰山親御監門嗛嗛同軒搦女格秦起趙威振八蕃則信陵之名若蘭芬也史記曰魏有隱士曰侯嬴年七十家貧爲大梁夷門監者公子方置酒大會賓客坐定從車騎虛左自迎侯生秦兵圍邯鄲公子姊爲平原君夫人平原使使讓公子公子數請王及賓客辯士說王萬端王畏秦終不聽公子公子用侯生策使朱亥椎殺將軍晉鄙而奪其軍進擊秦軍秦軍解去邯鄲遂存秦兵伐魏公子篤

則

歸救魏王魏王以上將授公子公子使徧告諸侯諸侯
各進兵救魏公子率五國之兵破秦至函谷關秦兵不
敢出當是之時公子威振天下善曰史記曰侯生自匕
載欲以觀公子公子執轡愈恭然親御謂身自爲御也
監門即侯嬴也周易曰謙謙君子卑
以自牧嗛古謙字說文曰撝接也英辯榮枯能濟其厄位
如將相窒知逸隙之策四海齊鋒一口所敵張儀張禄亦足
云也史記張儀者魏人也始嘗與蘇秦俱事鬼谷先生
學術蘇秦自以不及張儀儀以學而遊說諸侯嘗
從楚相飲楚相亡璧楚相門下意張儀曰儀貧無行此
必盜相君璧共執儀掠笞數百不服釋之張儀相秦使
於諸侯皆說之散其合從之謀秦封儀爲武信君爲秦
將取陝築上郡塞范雎者魏人也遊說欲事魏王家貧
無以自資乃事魏中大夫須賈賈怨范雎以告魏將魏
齊笞擊折脅摺齒雎佯死即盛以簀中范雎謂守者曰
公能出我我必厚謝公守者乃請棄簀中死人遂伏匿更名
張禄先生隨秦謁者王稽人秦謂昭王曰臣居山東時聞齊
有田單而不聞其有王也聞秦有太后穰侯不聞其有王也
今太后擅行不顧穰侯出使不報華陽涇陽專斷不請四貴

鸐反

備而國不危者未之有也昭王懼乃疑穰侯收其印而相張祿爲應侯應侯之祖秦蔡澤說曰今君相秦計不下席謀不出廊廟坐制諸侯六國不得合從使天下皆畏秦也善曰曹植輔臣論曰英辯博通張鸐及論曰噓枯則冬榮解嘲曰室隙蹈瑕而無所屈也摧惟庸蜀與鴝鵲同窠句吳與鼃黽同穴善曰許慎淮南子注曰摧揚摧略也尚書曰及庸蜀人孔安國曰庸在江漢之南左氏傳曰鸜鵒株株鸜具踰反株音誅世本曰吳孰姑徙句吳注孰姑壽夢也句吳太伯始所居地名句吳句音溝說文曰鼃蝦蟆也胡蝸反鄭玄周禮注曰黽蝦蟇屬也黽莫耿切一自以爲禽鳥一自以爲魚鼈善曰漢賈捐之上書曰駱越之人譬猶魚鼈何足貪也鍾會蒭蕘論曰吳之玩水若魚鼈蜀之便山若禽獸山阜猥積而踦嶇泉流迸集而咉咽隰壤濊漏而沮洳林藪石留力又而蕪穢山阜猥積蜀也泉流迸集吳也戰國策段規謂韓王曰分地必取成皐韓王曰成皐石留之地無所用之也石留之地埆土地多石猶人物之有留結也一曰壤濊而石也或作溜

宗善曰廣雅曰踦跂傾側也字書曰迸散走也映𤁵流不通
也映烏明反公羊傳曰瀸者何漬也作廉反周易曰甕敝漏
然漏猶滲也滲所禁反毛詩曰彼汾洪洳毛窮岫泄雲日月
萇曰沮洳其漸洳也漢書楊惲曰蕪穢不治
恒翳宅土熇暑封疆障癘吴蜀皆暑濕其南皆有瘴氣善曰泄猶出也埤蒼曰熇熱
親許妖切蔡莽螫適刺力割昆蟲毒噬蔡莽螫刺多毒草也昆蟲毒噬蝮蛇鴆鳥之屬也莽
曰王逸楚辭注曰蔡草莽也方言曰莽草也南楚曰莽鄭玄禮記
注曰昆明也明蟲者陽而生陰而藏詩序曰文王德及鳥獸昆蟲漢罪
流禦秦餘徙帑楊雄蜀都賦曰秦漢之徙充以山東貨殖傳曰秦破趙遷卓氏於蜀漢時日
南北景合浦九真亦皆有徙者息夫躬孫寵之屬焉善
曰左氏傳舜流四凶族以禦螭魅廣雅曰帑餘也力制
反宵貌蕞罪陋稟質遳脆蔣衛巷無杼直呂首里罕耆編耋地理
志曰江南卑濕丈夫多夭巴蜀輕易淫泆家弱論陋漢
書曰人宵天地之貌方言曰燕記曰豐人杼首杼首長首
也燕謂之杼交益之人率皆弱陋故曰無杼首也善曰
左氏傳曰蕞爾小國杜預曰蕞爾小貌也廣雅曰質軀

注

別本作嬞舊音盡

廣雅釋詁一僻陋也

椐注

也迻亦脆也七戈反說文曰脆少耎易斷也左氏傳曰王使宰孔謂齊侯曰伯舅耋老杜預曰七十曰耋

或魋直追髻而左言或鏤膚而鑽髮或明發而嬥歌或浮泳而卒歲楊椎蜀記曰蜀之先代人椎結左語不曉文字嬥謳歌巴土人歌也何晏曰巴字軀歌相引牽連手而跳歌也潛行為泳詩曰漢之廣矣不可泳思善曰漢書淮南王曰越鑽髮文身之人張揖以為古翦字也子踐反文身即鏤膚也毛詩曰明發不寐爾雅曰嬥嬥契契愈遐急也郭璞曰賦役不均賢人憂歎遠急切也佻或作嬥音草苕一音徒了反毛詩曰何以卒歲

風俗以韰果為嫿人物以戕害為藝善曰楊雄反騷曰何文肆而質韰應劭曰韰狹也下介切方言曰惈勇也果與惈古字通說文曰嫿靜好也音畫左氏傳曰自內害其君曰殺自外曰戕七良反

威儀所不攝憲章所不綴禮記曰孔子憲章文武善曰毛詩曰朋友攸攝攝以威儀賈逵國語注曰綴連也

由重山之束阸烏介因長川之椐勢距遠關以闚閬時高樔

佻

此注有誤

叢刊本

而陛制重山束阨謂蜀也長川据勢謂吴也漢書曰形束壤制善曰束扼拘束其民由於湫厄也据勢依据川之形勢也闕闕塈尊位也陛制亦以高櫟之陛而能約制其民也漢書音義言其土地形勢足以束制其人也据古據字九御切薄戍綿冪無異蛛蝥之網弱卒瑣甲無異螳蜋之衛善曰綿冪微貌呂氏春秋湯祝曰蛛蝥作罔罟今之人學之蛛音株蝥莫侯反莊子蘧伯玉謂顔闔曰汝不知夫螳蜋乎怒其臂以當車轍不知其不勝任也與先世而常然雖信險而勦絶揆既往之前迹。即將來之後轍。成都迄已傾覆建鄴則亦顛沛善曰尚書曰天用勦絶其命勦子小反左傳呂相絶秦曰傾覆我社稷論語曰顛沛必於是馬融曰顛沛僵仆也顧非累卵於疊棊焉至觀形而懷怛善曰言其危懼易見不俟觀形也說苑曰晉靈公造九層臺孫息聞之求見曰臣能累十二博棊加九雞子其上公曰子作之孫息以棊子置下加九雞子于其上靈公曰危哉孫息曰是不危復有危於此者九層之臺三年不成鄭國將欲興兵社稷士滅君欲何

注引張文別本校證　懮注引張注同　𥉌注同據注引說文知爲誤字　戄删

望公即壞臺賈逵國語注曰怛懼也權假日以餘榮比朝華而菴奄藹善曰權猶苟且也楚辭曰聊假日以須時說文曰木菫朝華暮落覽麥秀與黍離可作謡於吳會善曰尚書大傳曰微子將朝周過殷之墟見麥秀之漸漸曰此父母之國宗廟社稷所立也志動心悲欲哭則爲朝周俯泣則婦人推而廣之作雅聲毛詩序曰黍離閔宗周大夫行役過故宗廟宫室盡爲禾黍而作是詩先生之言未卒吳蜀二客矍焉相顧𥉌焉失所有靦瞢容神惢形茹弛氣離坐㥏墨而謝矍懼也左傳曰駟氏矍懼毛詩曰有靦面目瞢愧也左傳曰亦無瞢焉楊雄方言曰憅也荆楊之閒曰㥏善曰張以懮先瓏反今本並爲矍矍大視呼縛反說文曰𥉌失意視他狄反字書曰惢垂也謂垂下也惢與蘂同而髓切說文曰惢心疑也亦而髓反呂氏春秋曰以茹魚驅蠅蠅愈至而不可禁然茹臭敗之義也如舉反廣雅曰弛釋也施紙反㥏勑典反杜預左氏傳注曰墨色下也說文曰謝辭也曰僕黨清狂怵迫閩濮卜習蓼蟲之忘辛

續　汎注同　直

翫進退之惟谷，非常寐而無覺。不覩皇輿之軌躅。漢書昌邑王賀傳曰：賀清狂不慧。注蘇林色理清徐而心不慧，故曰清狂也。賈誼鵩鳥賦曰：怵迫之徒，或趣西東。善曰：閩已見吳都賦。孔安國尚書注曰：濮國在江漢之南。楚辭注曰：蓼蟲不知從乎葵藿。王逸曰：蓼蟲處辛刺，食苦惡，不從葵藿食甘美。毛詩曰：人亦有言，進退惟谷。又曰：尚寐無覺。楚辭曰：恐皇輿之敗。班固漢書班嗣曰：伏周孔氏之軌躅。音義曰：躅，迹也。過以仉剽之單慧，歷執古之醇聽。楊雄方言曰：仉剽，輕也。善曰：鄭玄禮記注曰：過猶誤也。王逸楚辭注曰：歷，逢也。老子曰：執古之道。仉，敷劒切。剽，四妙反。兼重一龍反悂以䁀繆。偭辰光而罔定。善曰：言既重其悂而又累其繆也。廣倉曰：悂，用心并誤也。方奚反。說文曰：䁀，重次第物也。弋豉反。漢書音義應劭曰：偭，背也。音面。國語曰：次序三辰。賈逵曰：日月星也。先生玄識，深頌靡測，得闇上德之至盛，匪同憂於有聖。老子曰：古之士微妙玄通，深不可識，夫惟不可識，故強為之頌，故曰先生玄識深頌靡測。又曰：上德無為而無不為。易曰：顯諸仁，藏

肅　不与刪

災

諸用鼓萬物而不與聖人同憂盛德大業至矣哉夫聖
人親憂其事然後能立易體無爲而無不爲自然動物
而不與聖人同憂蓋謂治合造化出於形器之表者聖
人無所復聞無復恤也故曰鼓萬物而不與聖人同憂
其上賦中云顯仁翌明藏用玄默故下覆報言之也善
曰王弼周易注曰不與聖人之憂憂君子之道不長小
人之道不消黍稷之不茂荼蓼之蕃殖至於乾坤簡易
是常無偏於生養無擇於人物不能委曲與彼聖人同
此憂之 抑若春霆發響而驚蟄飛競潛龍浮景而幽泉
高鏡 善曰二客聞言朗然心悟猶春霆響驚蟄紛然而競飛龍彩幽泉煥然而照也呂氏春秋曰聞春始雷則蟄虫動矣詩推度客曰震起而驚蟄睹周易曰潛龍勿用也 雖星有風雨之好人
有異同之性庶覲蔀家與剝廬非蘇世而居正 尚書洪範
曰庶人惟星星有好風星有好雨言人心之不同如星
之所好異易曰豐其屋蔀其家小人剝廬楚辭九章曰
蔀也必獨立春秋公羊傳曰君子大居正善曰言己因
此幸見蔀家剝廬之凶非謂悟世而居正道也爾雅曰

庶幸也王弼周易注曰蔀覆暖鄣光明之物也既豐其屋又覆其家屋厚家覆闇之甚也王逸楚辭注曰蘇寤之也

且夫寒谷豐黍吹律暖之也昏情爽曙箴規顯之也劉向別録曰鄒衍在燕有谷地美而寒不生五穀鄒子居之吹律而温至黍生今名黍谷善曰孔安國尚書注曰爽明也說文曰曙旦明也

雖明珠兼寸尺壁有盈曜車二六三傾五城未若申錫典章之爲遠也太史公書曰田敬仲世家傳曰齊威王二十四年與魏惠王會田於郊魏王問曰王亦有寶乎曰無有也魏王曰若寡人小國也尚有徑寸之珠照車前後十二乘者十枚奈何以萬乘之國而無寶乎善曰尹文子曰田父得寶玉徑寸置於廡上其夜照一室史記曰趙惠文王得楚和辟秦昭王聞之願以十五城請易辟毛詩曰申錫無疆

亮曰日不雙麗世不兩帝天經地緯理有大歸安得齊給守其小辯也哉二客自言安能守此者自晦也荀卿子曰辯說譬論齊給便利而不慎義謂之姦說善曰禮記曰天無二日土無二王漢

書文帝賜尉他書云兩帝並立新序單襄公曰經之以天緯之以地經緯不爽天之象也家語孔子曰小辨害義小言破道也

文選卷第六

壬戌六月廿五日 黃侃季剛尋覽

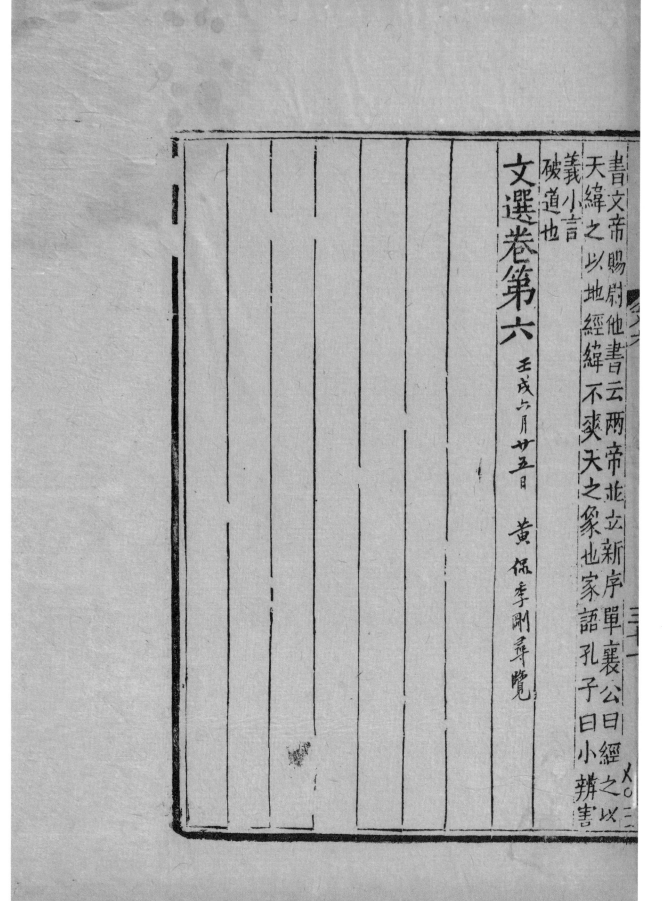

文選卷第七

梁昭明太子撰

文林郎守太子右內率府錄事參軍事崇賢館直學士臣李善注上

郊祀

楊子雲甘泉賦

耕籍

潘安仁籍田賦

畋獵上

司馬長卿子虛賦

郊祀 祭天曰郊郊者言神交接也祭地曰祀祀者敬祭神明也郊天正於南郊郭外曰郊

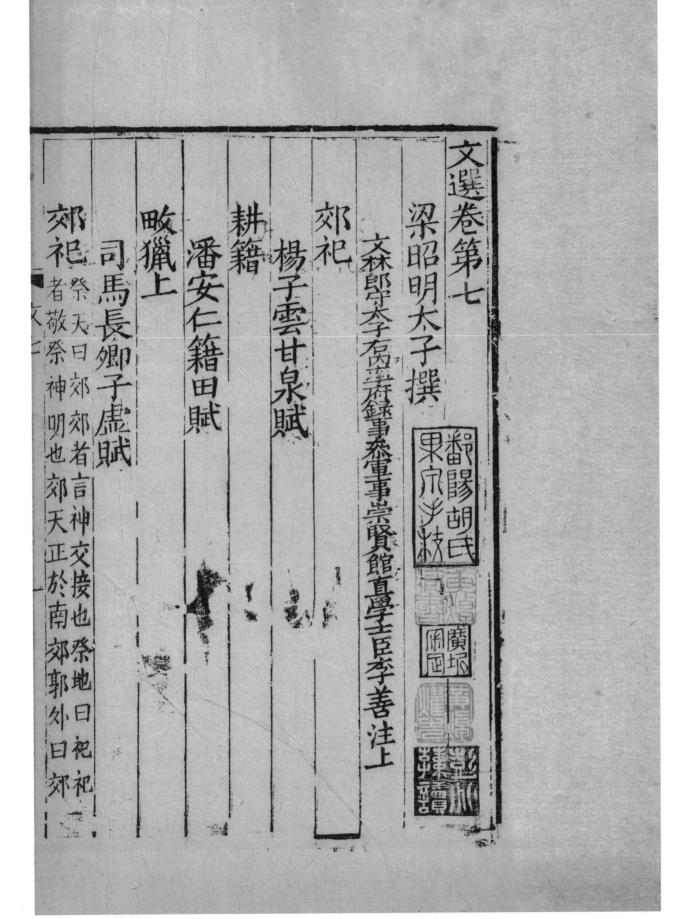

甘泉本因秦離宮

胡说

承明殿名在未央宮

甘泉賦一首 并序

楊子雲 善曰漢書曰楊雄字子雲蜀郡成都人也雄少好學年四十餘自蜀來遊京師大司馬王音召以為門下史薦雄待詔歲餘為郎中給事黄門卒桓譚新論曰雄作甘泉賦一首始成夢腸出收而內之明日遂卒然舊有集注者並篇內具列其姓名亦稱臣善以相別佗皆類此

孝成帝時客有薦雄文似相如者善曰雄荅劉歆書曰雄作成都城四隅銘蜀人有楊莊者為郎誦之於成帝以為似相如雄遂以此得見上方郊祀甘泉泰畤汾陰后土以求繼嗣善曰上謂成帝也漢書曰武帝幸甘泉令祠官具太乙祠壇太一所用如雍畤湯又立后土於汾陰脽上孟康曰畤音止神靈之所止也脽音雖召雄待詔承明之庭善曰雄以材術見知直於承明待詔即見故曰待詔焉承明已見上文正月從上甘泉還

五星之陳象天之行

太泰○別本校語

奏甘泉賦以風善曰漢書曰永始四年正月行幸甘泉七略曰甘泉賦永始三年正月待詔臣雄上漢書三年無幸甘泉之文疑七略誤也毛詩序曰下以風刺上音諷不敢正言謂之諷其辭曰

惟漢十世將郊上玄善曰惟有也是也十世成帝也上玄天也定泰畤雍神休尊明號晉灼曰雍祐也休美也言見祐護以休美之祥也明號下同符三皇也善曰言將祭泰畤冀神擁祐之以美祥因尊己之明號也廣雅曰將欲也雍音擁同符三皇錄功五帝文穎曰符合也善曰言同符契於三皇錄功勤於五帝也卹胤錫羨拓迹開統應劭曰卹憂也胤續也錫與也羨饒也拓廣也時成帝憂無繼嗣故修祠泰畤后土言神明饒與福祥廣迹而開統也李奇曰統緒也善曰羨弋戰反於是乃命羣僚歷吉日協靈辰善曰爾雅曰命告也楚辭曰歷吉日吾將行郭璞上林賦注曰歷選也爾雅注曰辰時也星陳而天行善曰星陳天行已見西京賦詔招搖與太陰兮伏鉤陳使當兵張晏曰禮記曰招搖在上

急繕其怒大陰歲後三辰也服虔曰鈎陳神名也紫微宮外營陳星也善曰句陳已見上文鄭玄禮記注曰當主也左謂典領也**屬堪輿**神名**以壁壘兮捎夔魖而抶獝狂**張晏曰堪輿天地總名也孟康曰木石之怪曰夔夔如龍有角人面魖耗鬼也猶狂亦惡鬼也今皆捎而去之善曰杜預左氏傳注曰屬託也淮南子曰堪輿行雄以知雌許慎曰堪天道也輿地道也說文曰抶擊也丑乙切**入神奔而警蹕兮振殷轔而軍裝**服虔曰自招搖遊神之屬也張晏曰堪輿至獝狂入神也善曰言上諸神各有職役夔魖之屬又捎去之故令入方之神奔走而警蹕殷轔之盛而以軍裝也轔栗忍切漢書武帝紀曰用事八神文穎曰入方之神也薛君韓詩章句曰振奮也殷轔言盛多也軍裝如軍戎之裝者也**蚩尤之倫帶干將而秉玉戚兮飛蒙茸而走陸梁**張晏曰玉戚以玉爲戚秘也晉灼曰飛者蒙茸而亂走者陸梁而跳謂猛士之輩善曰蚩尤已見西京賦干將已見東京賦禮記曰朱干玉戚鄭玄曰戚斧也又考工記注曰秘猶柄也音秘茸而恭反**齊總總以撙**

轕

蒙或作霿
言其分布而光明也
此下叙乘輿而出
四六駕數也言或四或六也
赭白馬賦注引作綏蕤

摶其相膠轕兮猋駭雲迅奮以方攘晉灼曰方攘半散也善曰王逸楚辭注曰總總摶摶束聚貌也膠轕已見上文鄭玄禮記注曰奮迅也摶子本切迅音信攘人羊切駢羅列布鱗以雜沓兮柴虒參差魚頡而鳥䀏善曰駢猶併也張揖上林賦注曰柴虒不齊也頡䀏猶頡頏也柴初蟻切虒音豸頡胡結切䀏胡剛切翕赫曶霍霧集而蒙合兮半散昭爛粲以成章善曰翕赫盛貌曶霍疾貌爾雅曰天氣下地氣不應曰霧霧與蒙同曶音忽於是乘輿迺登夫鳳皇兮而翳華芝韋昭曰鳳皇爲車飾也翳隱也服虔曰華芝華蓋也善曰言以華蓋自翳也駟蒼螭兮六素虯蠖略蕤綏灕虖襂纚善曰高唐賦曰乘玉輿兮駟蒼螭上林賦曰乘鏤象六玉虯說文曰虯龍無角者春秋命歷序曰皇伯駕六龍蠖略蕤綏龍行之貌也灕虖襂纚龍翰下垂之貌也蠖於鑊切灕音離襂音森纚所宜切帥爾陰閉霅然陽開晉灼曰帥聚也霅散也善曰文子曰與陰俱閉與陽

東京賦注引素作索

本待盛言車騎之衆參駕之麗非所以感動天地逆釐三神

俱開雲於甲切騰清霄而軼浮景兮夫何旟旐郅偈之旖旎也張晏曰軼過雲與倒景也服虔曰旖旎從風柔弱貌善曰薛君韓詩章句曰騰乘也何休公羊傳注曰軼過也浮景流景也神女賦曰夫何神女之妖麗何休公羊傳注曰據疑問所不知者曰何周禮曰鳥隼爲旟龜蛇爲旐郅偈竿之貌也郅音質偈音桀旖於綺切旎女氏切流星旄以電爥兮咸翠蓋而鸞旗善曰言星旄之流如電之光也周書曰樓煩星旄者羽旄也鄭玄曰可以爲旌旗也高唐賦曰蜺爲旌翠爲蓋蔡邕獨斷曰天子出前驅有鸞旗者編羽毛列繫橦傍敦萬騎於中營兮方玉車之千乘善曰敦與屯同王逸楚辭注曰屯陳也鄭玄儀禮注曰方併也玉車以王飾車也聲駍隱以陸離兮輕先疾雷而駁遺風善曰廣雅曰陸離參差也方言曰駁馳也郭璞曰駁疾也聖主得賢臣頌曰追奔電逐遺風駍普萌切駁先合切淩高衍之嵱嵷兮超紆譎之清澄孟康曰衍無崖岸也紆譎曲折也李奇曰嵱音踊嵷音竦如淳曰嵱嵷上下衆多貌登

淩兢寒凍戰慄之皃

闓兮倚

九云新雉香草作社莫

閭

櫞欒而羾天門兮馳閶闔而入凌兢服虔曰櫞欒甘泉南山也凌兢恐懼貌也李奇曰羾音貢蘇林曰羾至也善曰楚辭曰令帝閽開閶闔而望予王逸曰閶闔天門也兢鉅陵切是時未轃夫甘泉也迺望通天之繹繹善曰轃與臻同至也通天臺名已見上文薛君韓詩章句曰繹繹盛皃下陰潛以慘廩兮上洪紛而相錯善曰慘廩寒貌也廩來感切直嶢嶢以造天兮厥高慶而不可乎彌度善曰七發曰條上造天孔安國尚書傳曰造至也爾雅曰彌終也言高不可終竟而度量也慶音羌度大各切彌或爲彊平原唐其壇曼兮列新雉於林薄鄧展曰唐道也服虔曰新雉香草也雉夷聲相近善曰子虛賦曰案衍壇曼新雉辛夷也本草辛夷一名辛引廣雅曰草藂生曰薄壇徒旦切曼莫旦切攢幷閭與茇葀兮紛被麗其亡鄂善曰蒼頡篇曰攢聚也幷櫚椶也茇葀草名也被麗分散貌也風賦曰被麗披離鄂垠鄂也茇步末切葀音括被皮義切麗音隸崇丘陵

此下正說甘泉

材

矯

○固別本校語
尤袤云魂固五臣作魂魄

之駊騀兮深溝嶔巖而爲谷蘇林曰駊騀音叵我善曰駊騀高大貌也嶔岩深貌也嶔口銜切𨓈𨓈離宮般以相爥兮封巒石關施靡乎延屬應劭曰言秦離宮三百武帝復往往脩理之也善曰說文曰𨓈古文往字也往往言非一也般布也與班同三輔黃圖曰甘泉有石關觀封巒觀施靡相連貌也施弋尔切鄭玄喪服傳注曰屬連也屬之欲切於是大厦雲譎波詭摧嗺而成觀孟康曰言厦屋變巧乃爲雲氣水波相譎詭也摧嗺林木崇積貌也善曰言大厦之高而成觀闕也摧子罪切嗺子水切觀工喚切仰撟首以高視兮目冥眴而亡見善曰王逸楚辭注曰撟舉也撟與矯同冥眴昏亂之貌冥莫見切眴音縣正瀏濫以弘惝兮指東西之漫漫孟康曰瀏清也服虔曰惝大貌也音敞善曰瀏濫猶言清淨而況濫也漫漫無厓際之貌也瀏音劉徒徊徊以徨徨兮魂眇眇而昏亂善曰言迷惑也據軨軒而周流兮忽坱圠而亡垠韋昭

漢書及此注義　璧
翠、玭、借字、
掘　別本校語
撽　搯也

曰軨欄也軒檻板也善曰軨與櫺同周流流行周遍也軼軋
廣大貌也服鳥賦曰軼軋無垠軨音零坱烏朗切圠烏黠切
翠玉樹之青葱兮。璧馬犀之瞵㻞。善曰漢武帝故事曰上
起神屋前庭植玉樹珊
瑚為枝碧玉為葉璧馬犀言作馬及犀為璧飾也埤
蒼曰瞵㻞文貌也應劭曰瞵音鄰晉灼曰㻞音豳　金人仡
仡其承鍾虡兮嵌巖巖其龍鱗善曰孔安國尚書傳曰仡
仡壯勇之貌也嵌開張之
貌也龍鱗似龍之鱗也
仡魚乞切嵌火敢切　揚光曜之燎燭兮乘景炎之炘炘晉
灼
曰景大也善曰廣
雅曰炘熱也音欣　配帝居之縣圃兮象泰壹之威神服虔曰
曾城縣
圃閬風崑崙之山三重也天帝神在其上
善曰春秋合誠圖曰紫宮帝室太一之精　洪臺崛其獨出兮
㰍北極之嶟嶟。應劭曰崛特貌也㰍至也晉灼曰嶟嶟穊緻
也善曰爾雅曰北極謂之北辰崛其勿切㰍
竹指切嶟
千旬切　列宿迺施於上榮兮日月纔經於柍桭。韋昭曰榮
屋翼也服
虔曰柍中央也桭屋梠也善曰
施式支切柍於兩切桭音辰　雷鬱律於巖窔兮電儵忽

蠛蠓游气

注

於牆藩。善曰鬱律小聲也上林賦曰巖窔洞房釋名曰窔幽也儵忽疾貌也藩籬也窔一吊切鬼魅不
能自逮兮。半長途而下顛。善曰逮及也爾雅曰顛隕也歷倒景而絕飛梁兮。
浮蠛蠓而撇天。張揖曰陵陽子明經曰倒景氣去地四千里其景皆倒在下如淳郊祀志注曰在日月之上日月
返從下照故其景倒又曰絕度也服虔曰浮高貌也晉灼曰飛梁浮道之橋也善曰孫炎爾雅曰蠛蠓蟲小於蚊張揖三
蒼注曰撇拂也蠓莫孔反撇匹列反左欃槍而右玄冥兮前熛闕而後應門晉灼
曰大人賦曰攬欃槍以爲旗又曰左玄冥而右黔雷雄擬相如故云爾也熛闕赤色之闕也南方之帝曰赤熛怒應門正門
在熛闕之內也善曰應劭曰大人賦注曰欃槍奔星也張揖曰玄冥北方黑帝佐也熛必遥切蘙西海與幽
都兮涌醴汩以生川如淳曰言闕之髙乃蘙西海也善曰山海經曰北海之內有山名曰幽都黑水
出焉涌醴醴泉涌出也方言曰汨疾也于筆切蛟龍連蜷於東厓兮白虎敦圉
乎崑崙善曰連蜷長曲貌也敦圉盛怒貌也春秋漢含孳曰天一之帝居左青龍右白虎服虔曰象崑崙山在甘

别本及漢書

尤云㠑嵲五臣作崒巍
漢書揚雄傳自以為託風在此使
不自言亦尋常比況語故曰比
易解與難知由此也
嵲别本作𡸣舊注音摧

泉宮中也蜷音
拳敦徒昆切覽樛流於高光兮溶方皇於西清服虔
曰高
光宮名也晉灼曰樛流猶繚繞善曰樛流高曲之貌也
溶盛貌也方皇即彷徨觀名也漢書曰甘泉有高光
皇旁音傍西清西廂清淨之處前殿崔巍兮和氏玲瓏
也上林賦曰象輿偃蹇於西清
晉灼曰以黃金為壁帶含藍田璧玲瓏明見皃也善
曰前殿正殿也諸宮皆有之漢書曰未央宮立前殿炕
浮柱之飛榱兮神莫莫而扶傾善曰炕舉也舉浮柱之飛
榱言檐宇高峻若神清淨
而扶其傾危也炕與抗古字同毛詩
曰君婦莫莫毛萇曰莫莫清淨也閌閬閬其寥廓兮
似紫宮之崢嶸善曰閌高也說文曰閬閬高大之貌也
寥廓虛靜貌紫宮及崢嶸並已見上文
閬音浪
寥音僚駢交錯而曼衍兮㠑嵲隗乎其相嬰善曰駢
列也曼
衍分布也埤蒼曰㠑山長貌嵲隗高貌嬰繞
也衍弋戰切㠑他䝟切嵲音臬隗五䝟切乘雲閣而
上下兮紛蒙籠以棍成服虔曰蒙籠膠葛貌棍成言自
然也善曰雲閣言高連雲也老

尤云曳紅采五臣紅作虹

○據漢書刪不當亦言亡國也

聚

子曰有物混成棍與混同曳紅采之流離兮颺翠氣之宛延善曰言宮觀之高故紅采翠氣流離宛延在其側而曳颺之襲琁室與傾宮兮若登高眇遠亡國肅乎臨淵服虔曰襲繼也桀作琁室紂作傾宮以此微諫也應劭曰登高遠望當以亡國為戒若臨深淵也善曰晏子春秋曰夏之衰也其王桀作為琁室殷之衰也其王紂作為傾宮回猋肆其碭駭兮䮰桂椒而鬱栘楊服虔曰回猋回風也善曰毛萇詩傳曰肆疾也碭過也廣雅曰駭起也䮰與披同說文曰鬱木聚生也爾雅曰棠棣栘也楊楊樹也言回風碭駭披散桂椒又鬱衆栘楊也碭徒浪切栘音移香芬茀以穹隆兮擊薄櫨而將榮善曰言香氣芬茀穹隆而盛乃拂擊薄櫨而及屋榮也說文曰薄櫨柱上枅也薛君韓詩章句曰將辟也茀房物切薄房隔切櫨力都切薌呹肸以棍批兮聲駍隱而歷鍾善曰薌亦香字也禮記曰燔燎羶薌呹疾貌也說文曰肸蠁布也司馬彪上林賦注曰肸過也棍同也批擊也歷鍾經歷至鍾也呹余日切肸許一切棍下本切批薄結切駍普耕

馞 迭

尤云帷彌擐五臣帷下有首字

言土木之功窮極巧麗故班倕之徒棄其常法也

常

切排玉戶而颺金鋪兮，發蘭蕙與芎藭。李奇曰鋪門鋪首也善曰言風颿香氣既排玉戶而颺金鋪又發揚蕙蘭與芎藭也長門賦曰擠玉戶以撼金鋪司馬法子虛賦曰芎藭似槀本帷弸彋其拂汨兮，稍暗暗而靚深。善曰弸彋風吹帷帳之聲也拂汨鼓動之貌暗暗深空之貌靚即靜字耳弸音萌切彋音宏汨于密切暗烏感切陰陽清濁穆羽相和兮，若夔牙之調琴。張晏曰聲細不過羽穆然相和也善曰莊子黃帝曰一清一濁陰陽調和尚書曰夔典樂教胄子列子曰伯牙善鼓琴般倕棄其剞劂兮，王爾投其鉤繩。應劭曰剞曲刀也劂曲鑿也善曰尚書曰倕汝作共工般魯般也爾王爾也並已見西京賦般與班同倕音垂雖方征僑與偓佺兮，猶彷彿其若夢。晉灼曰方常也征行也言宮觀之高峻雖使仙人行其上恐遽不識其形觀猶髣髴若夢也善曰鄭玄毛詩箋曰方且也征僑姓征名僑也司馬相如大人賦曰厮征伯僑漢書曰正伯僑並同也餘依晉說列仙傳曰偓佺槐里采藥父也食松實形躰生毛數寸能飛行逮走馬說文曰彷彿相似視不諟

蓋宮
注[illegible]近大西一内
尤云蜵蜎五臣作蟺蜎

尤云垂精五臣作垂恩
恩

也楚辭曰時彷彿以遥見誤即諦字音帝於是事變物化目駭耳回善曰蒼頡篇曰
駭驚也回謂回皇也蓋天子穆然珍臺閒館琁題玉英蜵蜎蠖濩
之中應劭曰題頭也榱椽之頭皆以玉飾言其英華相燭也張晏曰蜵蜎蠖濩刻鏤之形也善曰范子曰
玉英出藍田孝經援神契曰玉英玉有英華之色間音閑蜵音淵蜎於緣切蠖烏郭切濩胡郭切惟夫
所以澄心清魂儲精垂恩善曰鄭玄毛詩箋曰惟思也文子曰澄心清意言儲蓄精
神冀神垂恩也感動天地逆釐三神者服虔曰釐福也韋昭曰逆迎也迎受福釐也善曰三
神天地人也釐音僖迺搜逑索偶皐伊之徒冠倫魁能韋昭曰搜擇也逑匹
也索求也偶對也應劭曰冠其群倫魁桀也善曰皐皐繇堯臣也伊伊尹湯臣也函甘棠之惠
挾東征之意善曰毛詩序曰甘棠美邵伯也又曰東山周公東征也相與齊乎陽
靈之宮善曰韓康伯周易注曰洗心曰齊齊側皆反祭天之所故曰陽靈靡薜荔而爲

喻

善曰有誤

以下皆假設之詞

席兮折瓊枝以爲芳善曰蘼謂偃蘼之藉地而爲席也楚辭曰折瓊枝以繼佩吸清雲之流瑕兮飲若木之露英善曰淮南子曰志厲青雲非夸矜也司馬相如大人賦曰呼吸沆瀣餐朝霞霞與瑕古字通山海經曰灰野之山有赤樹青葉名曰若木露英英之含露者集乎禮神之囿登乎頌祇之堂善曰禮神謂祭天也晉灼曰后上歌祭之處也善曰爲歌頌以祭地祇建光燿之長旓兮昭華覆之威威服虔曰昭明也華覆華蓋也善曰埤蒼曰旓旌旗旒也旓所交切威猶葳蕤也攀琁璣而下視兮行遊目乎三危善曰漢書曰北斗七星所謂琁璣玉衡楚辭曰忽反顧以游目尚書曰導黑水至于三危陳衆車於東阬兮肆玉軑而下馳如淳曰東阬東海也苦庚切晉灼曰軑車轄也韋昭曰軑徒計切善曰賈逵國語注曰肆恣也楚辭曰齊玉軑而並馳軑音大漂龍淵而還九垠兮窺地底而上回應劭曰龍淵在張掖服虔曰九垠九重也善曰言從東阬下馳遂浮

從從 法同 別本 御
衛漢書作御注云或作衛俗妄改
本傳屏玉女卻宓妃以徵戒齋宿之事

龍淵而繞其九重乃窺地底而上歸也說文曰漂浮也莊子曰千金之珠在九重之淵驪龍頷下廣雅曰垠厓也厓亦重之義也還音旋
風從從而扶轄兮鸞鳳紛其銜蕤善曰從從疾皃也音竦晉灼曰蕤緩也
梁弱水之濕溔兮躡不周之逶蛇服虔曰崑崙之東有弱水渡之若濕溔耳善曰濕溔小水貌也字林曰溔絕小水也廣雅曰躡履也山海經曰西海之外有山不合名曰不周逶蛇欲平貌也濕吐定切溔音熒蛇音移
想西王母欣然而上壽兮
屏玉女而卻宓妃善曰言既臻西極故想王母而上壽乃悟好色之敗德故屏除玉女而及宓妃亦以此微諫也山海經曰玉山西王母所居也神異經曰東荒中有大石室東王公居之常與玉女共投壺宓妃已見東京賦
玉女亡所眺其清矑兮宓妃曾不得施其蛾眉服虔曰矑目童子也善曰毛詩曰螓首蛾眉
方攬道德之精剛兮侔神明
與之為資晉灼曰等天地之計量也善曰說文曰攬撮持也音覽精剛精微剛強也
於是欽

光云樵蒸昆上五臣作焜上

招　别本与漢書同招作皐

柴宗祈善曰恭敬燔柴尊崇所祈也尚書曰至于岱宗柴燎薰皇天應劭曰牲玉之香也
皐搖泰壹如淳曰皐挈皐也積柴於挈皐頭置牲玉於其上舉而燒之欲近天也張晏曰招搖泰一
皆神名善曰揺與遥同舉洪頤服虔曰洪頤旌名也應劭曰旌旆布也樹靈旗李奇曰欲
伐南越告禱太一畫旗樹太一壇上名靈旗以指所伐之國也見漢書郊祀志樵蒸昆上配藜
四施張晏曰配藜披離也善曰言燔燎之盛故樵蒸之光同上而披離四布也周禮曰共祭祀之薪蒸鄭
玄曰麁曰薪細曰蒸說文曰昆同也昆或爲焜字書曰焜煌火貌東燭滄海西燿流沙
北爌幽都南煬丹厓服虔曰丹水之厓也善曰尚書曰弱水餘波入于流沙幽都已見吴
都賦爌與晃音義同方言曰煬炙也玄瓚觩䚧秬鬯泔淡服虔曰以玄玉飾之故曰玄瓚
張晏曰瓚受五升口徑八寸以大圭爲柄用灌鬯觩䚧其貌也應劭曰泔淡滿也善曰孔安國尚書傳曰黑黍
曰秬釀以鬯草觩音求䚧力幽切泔胡敢切淡大敢切肸蠁豐融懿懿芬芬善曰言秬

㷔

開闢

棃○別本

韋注當在善曰上

㷔分布芬芳盛美也肸蠁已見上文炎感黃龍兮熛訛碩麟韋昭曰碩大也善曰言㷔熛熾盛感動神物也字林曰㷔火光也說文曰熛火飛也毛萇詩傳曰訛動也熛必遙切選巫咸兮叫帝閽開天庭兮延羣神服虔曰令巫祝叫呼天門也善曰山海經曰大荒中有靈山巫咸從此升降王逸楚辭注曰巫咸古神巫也楚辭曰吾令帝閽闢閞兮鄭玄禮記注曰延道也儐暗藹兮降清壇瑞穰穰兮委如山張晏曰儐賛也善曰鄭玄周禮注曰接賔曰儐然謂賛禮者也暗藹衆盛貌也委積也暗烏感切於是事畢功弘迴車而歸度三巒兮偈棠黎晉灼曰黃圖無三巒相如傳有封巒觀善曰三巒即封巒觀也漢書曰甘泉有封巒棠黎韋昭曰偈息也音憩天閫決兮地垠開八荒協兮萬國諧善曰鄭玄禮記注曰閫門限也決亦開也言門決以出德澤故入荒万國俱協諧也登長平兮雷鼓磕天聲起兮勇士厲如淳曰長平坂名在池陽南善曰字指曰磕大聲也口蓋切天

當作犀遅 上袁本 下陳景雲說

○祇 别本

聲如天之聲言其大也杜預左氏傳注曰厲猛也雲飛揚兮雨滂沛于胥德兮麗萬世善曰言恩澤之多若雲行雨施君臣皆有聖德故華麗至于万世也毛詩曰于胥樂兮鄭玄曰于於也胥皆也麗光華也亂曰善曰王逸楚辭注曰亂理也所以發理辭指總撮所要也崇崇圜丘隆隱天兮善曰崇崇高貌也廣雅曰圜丘大壇祭天也登降峛崺單埢垣兮善曰登降上下也峛崺邪道也單大貌埢垣圜貌峛力爾切崺弋爾切單音蟬埢音拳增宮嵾差駢嵯峨兮善曰嵾與參同初林切駢步干切嵯材何切峨音俄岭巆嶙峋洞無厓兮善曰埤蒼曰岭巆嶙峋深無厓之貌岭音零巆音縈嶙音鄰峋音旬上天之縡杳旭卉兮善曰縡事也杳深遠也旭卉幽昧之貌毛詩曰上天之載無聲無臭縡與載同聖皇穆穆信厥對兮李奇曰對配也能與天相對配也善曰詩曰帝作邦作對徠祇郊禋神所依兮祇善曰言來郊禋而甚敬故爲神祇之所依也徠古來字徘徊招搖靈迟遅兮善曰招搖

文七

猶彷徨也迡迡即棲遟也毛萇詩傳曰棲遟遊息也招必遥切迡音棲迡大夷反　光煇眩耀降

厥福兮子孫孫長無極兮

耕藉臣瓚漢書注曰景帝詔曰朕親耕本以躬親爲義藉謂蹈藉之也

藉田賦一首　臧榮緒晉書曰泰始四年正月丁亥世祖初藉于千畝司空掾潘岳

作藉田頌也

潘安仁　臧榮緒晉書潘岳字安仁滎陽中牟人摠角辯惠摛藻清豔鄉邑稱爲奇童弱冠辟司空太尉府舉秀才高步一時爲衆所疾然藉田西征咸有舊注以其釋文膚淺引證疏略故並不取焉

伊晉之四年正月丁未皇帝親率群后藉于千畝之甸禮也晉書曰丁亥藉田戊子大赦今爲丁未誤也千畝已見西京賦禮記曰天子籍田千畝　於是乃使甸師清

有事甘泉以求後嗣故爲此詩

籍

洞簫賦漢書亦稱之頌　何焯說

亥孫

畿野廬掃路周禮曰甸師掌帥其屬而耕耨王籍鄭玄曰師猶長也然師而爲帥者避晉景帝諱

也周禮曰野廬氏掌達國之道路也封人壝宮掌舍設梐枑周礼曰封人掌設王之社壝爲

畿封而樹之鄭玄曰聚土曰封壝謂壝及堳埒也周禮曰掌舍掌王之會同之舍設梐枑再重杜子春讀爲梐

枑梐枑行馬也壝以委切枑音互青壇蔚其嶽立兮翠幕黕以雲布國語

號文公曰古者王命司空除壇于藉楊脩許昌宮賦曰華殿炳而嶽立鄭玄周禮注曰帷覆上曰幕魏文帝愁

霖賦曰玄雲黕其四塞黕黑貌也封禪書曰雲布霧散黕丁敢切結崇基之靈趾兮啓

四塗之廣阼崇基謂壇也於壇四面而爲階也說文曰趾基也又曰阼主階也沃野墳

腴膏壤平砥墳腴平砥已見上文史記曰京師膏壤沃野千里毛詩曰周道如砥清洛濁渠引流

激水子虛賦曰激水推移遐阡繩直邇陌如矢史記曰秦孝公壞井田開阡陌風俗

通曰南北曰阡東西曰陌繩直已見上文詩曰其直如矢緫犗服于縹軛兮紺轅綴

注

於黛耜緫犗帝耕之牛也說文曰纔帛青色音葱。犗牛已見吴都賦又曰縹帛青白色轅軛犂轅軛也鄭玄周禮注曰轅端壓牛領曰軛於華切說文曰紺染青而揚赤色也鄭玄禮記注曰耜耒之金儼儲駕於廛左兮俟萬乘之躬履駕牛儼然在於廛左以待天子躬親履之耕以儲畜故曰儲駕也說文曰儼好貌也晋灼漢書曰廛一百畝也然古耕以耒而今以牛者蓋晋時創制不泌於古也

百僚先置位以職分百僚已見上文羽獵賦曰先置乎白楊之南漢書曰六卿各有徒屬職分也自上下下具惟命臣周易曰自上下下其道大光西京賦曰具惟帝臣鄭玄儀禮注曰命者加爵服之名龔春服之萋萋兮接游車之轔轔司馬彪上林賦注曰襲服也禮記曰孟春衣青衣春服已見魏都賦薛君韓詩章句曰萋萋盛也文穎漢書注曰天子出游車九乘毛詩曰有車轔轔微風生於輕幰。纖埃起於朱輪。幰車幰也釋名曰車幰所以御熱也朱輪見吴都賦森奉璋以階列望皇軒而肅震森盛貌也

馳

殖

毛詩曰奉璋峨峨髦士攸宜階爵之次也爾雅曰震懼也若湛露之晞朝陽似衆星之拱北辰也毛詩曰湛湛露斯匪陽不晞毛萇曰晞乾也言露見日而乾以喻諸侯承命而施敬也論語子曰爲政以德譬如北辰居其所而衆星共之於是前驅魚麗屬車鱗萃周禮曰王出入則自左馭而前驅鄭玄曰前驅如今導引也魚麗已見東京賦屬車已見西京賦子虛賦曰珍怪鳥獸萬端鱗萃閶闔洞啓參塗方駟洛陽宮舍記曰洛陽有閶闔門西京賦曰旁開三門參塗夷庭羽獵賦曰方駕千駟常伯陪乘太僕秉轡尚書曰左右常伯應劭曰漢官儀曰侍中周成王常伯任侍中殿下稱制出即陪乘鄭玄周禮注曰陪乘參乘也漢舊儀曰漢乘輿大駕儀公卿奉引太僕御也后妃獻穜稑之種司農撰播殖之器周禮曰上春詔王后帥六宮之人而生穜稑之種而獻于王鄭司農曰先穜後熟謂之穜後種先熟謂之稑漢書曰大農令武帝更名大司農孔安國論語注曰撰具也史記曰后稷播植百穀孔安國尚書傳曰播布也蒼頡篇曰殖

晃。注

種也挈壺掌升降之節宮正設門閭之蹕周禮有挈壺氏周禮曰宮正凡邦之事蹕宮中鄭玄曰正長也宮中之長也鄭司農曰蹕謂止行者清道若今時警蹕天子乃御玉輦蔭華蓋臧榮緒晉書曰大駕鹵簿有大輦華蓋中道玉輦大輦也華蓋已見西京賦衡牙鏘鎗綃紈綷縩禮記曰凡帶必有佩佩玉有衡牙鄭玄曰衡牙居中央以前後觸也鏘鎗玉聲也鏘义耕切鎗义行切鄭玄禮記注曰綃綺屬也許慎淮南子注曰紈素也漢書班婕妤賦曰紛綷縩兮紈素聲綃思樵切紈音丸綷七悴切縩七大切金根照耀以炯晃兮龍驥騰驤而沛艾司馬彪續漢書曰漢承秦制御爲乘輿金根安車五采文畫輈西京賦曰乃奮翅而騰驤龍驥沛艾已見上文表朱玄於離坎飛青縞於震兌中黃曅以發揮方綵紛其繁會謂鹵薄之儀車騎旌旗各依方色表猶標也周易曰離南方之卦也坎者正北方之卦也震者東方兊正西秋也周禮曰東方謂之青南方謂之赤西方謂之白北方謂之黑毛萇詩傳曰縞白色

路注　闟戟車載戟　闕注

也縮古老切周禮曰地謂之黃縅縈緒晉書鹵簿曰青立車青安車赤立車赤安車黃立車黃安車白立車白安車黑立車黑安車合十乘並駕駟建旗十二如車色五輅鳴鑾九旗揚旆周禮曰王之五路一曰玉路二曰金路三曰象路四曰革路五曰木路又曰掌九旗之物名日月爲常蛟龍爲旂通帛爲旃雜帛爲物熊虎爲旗鳥隼爲旟龜蛇爲旐全羽爲旞析羽爲旌瓊鈒入蘂雲罕晻藹縅縈緒晉書曰雲罕車駕駟戟車載闟與鈒音義同也蒼頡篇曰蘂聚也楚辭曰揚雲霓之晻藹鈒音吸晻音烏感切簫管嘲哳以啾嘈兮鼓鞞硡隱以砰磕簫管已見上文楚辭曰鵾雞嘲哳而悲鳴蒼頡篇曰啾衆聲也嘈已見上文周禮曰鍾師掌鞞鄭玄曰擊鞞以和樂字林曰鼙小鼓也鞞與鼙同步迷切硡與訇音義同火宏切字書曰砰大聲也字指曰磕大聲也砰披萌切磕苦蓋切筍簴嶷以軒翥兮洪鍾越乎區外筍簴軒翥已見西京賦天子之行擊左右鍾已見西都賦震震填填塵騖連天以幸乎藉田震震盛也郭璞爾雅注曰闐闐

壇

九云坻場五臣作游場

群行聲也東觀漢記曰王邑旗幟蔽野埃塵連天鶩或爲霧非也蟬晃頮以灼灼兮碧色肅其千千蟬晃已見魏都賦千千碧皃似夜光之剖荆璞兮若茂松之依山巔也於是我皇乃降靈壇撫御耦降謂臨幸也應劭漢官儀曰天子東耕之日天子升壇上空無祭天子耕於壇舉耒三推而已論語曰長沮桀溺耦而耕鄭玄曰耜廣五寸二耜爲耦王逸楚辭注曰撫持也坻場染屨洪縻在手方言曰坻場也蚍蜉犂鼠之場謂之坻場浮壤之名也音傷說文曰縻牛轡也忙皮反三推而舍庶人終畝三推已見上文國語虢文公曰王耕一墢班三之庶人終于千畝韋昭曰一墢一耜之墢也班次也三之下各三其上王一公三卿九大夫二十七庶人盡耕也既云以牛而又言推者蓋沿古成文不可以文而害實也墢扶發切然國語與禮記不同而潘雜用之貴賤以班或五或九禮記曰帝藉三公五推卿諸侯九推乎斯時也居靡都鄙民無華裔都謂京邑也杜預左傳注鄙邑也左傳孔子曰裔不謀夏夷不亂華王肅

尤云總髪五臣作總髻

家語注曰裔邊裔也長幼雜還以交集士女頒斌而咸戾雜還衆多貌也
頒斌相雜之貌也爾雅曰戾至也被褐振裾垂髫總髮老子曰被褐而懷玉杜預左氏
傳注曰振整也說文曰褐者粗衣也爾雅曰衱謂之裾郭璞曰衣後裾也衱音劫魏志毛玠曰臣垂髫執簡埤
蒼曰髫髦也大耶切毛詩曰總角之宴毛萇曰總角結髮也躡踵側肩掎裳連襼說文
曰躡追也躡其踵所以為追逐也聲類曰踵足根也史記馮驩曰夫朝趨市者側肩爭門而入賈逵國語注曰
從後牽曰掎方言曰複襦江湖之間或謂之篇襼郭璞方言注曰襼即袂字也說文曰袂袖也黃塵為
之四合兮陽光為之潛翳山陽公載記曰賈詡鳴鼓雷震黃塵蔽天西都賦曰紅塵
四合動容發音而觀者莫不抃儛乎康衢謳吟乎聖世列子
曰一里老幼喜躍抃儛康衢已見上文吾丘壽王驃騎論功曰遊童牧豎詠德謳吟情欣樂於昬
作兮慮盡力乎樹蓺昬作已見西京賦韓詩外傳曰子路治蒲孔子曰我入其境田疇甚

或无之字

法似衍

易草萊甚辟故其人盡力也周禮曰正月之吉
頒職事二曰樹蓺鄭玄毛詩箋曰蓺猶樹也靡讙督
而常勤兮莫之課而自厲說文曰誰何也謂責問之也字書曰督察也王逸楚辭注
曰課試也躬先勞以說使兮豈嚴刑而猛制之哉周易曰說以使民民
忘其勞史記曰秦繁法嚴刑而天下不振有邑老田父或進而稱曰蓋損益
隨時理有常然周易曰損益盈虛與時偕行又曰隨時之義大矣哉晏子春秋曰物有必至事
有常然古之道也高以下爲基民以食爲天老子曰貴必以賤爲本高必以下爲
基漢書酈食其曰王者以人爲天而民以食爲天正其末者端其本善其後者
愼其先言治國之道以商爲末而農爲本以貨爲後而食爲先也陸賈新語注曰治末者調其本李奇
漢書注曰本農也末賈也漢書詔曰農天下之本也而人或不務本而事末故生不遂禮記曰善終者如始尚
書大傳曰八政何以先食傳曰食者萬物之始人事之本也故入政先食夫九土之宜弗任

尤〻自必五臣必作畢

恤

四人之務不壹國語展禽曰共工氏之子曰后土能平九土韋昭曰九土九州之土尚書曰禹別九州任土作貢管子曰士農工商四民者國之正民也孔安國尚書傳曰壹專一也野有菜蔬之色朝靡代耕之秩禮記曰三年耕必有一年食雖有凶旱水溢人無菜色又曰夫祿足以代其耕無儲稸以虞災徒望歲以自必言無儲稸以度荒災空自必望於歲也崔寔四民月令曰十月五穀既登家有儲稸禮記曰國無九年之蓄曰不足韋昭國語注曰虞度也左氏傳王曰余一人閔閔焉如農夫之望歲也三季之衰皆此物也國語郭偃曰夫三季王之亡宜也韋昭曰季末也三季王桀紂幽王也今聖上昧旦丕顯夕惕若慄昧旦丕顯已見東京賦周易曰君子夕惕若厲爾雅曰慄懼也圖匱於豐防儉於逸言常節約以戒不虞故圖乏者必於豐般樂儉者在於奢逸也廣雅曰儉少也欽哉欽哉惟穀之卹尚書曰欽哉欽哉惟刑之恤哉展三時之弘務致倉廩於盈溢國語虢文公曰三時務農

一時講武韋昭曰三時春夏秋也管子曰倉廩實則知禮節蔡邕月令章句曰穀藏曰倉米藏曰廩固堯湯之用心而存救之要術也漢書董仲舒對策曰陛下親耕籍田以爲農先此亦堯舜之用心也若乃廟祧有事祝宗諏日廟祧已見西京賦禮記曰宗祝在廟鄭玄曰宗宗人也祝接神者也毛詩箋曰后稷既爲郊祀之酒則諏謀其日應劭漢書注曰諏謀也簠簋普淖則此之自實周禮曰舍人凡祭祀共簠簋實之陳之儀禮曰孝孫某敢用嘉薦鄭玄曰普淖黍稷也普大也淖和也德能大和乃有黍稷故以爲號云淖淖乃孝切縮鬯蕭茅又於是乎出左氏傳管仲曰尒貢苞茅不入王祭不供无以縮酒周禮曰鬯人釀秬以爲酒又曰甸師祭祀共蕭茅杜子春曰蕭香蒿也鄭玄曰既薦然後爇蕭合馨香茅以縮酒國語虢文公曰上帝之粢盛於是乎出黍稷馨香旨酒嘉栗左氏傳季良奉酒醴以告曰嘉栗旨酒謂其上下皆有嘉德而無違心所謂馨香無讒慝杜預曰栗謹敬也宜其民和年登而神降之吉也左氏傳季

粱奉粢盛以告曰潔粢豐盛謂其三時不害而人和年豐也鄭玄周禮注曰登成也左氏傳曰致其禋祀於是
乎人和而神降之福古人有言曰聖人之德無以加於孝乎夫孝
天地之性人之所由靈也孝經曾子曰敢問聖人之德無以加於孝乎子曰天地之
性人爲貴人之行莫大於孝夫聖人之德又何以加於孝乎漢書曰人有生之最靈者也昔者明王
以孝治天下其或繼之者鮮哉希矣孝經子曰昔者明王之以孝理天下
也論語子曰其或繼周者雖百世可知也逮我皇晉實光斯道鄭玄毛詩箋曰光明也斯
道謂孝道也儀刑孚于萬國愛敬盡於祖考毛詩曰儀刑文王萬國作孚毛
萇曰孚信也孝經子曰愛敬盡於事親而德教加於百姓故躬稼以供粢盛所以致
孝也尚書大傳曰王者躬耕所以供粢盛五經要義曰天子藉田千畝所以先百姓而致孝敬也勸
穡以足百姓所以固本也西京賦曰勸穡於原陸論語孔子曰百姓足君孰與不足

尤云溝采其茅五臣茅作芳

農与茅韻讀[illegible]

重文[illegible]

尚書曰民惟邦本本固邦寧何晏論語注曰本基也能本而孝盛德大業至矣哉周易曰盛德大業至矣哉此一役也而二美具焉一役謂籍田也二美謂能本而孝也左氏傳陰飴甥曰此一役也秦可以霸不亦遠乎不亦重乎論語文也敢作頌曰思樂甸畿薄采其茅茅即上甸師之所供者毛詩曰思樂泮水薄采其芹毛萇曰薄辭也大君戾止言藉其農周易曰大君有命毛詩曰魯侯戾止言觀其旂毛萇曰戾來也止至也其農三推萬方以祗禮記曰耕藉然後諸侯知所以敬爾雅曰祗敬也耨我公田實及我私鄭玄周禮注曰耨耘耔也奴豆切毛詩曰雨我公田遂及我私我簠斯盛我簋斯齊禮記曰天子藉田以事天地山川以爲齊盛毛萇詩傳曰器實曰齊在器曰盛齊音資我倉如陵我庾如坻毛詩曰我倉既盈我庾維億又曰曾孫之庾如坻如京鄭玄曰庾露積穀也坻水中高地念茲在茲永言孝思言念此黍稷在此祭祀也尚書禹曰

何焯說子虛上林仿高唐賦而鋪張之王若虛說子虛自有首尾而其賦上林也復合之此說最是顧炎武云子虛賦乃游梁時作後更爲楚稱齊難而歸之天子非當日本文矣

念茲在茲毛詩曰永言孝思人力普存祝史正辭左氏傳季梁曰上思利人忠也祝史正辭信也故奉牲以告曰博碩肥腯謂人力之普存也神祇攸歆逸豫無期左氏傳楚子曰能歆神人杜預曰歆享也毛詩曰尔公尔侯逸豫無期一人有慶兆民賴之尚書王曰一人有慶兆民賴之

畋獵鄭玄禮記注曰田者所以供祭祀庖厨之用王制曰天子諸侯無事則歲三田馬融曰取獸曰畋

子虛賦一首善曰漢書曰相如遊梁乃著子虛賦後蜀人楊得意爲狗監侍上上讀子虛賦曰朕獨不得與此人同時哉得意曰臣邑人司馬相如自言爲此賦上乃召相如相如曰此乃諸侯之事未足觀請爲天子遊獵之賦以子虛虛言也爲楚稱烏有先生烏有此事也爲齊難亡是公者亡是人也欲明天子之義故虛藉此三人

爲辭以風諫焉

司馬長卿 善曰漢書曰司馬相如字長卿蜀郡人少好讀書爲武騎常侍後拜文園令病卒

郭璞注

楚使子虛使於齊王悉發車騎與使者出畋司馬彪曰畋獵也善曰家語曰孔子在齊齊侯出畋本或云境內之士備車騎之衆非也畋罷子虛過姹烏有先生張揖曰姹誇也丑亞切字當作詫亡是公存焉坐定烏有先生問曰今日畋樂乎子虛曰樂獲多乎曰少然則何樂對曰僕樂齊王之欲夸僕以車騎之衆而僕對以雲夢之事也張揖曰楚藪也在南郡華容縣善曰廣雅曰僕謂附著於人然自卑之稱也夢莫諷切曰可得聞乎子虛曰可王車駕千乘選徒萬騎畋於海濱郭璞曰瀕

尤三王車駕五臣作駕車

蒼

脚漢書作格

涯也　列卒滿澤罘網彌山郭璞曰彌覆也善曰罘不已見上文　掩兔轔鹿射麋脚麟司馬彪曰轔轢也音吝韋昭曰脚謂持其脚也善曰鄭玄毛詩箋曰掩者覆也　鶩於鹽浦割鮮染輪張揖曰海水之厓多出鹽也李奇曰鮮生也染濡也切生肉擩車輪鹽而食之也善曰擩揾也擩而緣切揾一頓切　射中獲多矜而自功郭璞曰伐其功也善曰鄭玄禮記注曰矜自尊大也　顧謂僕曰楚亦有平原廣澤游獵之地饒樂若此者乎楚王之獵孰與寡人乎郭璞曰與猶如也　僕下車對曰郭璞曰下車謙也　臣楚國之鄙人也廣雅曰鄙小也　幸得宿衛十有餘年時從出游游於後園覽於有無然猶未能徧覩也善曰覽於有無謂或有所見或復無也　又焉足以言其外澤乎齊王曰雖然略以子之所聞見而言之僕對曰唯唯臣聞楚有七澤嘗

龍鱗猶瓏玲

見其一未覩其餘也臣之所見蓋特其小小者耳郭璞曰特獨也名曰雲夢雲夢者方九百里其中有山焉其山則盤紆岪鬱隆崇嵂崒郭璞曰隆崇竦起也善曰岪音佛岑崟參差日月蔽虧張揖曰高山擁蔽日月虧缺半見也善曰崟音吟交錯糾紛上干青雲郭璞曰言相摎結而峻絶也善曰孔安國尚書傳曰干犯也罷池陂陁下屬江河郭璞曰言旁頹也屬連也罷音疲陂音婆陁音駝文穎曰南方無河也冀州凡水大小皆謂之河詩賦通方言耳晉灼曰文章假借協陁之韻也其土則丹青赭堊雌黃白坿錫碧金銀張揖曰丹丹沙也青青䨼也赭赤土也堊白土也蘇林曰白坿白石英也坿音附善曰髙誘淮南子注曰碧青石也衆色炫耀照爛龍鱗郭璞曰如龍之鱗彩也其石則赤玉玫瑰琳瑉昆吾張揖曰琳珠也瑉者不之次玉者昆吾山名也出美金尸子曰昆吾之金晉灼曰玫瑰火齊珠也郭

璞曰琳玉名瑊玏玄厲張揖曰瑊玏石之次玉者玄厲黑石可用磨也如湇曰瑊音緘玏音勒碝石碔砆張揖曰碝石碔砆皆石之吹玉者碝石白者如冰半有赤色碔砆赤地白采葱蘢白黑不分郭璞曰碝而兗切善曰管子曰陰山碝珉戰國策曰白骨疑象碔砆類玉其東則有蕙圃衡蘭張揖曰蕙圃蕙草之圃也衡杜衡也其狀若葵其臭如蘼蕪茝白茝也若杜若也司馬彪曰芎藭似藁本善曰薛綜西京賦注曰蘭香草也茝若下或有射干非也茝若芎藭菖蒲江蘺蘼蕪諸柘巴苴張揖曰江蘺香草也蘼蕪蘄茝也似蛇床而香諸柘甘柘也郭璞曰江蘺似水薺文穎曰巴苴草名一名巴蕉善曰苴子余切其南則有平原廣澤登降陁靡案衍壇曼司馬彪曰陁靡邪靡也案衍窊下也壇曼平博也善曰陁弋爾切衍弋戰切壇徒旦切曼莫幹切緣以大江限以巫山張揖曰巫山在南郡巫縣其高燥則生葴薪苞荔張揖曰葴馬藍也菥似燕麥也苞藨也荔馬荔也蘇林曰菥斯歷切善曰葴之林切苞音包荔音隸藨皮

薛 注同

○此觚盧乃菰之緩音

尤云觚盧五臣作菰蘆

尤云其樹五臣作巨樹

表切薛莎青薠張揖曰薛藾蒿也莎薃侯也青薠似莎而大生江湖鴈所食善曰薠音煩其埤
溼則生藏莨蒹葭郭璞曰藏莨草名中牛馬芻張揖曰蒹薕葭蘆也善曰埤音婢莨音郎
東蘠彫胡張揖曰東蘠實可食彫胡菰米也蓮藕觚盧張揖曰蓮荷之實也其根藕張
晏曰觚盧扈魯也菴閭軒于張揖曰菴閭蒿也子可醫疾軒于蕕草也生水中揚州有之善曰菴音
淹蕕音猶衆物居之不可勝圖郭璞曰圖畫也其西則有湧泉清池
激水推移郭璞曰波抑揚也外發芙蓉蓤華內隱鉅石白沙應劭
曰芙蓉蓮花也其中則有神龜蛟鼉瑇瑁鼈黿張揖曰蛟狀魚身而蛇尾皮有
珠也其北則有陰林其樹楩枏豫章服虔曰陰林山北之林也善曰尸子曰水
積則生吞舟之魚土積則生楩楠豫章本或林下有巨字樹下有則字非也桂椒木蘭檗離
朱楊郭璞曰木蘭皮辛可食張揖曰檗皮可染者離山黎也郭璞曰朱楊赤莖柳也善曰盩山之國東有

尤云其上則有五臣有赤猿玃猱四字

正

樹亦皮幹名曰朱木楊柳也櫨梨梬栗橘柚芬芳張揖曰櫨似梨而甘也梬梬棗也善曰說文曰梬棗似柹而小名曰梗而究切蘇林曰梬音郢都之郢然諸說雖殊而木一也今依蘇音其上則有鵷鶵孔鸞騰遠射干張揖曰孔孔雀也鸞鸞鳥也射干似狐能緣木服虔曰騰遠獸名也善曰射弋舍切其下則有白虎玄豹蟃蜒貙犴郭璞曰蟃蜒大獸似貍長百尋貙似貍而大犴胡地野犬也似狐而小蟃音萬善曰山海經曰鳥鼠同穴之山其上多白虎又曰幽都之山其上有玄豹郭璞曰黑豹也於是乎乃使剸諸之倫手格此獸善曰剸諸已見吳都賦楚王乃駕馴駮之駟張揖曰馴擾也駮如馬白身黑尾一角鋸牙食虎豹擾而駕之以當騶馬也乘彫玉之輿郭璞曰刻玉以飾車也靡魚須之橈旃張揖曰以魚須爲旃柄驅馳逐獸也橈靡也善曰橈女教切曳明月之珠旗張揖曰以明月珠綴飾旗也善曰孝經援神契曰蛟珠旗宋均曰蛟魚之珠有光耀可以飾旗建干將之雄

戟張揖曰干將韓王劒師也雄戟胡中有鮔者干將所造也善曰雄戟已見吳都賦鮔音巨左烏號之雕弓張揖曰黃帝乘龍上天小臣不得上挽持龍髯鬢拔墮黃帝弓臣下抱弓而號名烏號也郭璞曰雕畫也右夏服之勁箭服虔曰服盛箭器也夏后氏之良弓名繁弱其矢亦良即繁弱箭服故曰夏服也陽子驂乘孅阿為御張揖曰陽子伯樂字也秦繆公臣姓孫名陽郭璞曰孅阿古之善御者見楚辭孅音纖善曰楚辭曰孅阿不御焉案節未舒即陵狡獸司馬彪曰案節行得節未舒馬足未舒也狡獸狡徙之獸也善曰天文志曰案節徐行服虔曰謂行遲也蹵蛩蛩轔距虛張揖曰蛩蛩青獸狀如馬距虛似驘而小善曰說苑孔子曰蛩蛩距虛見人將來必負蟨以走二獸者非性心愛蟨也為得甘草而貴之故也軼野馬轊陶駼張揖曰軼過也野馬似馬而小海外經曰北海內有獸狀如馬名陶駼郭璞曰轊車軸頭也善曰軼轊言車之疾能過野馬及陶駼也軼不言車轊不言過互文也轊音衛陶音逃駼音塗乘遺風射游騏張揖曰遺風千里馬也呂

九三揄紵縞五臣作投　錫注

射獲　心

氏春秋曰遺風之乘爾雅曰嶲如馬一角不角者騏嶲音攜倏眒倩浰張揖曰皆疾皃善曰倏式六切眒式刃切倩子見切浰音練雷動猋至星流霆擊郭璞曰霆劈歷引不虛發中必決眥李奇曰射之巧妙決於目眥善曰說文曰眥目匡也眦眥俱同洞胷達掖絶乎心繫張揖曰自左射之貫胷通右髃中絶系也善曰說文曰髃肩前也五口切一音五俱切繫糸音系獲若雨獸揜草蔽地善曰言所在衆多若天之雨獸雨于具切毛萇詩傳曰揜覆也於是楚王乃弭節徘徊翱翔容與郭璞曰弭猶低也節所杖信節也翱翔容與言自得也善曰王逸楚辭注曰弭案也覽乎陰林觀壯士之暴怒與猛獸之恐懼徼𠛾受詘郭璞曰𠛾疲極也𠛾音劇司馬彪曰徼𠛾遮其殫倦者善曰受屈取其力屈也詘與屈同丘勿切歹觀衆物之變態郭璞曰殫盡也變態姿貌也於是鄭女曼姬如淳曰鄭女夏姬也曼姬楚武王夫人鄧曼也被阿緆揄紵縞張揖曰阿細繒也緆細布也揄曳也司馬彪曰

說文人部引作儌御受屈

別本作積舊音積

漢書無此四字據此注亦不當有

尤云下靡五臣靡作摩

仙衍據注刪

縞細縚也善曰列子曰鄭衛之處子衣阿緆戰國策魯連曰君後宮皆衣紆縞緆與錫古字通雜纖羅垂霧縠司馬彪曰纖細也張揖曰縠細如霧垂以為裳也善曰神女賦曰動霧縠以徐步襞積褰縐。紆徐委曲。鬱橈谿谷。張揖曰襞積簡齰也褰縮也縐裁也其縐中文理茀鬱有似於谿谷也善曰襞必亦切縐側救切齰詐白切衯衯裶裶揚袘戌削郭璞曰衯衯裶裶皆衣長貌也張揖曰揚舉也袘衣袖也戌削裁制貌也善曰裶音非袘弋爾切戌音卹蜚纖垂髾司馬彪曰襳袿飾也髾燕尾也善曰襳與燕尾皆婦人袿衣之飾也蜚古飛字也襳音纖髾所交切扶與猗靡張揖曰扶持楚王車輿相隨也善曰猗於綺切翕呷萃蔡張揖曰翕呷衣起張也萃蔡衣聲也。善曰呷火甲切萃音翠下靡蘭蕙上拂羽蓋善曰垂髾飛襳飄揚上下故或靡蘭蕙或拂羽蓋錯翡翠之威蕤。張揖曰錯其羽毛以為首飾也繆繞玉綏。張揖曰楚王車之綏以玉飾之也郭璞曰綏登車所執古手纏紋之眇眇忽忽。若神仙之髣髴。郭璞

琴賦注引作翠縩

駕注

曰言其容飾奇豔非世所見也若神已見上文於是乃相與獠於蕙圃善曰說文曰獠獵也力笑切媻姍教窣上乎金隄韋昭曰媻姍教窣匍匐上也司馬彪曰金隄隄名也善曰媻音盤姍先安切窣先忽切揜翡翠射鵔鸃善曰方言曰揜取也鵔鸃已見上文微矰出纖繳施善曰矰繳已見上文弋白鵠連駕鵝善曰言既弋白鵠而因連駕鵝也雙鶬下玄鶴加善曰雙鶬見上注爾雅曰下落也戰國策更羸曰臣能虛發而下鳥淮南子注曰加制也列子曰蒲且子連雙鶬於青雲之上戰國策莊辛曰黃鵠不知射者修矰繳將加已也怠而後發游於清池郭璞曰怠倦也浮文鷁張揖曰鷁水鳥也畫其象於船首也揚旌枻張揖曰揚舉也析羽為旌建於船上也郭璞曰枻船舷樹旌於上善曰枻依郭說枻音曳張翠帷建羽蓋郭璞曰施之船上也善曰翠帷羽蓋謂以翠羽飾帷蓋罔瑇瑁鉤紫貝郭璞曰紫貝紫質黑文也善曰瑇瑁紫貝已見西京賦摐金鼓韋昭曰摐擊也音窻郭璞曰金鼓鉦也吹鳴籟張揖曰籟簫也榜人歌張揖

曰榜船也月令曰命榜人榜人船長也主唱聲而歌者也善曰榜方孟切聲流喝郭璞曰言悲嘶也善
曰喝一介切嘶蘇奚切水蟲駭波鴻沸郭璞曰魚鼈躍濤浪作涌泉起奔揚
會郭璞曰暴溢激相鼓薄也善曰溢普頓切礧石相擊硠硠礚礚善曰礧力對切若
雷霆之聲聞乎數百里之外。將息獠者擊靈鼓起烽燧
文穎曰靈鼓六面鼓車按行騎就隊應劭曰按按次第也善曰服虔左氏傳注曰隊部也行胡郎切
隊大內切纚乎淫淫般乎裔裔司馬彪曰皆行貌也善曰纚音屣般音盤於是楚
王乃登雲陽之臺孟康曰雲夢中高唐之臺宋玉所賦者言其高出雲之陽怕乎無
爲。憺乎。自持。郭璞曰養神氣也善曰老子曰我獨怕然而未兆說文曰怕無爲也廣雅曰憺怕靜
也神女賦曰頩薄怒以自持憺與澹同徒濫切怕與泊同蒲各切勺藥。之。和。具。而後。御。
之。服虔曰具美也或以芍藥調食也文穎曰五味之和也晉灼曰南都賦曰歸鴈鳴鷃香稻鮮魚以爲芍藥

文之

酸恬滋味百種千名之說是也善曰服氏一說以芍藥爲藥名或者因說今之煮馬肝猶加芍藥古之遺法晉氏之說以勺藥爲調和之意枚乘七發曰勺藥之醬然則和調之言於義爲得韋昭曰勺丁削切藥旅酌切

不若大王終日馳騁曾不下輿脟割輪焠自以爲娛韋昭曰焠謂割鮮焠輪也郭璞曰焠染也善曰脟音臠焠七內切臣竊觀之齊殆不如善曰毛萇詩傳曰殆近也於是齊王無以應僕也烏有先生曰是何言之過也足下不遠千里來貺齊國郭璞曰言有惠賜也善曰戰國策秦王謂蘇秦曰今先生不遠千里而庭教高誘曰不以千里之道爲遠王悉發境內之士備車騎之衆與使者出畋善曰家語曰越悉起境內之士三千人助吳乃欲戮力致獲以娛左右晉灼曰謙不斥言故云左右言使者左右也善曰國語曰戮力一心賈逵曰戮并力也何名爲夸哉問楚地之有無者願聞大國之風烈

文七

沈休文齊故安陸昭王碑文及注引陼作渚

不夜

先生之餘論也善曰風烈已見上文先生謂子虛也張晏曰願聞先賢之遺談美論也今足下不稱楚王之德厚而盛推雲夢以爲高郭璞曰以爲高談奢言淫樂而顯侈靡郭璞曰顯明也奢闊也竊爲足下不取也必若所言固非楚國之美也無而言之是害足下之信也彰君惡傷私義善曰史記樂毅與燕惠王書曰恐傷先王之明有害足下之義彰君惡害私義非楚國之美彰君惡也害足下之信傷私義也本或云有而言之是彰君之惡者非也二者無一可而先生行之必且輕於齊而累於楚矣文穎曰必見輕於齊輕易於齊也善曰使者失辭爲輕於齊使非其人爲累於楚也累力瑞切且齊東陼鉅海南有琅邪蘇林曰小洲曰陼司馬彪曰齊東臨大海爲渚也張揖曰琅邪臺名也在渤海閒善曰呂氏春秋辛寬曰太公望封於營丘渚海阻山也聲類曰陼或作渚觀乎成山張揖曰觀闕也成山在東萊掖縣於其上築宮闕也射

尤云湯谷五臣作暘谷

乎之罘晉灼曰之罘山在東萊腄縣巀其上也善曰腄直瑞切浮渤澥應劭曰渤澥海別枝也澥音蟹游孟諸文穎曰宋之大澤也故屬齊邪與肅慎爲隣郭璞曰肅慎國名在海外北接之右以湯谷爲界司馬彪曰湯谷日所出也以爲東界也善曰言爲東界則右當爲左字之誤也秋田乎青丘服虔曰青丘國在海東三百里善曰山海經曰青丘其狐九尾徬徨乎海外善曰毛詩曰海外有截吞若雲夢者八九於其胷中曾不蔕芥善曰蔕芥已見西京賦若乃俶儻瑰瑋異方殊類郭璞曰俶儻猶非常也善曰廣雅曰瑰瑋琦玩也俶佗歷切珍怪鳥獸萬端鱗崪善曰高唐賦曰珍怪奇偉不可稱論張揖曰崪與萃同集也充牣其中不可勝記禹不能名卨不能計張揖曰禹爲堯司空辯九州名山別草木卨爲堯司徒敷五教率萬事應劭曰契善計也善曰廣雅曰充牣滿也然在諸侯之位不敢言游戲之樂苑囿之大先

汪遺此一條未韓

生又見客如淳曰見賓客禮待故也是以王辭不復司馬彪曰復荅也何爲無以應哉

文選卷第七

壬六月廿五日　侃覽

文選卷第八

梁昭明太子撰

文林郎守太子右內率府錄事參軍事崇賢館直學士臣李善注上

畋獵中

司馬長卿上林賦

楊子雲羽獵賦

○上林賦一首　司馬長卿　郭璞注

亡是公听然而笑善曰說文曰听笑貌也牛隱切曰楚則失矣而齊亦未爲得也夫使諸侯納貢者非爲財幣所以述職也郭璞曰諸侯朝於天子曰述職善曰尚書大傳曰古者諸侯之於天子五年一朝見述其職述職者述其所職也封疆

臣或無

貶當依漢書作㝵

西河 西

畫界者非爲守禦所以禁淫也郭璞曰天下有道守在四夷立境界者欲以杜
絶淫放耳善曰小雅曰淫過也今齊列爲東藩而外私肅愼郭璞曰私與通也
捐國踰限越海而田其於義固未可也且二君之論不
務明君臣之義正諸侯之禮徒事爭於游戲之樂苑囿之
大欲以奢侈相勝荒淫相越此不可以揚名發譽而適
足以貶君自損也晉灼曰貶古貶字也善曰鄧析子曰因勢而發譽毛萇詩傳曰秖適也
且夫齊楚之事又烏足道乎君未覩夫巨麗也獨不聞
天子之上林乎左蒼梧右西極文穎曰蒼梧郡屬交州在長安東南故言左爾
雅曰至于豳國爲西極在長安西故言右也丹水更其南應劭曰丹水出上洛冢領山東南至
析縣入汋水更公衡切紫淵徑其北文穎曰河南穀羅縣有紫澤在縣北於長安爲在北也

沈　皇

言

郭璞曰椒丘見楚辭

終始灞滻，出入涇渭；張揖曰灞滻二水終始盡於苑中不復出也涇渭二水從苑外來又出苑去也酆鎬潦潏，紆餘委蛇，經營乎其內。張揖曰酆水出鄠縣南山酆谷北入渭鎬在昆明池北善曰潦即澇水也說文曰澇水出鄠縣北入渭潏水出杜陵今名沈水自南山黄子陂西北流經至昆明池入渭郭璞曰經營其內周旋苑中也蕩蕩乎八川分流，相背而異態。郭璞曰變態不同也善曰潘岳關中記曰涇渭灞滻酆鄗潦潏凡八川東西南北，馳騖往來，郭璞曰言更相錯涉也來盧代切出乎椒丘之闕，服虔曰丘名也兩山俱起象雙闕者也善曰楚辭曰馳椒丘兮焉且止且止也音昌呂切行乎洲淤之浦，張揖曰淤漫也浦水崖也淤於庶切善曰方言曰水中可居者曰洲三輔謂之淤也經乎桂林之中，張揖曰桂林林名也南海經曰桂林八樹在番禺東也過乎泱漭之壄。張揖曰山海經所謂大荒之野如淳曰大貌也泱烏朗切汩乎混流，順阿而下，蘇林曰楊雄方言曰汩遅疾也汩于

校乘七發注引埼作碕

七云澎湃五臣作滂湃

筆切郭璞曰混并也阿大陵也赴隘陿之口郭璞曰夾岸間爲陿隘於懈切陿音狹觸穹石激堆埼張揖曰穹石大石也埼曲岸頭也郭璞曰堆沙堆也丁回切埼巨依切沸乎暴怒郭璞曰沸水聲也音拂洶涌彭湃司馬彪曰洶涌跳起也彭湃波相戾也洶許勇切湃蒲拜切滭弗宓汩蘇林曰滭音畢宓音密司馬彪曰滭弗盛貌也宓汩去疾也汩于筆切偪側泌瀄郭璞曰泌瀄音筆櫛司馬彪曰偪側相迫也泌瀄相楔也偪字與逼同楔先結切橫流逆折轉騰潎洌司馬彪曰逆折旋回也孟康曰轉騰相過也潎洌相撇也潎匹列切洌音列滂濞沆溉司馬彪曰滂濞水聲也沆溉徐流也郭璞曰滂音匹亨切濞匹祕切溉胡慨切韋昭曰沆胡郎切穹隆雲橈郭璞曰巃起回宛也善曰雲橈橈如雲屈橈也橈女教切宛潬膠盭司馬彪曰宛潬展轉也膠盭邪屈也宛音婉潬音善盭古戾字踰波趨浥涖涖下瀨司馬彪曰踰波後波淩前波也趨浥輸於淵也涖涖水聲也浥於俠切涖音利批巖衝擁奔揚滯沛

據注引韋昭音及史記漢書濦注同

尤云潢漾五臣作潢洋

言溢

司馬彪曰擁曲隈也善曰說文曰批擊也滯沛奔揚之貌也滯直制切沛蒲蓋切臨坻注壑瀺
灂霣墜鄧展曰坻水中山也坻音遲善曰字林曰瀺灂小水聲也霣即隕字也墜直類切沈沈
隱隱砰磅訇礚善曰沈沈深貌也隱隱盛貌也司馬彪曰砰磅訇礚皆水聲也砰普泳切磅普
萌切潏潏淈淈湁潗鼎沸善曰說文曰潏水湧出也淈水出貌周成雜字曰湁潗水沸貌也淈音骨
湁勑立切潗子入切馳波跳沫汩濦漂疾司馬彪曰汩隱水聲也韋昭曰濦許及切善曰
汩于筆切漂匹姚切悠遠長懷郭璞曰懷亦歸變文耳寂漻無聲肆乎永歸
善曰說文曰漻清深也漻音聊杜預左氏傳注曰肆放也言水奔放而長歸於淵海也然後灝溔潢漾郭璞
曰皆水无涯際貌也灝音皓溔弋少切潢胡廣切漾弋丈切安翔徐回郭璞曰言運轉也翯
乎滈滈郭璞曰水白光貌也翯胡角切滈音鎬東注太湖郭璞曰太湖在吳縣尚書所謂震澤
也衍溢陂池郭璞曰其形狀而出也陂池江旁小水於是乎蛟龍赤螭文穎曰龍

子爲螭張揖曰魱鱛漸離李奇曰周洛曰鮪蜀曰魱鱛赤螭雌龍也出鞏山穴中司馬彪曰漸離魚名也張揖曰其形狀未聞魱音亘鱛音懵鰅鰫鰬魠郭璞曰鰅魚有文彩鰫似鰱而黒鰬似鱓魠鰔一名黄頰鰅音顒鰫肯容切鰬音乾魠音托鱓音善鰔音感禺禺魼鰨郭璞曰禺禺魚皮有毛黄地黒文魼比目魚狀似牛脾細鱗紫色兩相合得乃行鰨鯢魚也似鮎有四足聲如嬰兒禺禺音顒魼音榻鰨奴榻切揵鰭掉尾振鱗奮翼郭璞曰揵舉也鰭背上鬣也善曰髙唐賦曰振鱗奮翼揵巨言切掉徒釣切潛處乎深巖郭璞曰隱岸垠也魚鼈讙聲萬物衆夥善曰小雅曰夥多也明月珠子的皪江靡應劭曰靡邊也明月珠子生於江中其光耀乃照於江邊也張揖曰靡厓也善曰說文曰玓瓅明珠光也玓瓅與的皪音義同蜀石黄碝水玉磊砢張揖曰蜀石石次玉者也郭璞曰碝碝石黄色水玉水精也磊砢魁礨貌也善曰山海經曰常庭之山其上多水玉碝如交切砢洛可切磷磷爛爛采色澔汗郭璞曰皆玉石符采映耀也磷音吝澔音皓藂

尤云汎淫五臣作沈淫

積乎其中。鴻鷫鵠鴇，駕鵝屬玉，張揖曰鴻大鴈也郭璞曰鷫鷫鷞也屬玉似鴨而大長頸赤目紫紺色者

交精旋目，郭璞曰交精似梟而脚高有毛冠辟火災司馬彪曰旋目鳥名也

煩鶩庸渠，郭璞曰煩鶩鴨屬也庸渠似梟灰色而雞脚一名章渠鶩音木

箴疵鵁盧，張揖曰箴疵似魚虎而蒼黑色鵁鶄頭鳥郭璞曰盧鸕鷀也箴音鍼疵音資鷀音慈也

羣浮乎其上。汎淫泛濫，隨風澹淡，郭璞曰皆鳥任風波自縱漂貌也汎音馮泛敷劒切

與波搖蕩，奄薄水渚，張揖曰奄覆也郭璞曰薄猶集也

唼喋菁藻，咀嚼菱藕。郭璞曰菁水草也善曰通俗文曰水鳥食謂之唼與唼同所甲切喋丈甲切咀才汝切嚼才削切

於是乎崇山矗矗，巃嵸崔巍，郭璞曰皆高峻貌也巃力孔切嵸音揔

深林巨木，嶄巖參差，郭璞曰皆峯嶺之貌也嶄仕銜切參楚林切差楚宜切

九嵕巀嶭，南山峩峩，郭璞曰巀嶭高峻貌也善曰九嵕南山已見西都賦巀音截嶭音齧峩音娥

巖陁

甗錡摧崣崛崎司馬彪曰陁靡也甗甗也錡欹也上大下小有似欹甗也張揖曰摧崣高貌也
崛崎斗絶也摧作罪切崣卒鄃切郭璞曰崛音掘崎音錡振溪通谷蹇產溝瀆張揖曰振
拔也水注川曰谿注谿曰谷蹇產詰曲也郭璞曰自溪及瀆皆水相通注也善曰言山石收斂溪水而不分泄
谽呀豁閜阜陵別隝司馬彪曰谽呀大貌豁閜空虛也郭璞曰隝水中山也谽呼含切呀
呼加切閜呵下切隝音擣崴磈嵔廆丘虛堀礨郭璞曰皆其形勢也崴於鬼切磈魚鬼切
嵔惡罪切廆胡罪切虛音袪堀音窟礨音磊隱轔鬱壘登降施靡郭璞曰隱轔鬱壘堆
壟不平貌轔洛盡切壘音壘施式氏切陂池貏豸郭璞曰陂池旁頹貌也陂音皮貏音被豸直爾
切善曰貏豸漸平皃沇溶淫鬻張揖曰水流谿谷之間也沇以水切溶音容淫以舟切鬻音育散
渙夷陸司馬彪曰布平地也亭皐千里靡不被築服虔曰皐澤也隄上十里一亭
郭璞曰皆築地令平也被皮義切揜以綠蕙被以江離張揖曰掩覆也綠王芻也蕙薰

尔雅葴寒漿　疑此持當作將也
尤云葴持五臣作葴橙
尤云蔣苧五臣作蔣苧

草也郭璞山海經曰蕙香草蘭屬也糅以蘼蕪雜以留夷張揖曰留夷新夷也善曰王逸楚辭注曰留夷香草布結縷郭璞曰結縷蔓生如縷相結攢戾莎司馬彪曰戾莎莎名也揭車衡蘭應劭曰揭車一名芞輿香草也揭去竭切芞巨乞切稾本射干郭璞曰稾本稾茇也方末切司馬彪曰射干香草也射弋舍切茈薑蘘荷張揖曰茈薑子薑也茈音紫蘘人羊切葴持若蓀如淳曰葴音鍼韋昭曰持音懲張揖曰葴持闕若杜若郭璞曰蓀香草也鮮支黃礫司馬彪曰鮮支支子也張揖曰皆香草也蔣苧青薠張揖曰蔣菰也苧三稜也郭璞曰苧音杼布濩閎澤延曼太原郭璞曰布濩猶布露也善曰閎大也濩音護延弋戰切離靡廣衍善曰離靡離而邪靡不絕之貌也孟康甘泉賦注曰衍无厓岸也離力爾切應風披靡吐芳揚烈善曰烈酷烈香氣盛也披丕蟻切郁郁菲菲眾香發越郭璞曰香氣射散也菲音妃肸蠁布寫晻薆咇茀司馬彪曰肸過也芬芳之過若蠁之布寫也郭璞曰

香氣盛馝馞也善曰說文曰肸蠁布也馝馞咇茀音義同說文曰馣馤香氣奄藹也馣與晻馤與薆音義同晻
音奄咇步必切茀音勃於是乎周覽泛觀縝紛軋芴孟康曰縝紛衆盛也軋芴
緻密也縝丑人切芴音勿芒芒怳忽郭璞曰言眼亂也芒莫朗切視之無端察之
無涯日出東沼入乎西陂張揖云日朝出苑之東池暮入於苑西陂中善曰漢宮殿
簿曰長安有西陂池東陂池其南則隆冬生長涌水躍波張揖曰其苑南陽煖
則盛冬十月草木生長也郭璞曰躍波言不凍也善曰孫卿子曰松柏經隆冬而不彫其獸則獽
旄貘犛沈牛麈麋郭璞曰獽似牛領有肉堆也音容張揖曰旄旄牛也其狀如牛而四節毛
貘白豹犛牛黑色出西南徼外沈牛水牛也能沈没水中麈似鹿而大善曰南越志曰潜牛形角似水牛一名
沈牛也赤首圜題窮奇象犀張揖曰題頟也窮奇狀如牛而蝟毛其音如嘷狗食人者
也其北則盛夏含凍裂地涉冰揭河司馬彪曰揭舉衣也善曰尸子曰寒

謝希逸宋孝武宣貴
妃誄注引櫚作檐

凝冰裂地其獸則麒麟角端騊駼橐駝郭璞曰麒似麟而無角角端似貊角在鼻
上中作弓韋昭曰背上有肉似橐故曰橐駝也蛩蛩驒騱駃騠驢驘郭璞曰驒騱駏驉類
也駃騠生三日而超其母驒音顛騱音奚駃音玦騠音提騾驘同於是乎離宮別館彌
山跨谷善曰鄭玄周禮注曰彌徧也高廊四注重坐曲閣司馬彪曰廊廡上級曰
下級皆可坐故曰重坐曲閣閣道委曲也華榱璧璫輦道纚屬韋昭曰裁金為璧以當榱
頭也如淳曰輦道閣道也司馬彪曰纚屬連屬也張揖曰纚力尔切屬之欲切步櫚周流長途
中宿善曰步櫚步廊也周流周徧流行也楚辭曰曲屋步櫚郭璞曰中途樓閣間陛道司馬彪曰中宿乃
至其上夷峻築堂累臺增成如淳曰峻山也張揖曰平此山以作堂者也重累而成之故曰
增成峻子公切巖窔洞房郭璞曰言於巖窔底為室潛通臺上也善曰窔一吊切頫杳眇
而無見仰攀橑而捫天善曰聲類曰頫古文俯字說文曰頫低頭也楚辭曰遂儵忽而

○史漢如此箱法同

赭白馬賦引張揖象輿注僤作嬋

○高唐賦注及史漢裖法同

捫天。晉灼曰：𢫬，古攀字也。捫，摸也。撩音老。捫音門。奔星更於閨闥，宛虹拖於楯軒。善曰：奔，流星也。行疾，故曰奔。如淳曰：宛虹，屈曲之虹也。應劭曰：楯，欄檻也。司馬彪曰：軒，楯下版也。更，工衡切。青龍蚴蟉於東葙，郭璞曰：蚴蟉，龍行貌也。善曰：孫炎爾雅注曰：葙，夾室前堂也。蚴，一糾切。蟉，力糾切。象輿婉僤於西清。張揖曰：山出象輿，瑞應車也。西清者，葙中清淨處也。善曰：婉僤，動貌也。僤音善。靈圉燕於閒館，張揖曰：靈圉，衆仙之號也。楚辭曰：坐靈圉而來謁。閒讀曰閑。偓佺之倫暴於南榮。郭璞曰：偓佺，仙人也。暴，謂偃臥日中也。榮，屋南檐也。醴泉涌於清室，通川過於中庭。郭璞曰：醴泉，瑞水也。善曰：言醴泉於室中涌出而通流爲川加過中庭。盤石振崖，李奇曰：振，整也。以石整頓池水之涯也。振，之刃切。嶔巖倚傾。郭璞曰：嶔巖，欹貌也。嶔，口銜切。倚，於綺切。嵯峨嶕嶢，刻削崢嶸。郭璞曰：言自然若彫刻也。司馬彪曰：崢嶸，深貌也。善曰：嶕音捷。嶸音業。玫瑰碧琳，珊瑚叢生。善曰：並已見上文。

磅礴与旁唐音義同

穀

瓀玉旁唐玢豳文鳞郭璞曰旁唐言磐礴也玢豳文理其貌也音紛彬善曰宋玉笛賦曰其䖏磅礴千仞赤瑕駁犖雜臿其間張揖曰赤瑕赤玉也郭璞曰言雜廁崖石中駁犖采點也犖洛角切晁采琬琰和氏出焉司馬彪曰晁采玉名善曰晁古朝字尚書曰弘璧琬琰在西序於是乎盧橘夏熟應劭曰伊尹書曰箕山之東青鳥之所有盧橘夏熟晉灼曰此雖賦上林博引異方珍奇不係於一也盧黑也黃甘橙楱郭璞曰黃甘橘屬而味精楱亦橘之類也音湊張揖曰楱小橘也出武陵善曰說文曰橙橘屬也枇杷橪柿亭柰厚朴張揖曰枇杷似斛樹長葉子如杏亭山梨也厚朴藥名也郭璞曰橪橪支木也橪音烟朴步角切梬棗楊梅張揖曰楊梅其實似穀子而有核其味酸出江南也櫻桃蒲陶善曰櫻桃蒲陶見南都賦隱夫薁棣張揖曰隱夫未詳薁山李也郭璞曰棣實似櫻桃也薁於六切棣徒計切荅遝離支張揖曰荅遝似李出蜀晉灼曰離支大如雞子皮麄剥去皮肌如雞子中黃味甘多酢少遝音沓離力智切羅

尤云抗紫莖五臣作杭

乎後宮列乎北園貤丘陵下平原司馬彪曰貤延也羊氏切揚翠葉

抗紫莖張揖曰抗搖也音亢發紅華垂朱榮煌煌扈扈照曜鉅野

郭璞曰言其光采之盛也煌音皇沙棠櫟櫧張揖曰沙棠狀如棠黃華赤實其味如李無核呂氏春秋曰果之美者沙棠之實櫧似柃葉冬不落應劭曰櫟採木也櫧音諸柃音零採音采華楓枰櫨張揖曰華皮可以爲索楓攝也脂可以爲香郭璞曰枰平仲木也櫨已見南都賦華胡化切留落胥邪仁頻并閭郭璞曰留未詳落檴也中作器胥邪似并閭皮可作索孟康曰仁頻椶也善曰仙藥錄曰檳榔一名椶然仁頻即檳榔也胥邪并閭已見南都賦檴音鑊欃檀木蘭孟康曰欃檀檀別名也欃音讒豫章女貞張揖曰女貞木葉冬冬不落長千仞大連抱司馬彪曰七尺曰仞夸條直暢實葉葰楙郭璞曰夸張布也司馬彪曰葰大也葰音峻攢立叢倚連卷欐佹司馬彪曰欐佹支重累也倚於綺切卷巨專切欐力爾切佹音詭善曰蒼頡篇曰攢聚也崔錯發

蠝注同別本飛

骫郭璞曰崔錯交雜𡗢骫蟠戾也崔千賄切𡗢步葛切骫古委字

坑衡閜砢郭璞曰坑衡徑直貌閜砢相扶持也坑口庚切閜烏可切砢來可切

垂條扶疏落英幡纚善曰說文曰扶疏四布也呂氏春秋曰樹肥無使扶疏英謂華也張揖曰幡纚飛揚貌也纚山爾切

紛溶箾蔘猗狔從風郭璞曰紛溶箾蔘支竦擢也張揖曰猗狔猶阿那也溶音容箾音蕭蔘音森猗憶靡切狔女尔切

藰莅芔歙司馬彪曰衆聲貌也藰音劉莅音利芔古卉字歙音翕

蓋象金石之聲管籥之音善曰金石管已見上文籥已見南都賦

偨池茈虒旋還乎後宮張揖曰偨池參差也茈虒不齊也如淳曰茈音此虒音豸郭璞曰還繞也偨音差

雜襲絫輯郭璞曰相重被也善曰絫古累字輯與集同

被山緣谷循阪下隰視之無端究之無窮於是乎

玄猨素雌蜼玃飛蠝張揖曰雌似母猴卬鼻而長尾玃似獼猴而大飛蠝鼠也其狀如兎而鼠首以其髯飛郭璞曰蠝鼺鼠也毛紫赤色飛且生一名飛生蜼音遺蠝音誄善曰玄猨言猨之雄者玄色

尤云掉希間五臣作踔

共

娭注引説文音宜作此字

也素雌猨之雌者素色也蠼音钁蛭蜩蠼猱司馬彪曰山海經曰不咸之山飛蛭四翼蜩蟬也蠼猱彌猴也郭璞曰蛭蜩未聞如淳曰蛭音質猱奴刀切獑胡縠蛫張揖曰獑胡似獮猴頭上有髦要以後黒郭璞曰縠似䶂而大要以後黄一名黄要食獮猴蛫未聞也獑音讒縠呼谷切蛫音詭棲息乎其間長嘯哀鳴翩幡互經郭璞曰互經互相經過也夭蟜枝格偃蹇杪顛郭璞曰皆獮猴在樹暴戲姿態也天蟜頻申也善曰埤蒼曰格木長皃也説文曰杪末也廣雅曰顛末也蟜音矯踰絶梁騰殊榛郭璞曰梁石絶水也張揖曰殊榛異柟也善曰踰字與踰同榛仕人切柟五曷切捷垂條掉希間張揖曰捷持懸垂之條掉往著稀疏無支之間也郭璞曰掉懸擿也託鈞切牢落陸離郭璞曰羣奔走也善曰牢落猶遼落也廣雅曰陸離參差也爛漫遠遷郭璞曰崩騰羣走貌也若此者數百千處娛遊往來宮宿館舍善曰説文曰娛戲也許其切郭璞曰皆離宮別館出入所幸也庖廚不徙後宮不移百

玉　子有

鄭氏

尤云鼓嚴簿注簿鹵簿也　五臣作嚴鼓鑄注鑄大鐘也

官備具郭璞曰言所在有也於是乎背秋涉冬天子校獵李奇曰以五校兵出獵也乘鏤象六玉虯張揖曰鏤象象路也以象牙疏鏤其車軨六玉虯謂駕六馬以玉飾其鑣勒有似虯龍也無角曰虯也郭璞曰韓子曰黃帝駕象車六蛟龍善曰此依古成文而假言之非謂似也今依郭說拖蜺旌靡雲旗張揖曰析羽毛染以五采綴以縷爲旌有似虹蜺之氣也畫熊虎於旒爲旗似雲氣也善曰此亦假言也高唐賦曰蜺爲旌雲旗已見東京賦前皮軒後道游文穎曰皮軒以虎皮飾車天子出道車五乘游車九乘在乘輿車前賦頌爲偶辭耳善曰言皮軒最居前而導游次皮軒之後此爲前後相對爲偶辭耳非謂道游在乘輿之後孫叔奉轡衛公參乘李善曰孫叔者太僕公孫賀也字子叔衛公者大將軍衛青也大駕太僕御大將軍參乘扈從橫行出乎四校之中晉灼曰扈大也張揖曰跋扈縱橫不案鹵簿也文穎曰凡五校今言四者中一校隨天子乘輿也鼓嚴簿縱獵者張揖曰鼓嚴鼓也簿鹵簿也善曰言擊嚴鼓簿鹵之中也河江

五臣本作江河

三字改執

續

江文通襍體詩鮑照注引歷作礫

爲陸泰山爲櫓郭璞曰因山谷遮禽獸爲陸櫓望樓車騎靁起殷天動地郭璞曰殷猶震也善曰靁古雷字殷音隱先後陸離離散別追郭璞曰各有所逐也善曰廣雅曰陸離參差淫淫裔裔緣陵流澤雲布雨施郭璞曰言徧山野也善曰韓子曰雲布風動周易曰雲行雨施也生貔豹搏豺狼韋昭曰生謂生取之也郭璞曰貔執夷虎屬音毗手熊羆足壄羊張揖曰熊犬身人足黑色羆如熊黃白色壄羊麢羊也似羊而青郭璞曰足謂踏也蒙鶡蘇孟康曰鶡鶡尾也蘇析羽也張揖曰鶡似雉鬪死不卻善曰蒙謂蒙覆而取之鶡以蘇爲奇故特言之以成文耳鶡音曷絝白虎郭璞曰絝謂絆絡之也善曰絝音袴被班文善曰班文虎豹之皮也司馬彪漢書曰虎賁騎皆虎文單衣跨壄馬善曰跨謂騎之也淩三嵕之危善曰漢書音義曰陵上也郭璞三倉注曰三嵕山在聞喜下磧歷之坻張揖曰磧歷不平也坻下阪道也坻音遲徑峻赴險越壑厲水郭璞曰厲以衣渡水椎蜚廉弄

獬豸郭璞曰飛廉龍雀也鳥身鹿頭張揖曰獬豸似鹿而一角人君刑罰得中則生於朝廷主觸不直者今可得而弄也獬音蟹豸文介切格蝦蛤鋋猛氏孟康曰蝦蛤猛氏皆獸名郭璞曰今蜀中有獸狀如熊而小毛淺有光澤名猛氏蝦音遐蛤音閤善曰說文曰鋋小矛也市延切羂騕褭射封豕張揖曰騕褭馬金喙赤色一日行万里者郭璞曰封豕大豬也善曰聲類曰羂係取也工犬切左氏傳申包胥曰吳為封豕長蛇箭不苟害解脰陷腦弓不虛發應聲而倒張揖曰脰項也善曰脰音豆史記陷苦念切於是乘輿弭節徘徊翱翔往來郭璞曰言周旋也善曰楚辭曰風弭節而高厲睨部曲之進退覽將帥之變態善曰部曲已見上文然後侵淫促節郭璞曰言疾驅也善曰侵淫漸進之貌儵夐遠去郭璞曰儵忽長逝也善曰曹大家幽通賦注曰夐遠也流離輕禽蹵履狡獸張揖曰流離放散也輕禽飛鳥也音灼曰輕小之禽善曰張說是也轊白鹿捷狡兔郭璞曰狡

羽

文八

兎徒跳故曰捷耳捷音接軼赤電遺光耀張揖曰軼過也郭璞曰皆妖光氣爲變怪游光之屬也追怪物出宇宙張揖曰怪物奇禽也彎蕃弱滿白羽文穎曰彎牽也蕃弱夏后氏良弓之名引弓盡箭鏑爲滿以白羽爲箭故言白羽也善曰左氏傳衛子魚曰分魯公以封父之繁弱蕃與繁古字通國語曰吳素甲白羽之矰望之如荼射游梟櫟蜚遽張揖曰梟惡鳥也故射之櫟梢也飛遽天上神獸也鹿頭而龍身郭璞曰梟羊也善曰高誘淮南子注梟羊山精也似遽類高說是也梟工聊切遽音鉅擇肉而后發先中而命處郭璞曰言必如所志也善曰廣雅曰命名也弦矢分藝殪仆文穎曰所射準的爲藝壹發死爲殪善曰說文曰仆頓也殪音翳仆音赴然后揚節而上浮郭璞曰言騰游也善曰楚辭曰鳥託乘而上浮凌驚風歷駭猋乘虛無與神俱張揖曰郭璞老子經注曰虛無寥廓與元通靈言其所乘氣之高故能出飛鳥之上而與神俱者也躪玄鶴亂昆雞張揖曰昆雞似鶴黃白色郭璞曰躪踐也亂者言亂其行

徼回

尤云消搖乎襄羊五臣作招搖乎儴佯

然

闕　別本

牛首霍光傳作牟首蓋彼是

伍也道孔鸞促鵕䴊郭璞曰遒促皆迫捕貌遒才由切拂翳鳥張揖曰山海經曰九疑之山有五采之鳥名曰翳鳥捎鳳凰捷鵷鶵掩焦明張揖曰焦明似鳳西方之鳥也善曰方言曰揜取也樂汁圖焦明狀似鳳皇宋衷曰水鳥也道盡途殫迴車而還消搖乎襄羊降集乎北紘司馬彪曰消搖逍遥也張揖曰淮南子云八澤之外乃有八紘北方之紘曰委羽郭璞曰襄羊猶彷徉也率乎直指郭璞曰率徑馳去也晻乎反鄉郭璞曰忽然疾歸貌蹷石闕歷封巒過鳷鵲望露寒郭璞曰蹷蹋也音厥張揖曰此四觀武帝建元中作在雲陽甘泉宮外鳷音支下棠棃息宜春張揖曰棠棃宮名在雲陽東南三十里郭璞曰宜春宮名在灃南杜縣東西馳宣曲張揖曰宣曲宮名也在昆明池西濯鷁牛首張揖曰牛首池名在上林苑西頭善曰漢書曰鄧通以濯舡爲黄頭郎音義曰善濯舡於池中也一說能持櫂行船也韋昭曰櫂今棹也並直孝切登龍臺張揖曰觀名也在豐水西北近渭也掩

尤云徒車之所轔轢五臣徒上有獵字轔作藺
徒字連澤爲一句
別本作踏舊音若
尤云而死者五臣而上多怖字

細柳郭璞曰觀名也在昆明池南善曰方言曰掩者息也觀士大夫之勤略司馬彪曰略巡行也均獵者之所得獲郭璞曰平其多少也徒車之所轔轢郭璞曰徒步也轢輾也善曰輾女展切步騎之所蹂若人臣之所蹈籍善曰廣倉曰若蹈足貌與其窮極倦𠜱驚憚讋伏郭璞曰窮極倦𠜱疲憊者也驚憚讋伏怖不動貌也𠜱音劇憚丁曷切讋之涉切不被創刃而死者他他籍籍郭璞曰言交横也他徒河切填阬滿谷掩平彌澤善曰廣雅曰大野曰平於是乎遊戲懈怠置酒乎顥天之臺張揖曰臺高上干顥天也張樂乎膠葛之寓郭璞曰言曠遠深貌也撞千石之鍾張揖曰千石十二萬斤也立萬石之虡張揖曰虡獸重百二十萬斤以俠鍾旁建翠華之旗樹靈鼉之鼓張揖曰以翠羽爲葆也以鼉皮爲鼓也郭璞曰華葆也奏陶唐氏之舞如淳曰舞咸池也善曰尚書曰惟彼陶唐

史漢作于是也
于注同

孔安國曰陶唐堯氏也聽葛天氏之歌張揖曰葛天氏三皇時君號也其樂三人持牛尾投足以歌八曲一曰載民二曰玄鳥三曰育草木四曰奮五穀五曰敬天常六曰徹帝功七曰依地德八曰總禽獸之極韋昭曰葛天氏古之王者其事見吕氏春秋善曰吕氏春秋云葛天氏之樂以歌入闋一曰載民三曰遂草木六曰建帝功今注以闋爲曲以民爲氏以遂爲育以建爲徹皆誤千人唱萬人和山陵爲之震動川谷爲之蕩波郭璞曰波浪起也巴渝宋蔡淮南

史記考異云巴俞當作嘐喻

干遮郭璞曰巴西閬中有渝水獠居其上皆剛勇好舞初高祖募取以平三秦後使樂府習之因名巴渝舞也張揖曰樂記曰宋音燕女溺志蔡人謳負三人淮南鼓負四人干遮曲名文成顛歌文穎曰文成遼西縣名也其縣人善歌顛益州顛縣其人能作西南夷歌也顛與滇同也族居遞奏金鼓迭起張揖曰族聚也郭璞曰遞迭也徒結切鏗鎗闛（湯）鞈（塔）洞心駭耳善曰鏗鎗鍗聲也闛鞈鼓音也毛詩曰擊鼓其鏜字書曰鞈鼓聲闛與鏜鞈與鞈古字通闛託郎切鞈音榻荆吴鄭

激

激激 回風

衛之聲郭璞曰皆淫哇也善曰禮記曰鄭衛之音亂世之音也韶濩武象之樂文穎曰韶舜樂也濩湯樂也大武武王樂也張揖曰象周公樂也南人服象爲虐於夷成王命周公以兵追之至於海南乃爲三象樂陰淫案衍之音郭璞曰流沔曲也衍弋戰切鄢郢繽紛激楚結風李奇曰鄢今宜城縣也郢楚都也繽紛舞也張揖曰楚歌曲也文穎曰衝激急風也結風亦急風也楚地風氣既自漂疾然歌樂者猶復依激結之急風爲節也其樂促迅哀切也俳優侏儒狄鞮之倡善曰三蒼曰俳倡也優樂也禮記曰夫新樂及優侏儒郭璞曰狄鞮西戎樂名也鞮丁奚切所以娛耳目樂心意者麗靡爛漫於前郭璞曰言恣所觀也靡曼美色張揖曰靡細也曼澤也善曰言作樂於前者皆是靡曼美色也下或云於後非也若夫青琴宓妃之徒伏儼曰青琴古神女也如淳曰宓妃伏羲氏女溺死洛遂爲洛水之神絕殊離俗郭璞曰離俗無雙也妖冶嫺都善曰字書曰妖巧也說文曰嫺雅也或作閑小雅曰都盛

顏延年三月三日曲水詩序注引糚作莊
嫚以據音及漢書

世

也靚糚刻飾便嬛綽約郭璞曰靚糚粉白黛黑也刻刎畫鬢鬋鬢也便嬛輕利也綽約婉
約也善曰莊子曰綽約若處子嬛音翾靚音淨柔橈嫚嫚嫵媚孅弱郭璞曰柔橈嫚嫚皆
骨體耎弱長豔貌也孅弱弱顏也善曰埤蒼曰嫵媚悅也孅弱謂容體孅細柔弱也方言曰自關而西凡物小謂
之孅橈女教切嫚於圓切嫵音武孅即纖字曳獨繭之褕絏眇閻易以卹削
張揖曰褕襜褕也絏袖也郭璞曰獨繭一繭之絲也閻易衣長大貌也卹削言如刻畫作之也善曰褕音踰絏音曳
易弋示切便姍嫳屑與俗殊服郭璞曰衣服婆娑貌善曰便步千切姍音先嫳步結切
芬芳漚鬱酷烈淑郁皓齒粲爛宜笑的皪郭璞曰香氣盛也漚一候切又曰鮮明貌也善曰楚
辭曰美人皓齒嫮以姱又曰嫮目宜笑娥眉曼皪音礫長眉連娟微睇緜藐郭璞曰連
娟言曲細也緜藐遠視貌善曰娟一全切睇大計切藐音邈色授魂與心愉於側張揖
曰彼色來授我魂往與接也愉音踰於是酒中樂酣郭璞曰中半也中仲切天子芒

顏延年三月三日曲水詩序注引葉作代

然而思似若有亡司馬彪曰亡喪也曰嗟乎此大奢侈朕以覽
聽餘閒無事棄日善曰言聽政既有餘暇無事而虛棄時日也閒音閑順天道以
殺伐郭璞曰因秋氣也善曰家語孔子曰啓蟄不殺則順天道也時休息於此郭璞曰謂
苑囿中也恐後葉靡麗遂往而不返非所以爲繼嗣創業垂
統也郭璞曰言不可以示將來也善曰爲于僞切孟子曰君子創業垂統爲可繼也於是乎乃
解酒罷獵而命有司曰地可墾闢悉爲農郊以贍萌隸
張揖曰邑外謂之郊郊田也詩曰稅于農郊韋昭曰萌民也司馬彪曰隸小臣也善曰爾雅曰命告也蒼頡篇
曰墾耕也小雅曰贍足也隤墻填塹使山澤之人得至焉郭璞曰芻蕘者
往也雉兎者往也實陂池而勿禁虛宮館而勿仞司馬彪曰養魚鼈滿陂池
而不禁民取也郭璞曰虛言不聚人衆其中也仞滿也發倉廩以救貧窮補不足

善曰蔡邕月令章句曰穀藏曰倉米藏曰廩孟子齊景公興發補不足趙岐曰興惠政發倉廩以振貧而補不足也恤鰥寡存孤獨出德號省刑罰郭璞曰號號令也改制度郭璞曰變宫室車服易服色郭璞曰衣尚黑革正朔郭璞曰更以十二月爲正平旦爲朔與天下爲更始郭璞曰新其事於是歷吉日以齋戒張揖曰歷筭也善曰周易曰聖人以此齋戒韓康伯曰洗心曰齋防患曰戒襲朝服乘法駕司馬彪曰襲衣服也法駕六馬也建華旗鳴玉鸞郭璞曰鸞鈴也善曰楚辭曰鳴玉鸞之啾啾游于六藝之囿馳騖乎仁義之塗郭璞曰六藝禮樂射御書數也論語曰游於藝塗道也善曰藝六經也覽觀春秋之林如淳曰春秋義理繁茂故比之於林藪也射貍首兼騶虞郭璞曰貍首逸詩篇名諸侯以爲射節騶虞召南之卒章天子以爲射節也弋玄鶴舞干戚郭璞曰干楯也戚斧也善曰言古者舞玄鶴以爲瑞令弋取之而舞干戚也尚書大傳曰舜樂歌曰和伯之樂舞玄鶴

尤云德隆於三王五臣王作皇

公羊傳曰朱干玉戚以舞大夏載雲䍐揜羣雅張揖曰罕畢也前有九流雲罕之車掩捕也詩
小雅之材七十四人大雅之材三十一人故曰羣雅也善曰先用雲罕以獵獸今載之於車而捕羣雅之士也
悲伐檀張揖曰其詩刺賢者不遇明王也樂樂胥善曰毛詩曰君子樂胥受天之祜言王者
樂得材智之人使在位故天與之福祿也胥先呂切脩容乎禮園郭璞曰禮所以整威儀自脩飾
也翱翔乎書圃郭璞曰尚書所以疏通知遠者故遊涉之述易道郭璞曰脩絜靜精微
之術放怪獸張揖曰苑中奇怪之獸不復獵登明堂坐清廟郭璞曰明堂者所以朝諸
侯處清廟太廟也善曰禮記月令曰天子居太廟太室鄭玄曰太廟太室中央室也次羣臣奏得
失四海之內靡不受獲善曰得恩德也於斯之時天下大說鄉
風而聽隨流而化芔然興道而遷義郭璞曰芔猶勃也許貴切刑錯
而不用德隆於三王而功羨於五帝善曰包咸論語注曰錯置也千故切司馬

箋

尤云萬乘之侈五臣作所侈 别本有所字必當補 漢書有所

百姓被其尤意言見討伐而失國不敢斥言耳 此言与上子虚賦諷梁王者相應

（彪曰羨溢也）若此故獵乃可喜也若夫終日馳騁勞神苦形罷車馬之用抏士卒之精（郭璞曰精銳也抏損也音翫）費府庫之財而無德厚之恩（善曰管子曰國雖盛滿無德厚以安之國非其國也）務在獨樂不顧衆庶（善曰鄭玄毛詩曰顧念也）忘國家之政貪雉兔之獲則仁者不繇也（郭璞曰繇道也音由）從此觀之齊楚之事豈不哀哉地方不過千里而囿居九百是草木不得墾辟而人無所食也（善曰蒼頡篇曰墾耕也薛君韓詩章句曰辟除也）夫以諸侯之細而樂萬乘之侈僕恐百姓被其尤也於是二子愀然改容超若自失（郭璞曰愀然變色貌也村誘切善曰禮記曰孔子愀然作色而對也）逡巡避廗（善曰公羊傳曰逡巡北面再拜廣雅曰逡巡却退也孝經曰曾子避廗廗與席古字通）曰鄙人固陋不知

尤云超若自失五臣無此一句

忌諱善曰廣雅曰鄙小也乃今日見教謹受命矣

羽獵賦并序　楊子雲

孝成帝時羽獵服虔曰士卒負羽也善曰高唐賦曰傳言羽獵雄從以爲昔在二帝三王應劭曰堯舜夏殷周也善曰春秋説題辭曰尚書者二帝之迹三王之義所以推期運明命授之際宮館臺榭沼池苑囿林麓藪澤財足以奉郊廟御賓客充庖廚而巳善曰財與纔同毛萇詩傳曰御進也禮記曰天子無事歲三田一爲乾豆二爲賓客三爲充君之庖也不奪百姓膏腴穀土桑柘之地女有餘布男有餘粟善曰孟子曰以羨補不足則農有餘粟女有餘布也國家殷富上下交足故甘露零其庭醴泉流其唐善曰禮記曰天降膏露地出醴泉孝經援神契曰甘露一名膏露應劭曰爾雅曰廟中路謂之唐也鳳凰巢其樹黃龍游其沼麒麟臻其

漢書無東字此當衍

囿神爵棲其林善曰禮記曰鳳皇麒麟皆在郊藪龜龍在宮沼漢書注曰神雀大如鷃斑文昔者禹任益虞而上下和草木茂善曰尚書帝曰疇若予上下草木禹曰益哉帝曰汝作朕虞孔安國曰上謂山下謂澤也成湯好田而天下用足善曰呂氏春秋曰湯見網置四面湯拔其三面也文王囿百里民以爲尚小齊宣王囿四十里民以爲大裕民之與奪民也善曰孟子齊宣王問孟子曰文王之囿方七十里有諸曰有之若是其大乎荅曰民猶以爲小也寡人之囿方四十里民猶以爲大何也荅曰文王之囿與人同之民以爲小不亦宜乎王之囿四十里殺其麋鹿如殺人之罪人以爲大不亦宜乎孫卿子曰足國之道節用裕民而善藏其餘不知節用裕民雖好取侵奪猶將寡獲也武帝廣開上林東南至宜春鼎湖御宿昆吾晉灼曰鼎湖宮黃圖以爲在藍田昆吾地名上有亭善曰宜春已見上文三秦記曰樊川一名御宿旁南山西至長楊五柞善曰漢書

賓 注

曰甃屋有長楊五柞宮旁步浪切北繞黃山瀕賓渭而東善曰漢書曰槐里有黃山之宮瀕涯也言循渭水之涯而東也公羊傳濤塗曰瀕海而東瀕與賓同音也周袤數百里善曰說文曰南北曰袤穿昆明池象滇河瓚曰西南夷有昆明國又有滇池故作昆明池以象之以習水戰營建章鳳闕神明馺娑孟康曰馺娑殿名也善曰鄭玄毛詩箋曰營治也建章宮名也神明臺名也漸臺泰液象海水周流方丈瀛洲蓬萊善曰漢書曰建章其北治太液池漸臺高二十餘丈名曰泰液中有蓬萊方丈瀛洲象海中仙山服虔曰海中三山名法効象之游觀侈靡窮妙極麗雖頗割其三垂以贍齊民善曰三垂謂西方南方東方武帝侵三垂以置郡故謂之割漢書杜鄴上書曰三垂蠻夷又雄上書曰北狄中國之堅敵三垂比之縣矣爾雅曰邊垂也如淳曰齊等也無有貴賤故謂之齊人若今言平人矣晉灼曰中國被教齊整之民然至羽獵甲車戎馬器械儲偫禁禦所營善曰說文曰儲

制　泉　亦

徬待也應劭曰禦禁也謂禁止往來營謂造作也即賦云禦自汧渭經營酆鄗甲或爲田非也尚泰奢麗誇詡善曰毛萇詩傳曰詡大也許羽切非堯舜成湯文王三驅之意也善曰三驅已見西都賦又恐後世復脩前好不折中以泉臺服虔曰魯莊公築臺非禮也至文公毀之公羊譏云先祖爲之而毀之勿居而已今楊雄以宮觀之盛非成帝所造勿脩而已當以泉臺爲折中也韋昭曰制或爲折也故聊因校獵賦以風之善曰七略曰羽獵賦永始三年十二月上校獵已見上文其辭曰

或稱羲農豈或帝王之彌文哉善曰假爲或人之意言古之樸素而合禮者咸稱羲農是則豈或謂後代帝王彌加文飾而不合禮哉故論者荅之於下論者云否各以並時而得宜奚必同條而共貫善曰論者雄自謂也言帝王文質各並時而得宜何必同條而共貫乎言必不然也尚書大傳曰否不也漢書武帝制曰帝王之道豈不同條共貫也則

尤云侔訾五臣作呰資

泰山之封焉得七十而有二儀孟康曰封禪各言異也善曰管子曰古之封太山禪梁父者七十二家而夷吾所記者十有二焉是以創業垂統者俱不見其爽遐邇五三孰知其是非張晏曰爽差也不差其優劣誰知其賢愚也善曰言創業垂統者各隨時立制皆不見其差爽故五帝三王誰知其是非乎但文質不同明無是非也廣雅曰爽差也遂作頌曰麗哉神聖處於玄宮富既與地乎侔訾貴正與天乎比崇善曰玄北方也禮記月令曰季冬天子居玄堂右个蔡邕月令章句曰玄黑也其堂尚玄莊子曰夫道顓頊得之以處玄宮又曰莫神於天莫富於地莫大於帝王故曰帝王之德配天地齊桓曾不足使扶轂楚嚴未足以為驂乘狹三王之阨僻嶠高舉而大興善曰史記曰齊公子小白立是爲桓公又曰楚穆王卒子莊王侶立春秋感精記曰黃池之會重吳子滕薛夾轂魯衛驂乘鄭氏曰阨僻陋小也王逸楚辭注曰嶠舉也嶠音矯歷五

尤云涉〻三皇五臣作陟

從漢書删與〻以也

奉衍

尤云戍卒五臣作戎

眢當依漢書顏本作杳〻者冥〻借望遠合也作眢失韻應注亦當本作杳作眢亦可此與上与月韻不

帝之寥廓。涉三皇之登閎。善曰寥廓高遠也韋昭曰登高也閎大也建道德以
爲師友仁義與之爲朋。於是玄冬季月天地隆烈。善曰北方水色
黒故曰玄冬隆烈陰氣盛萬物權輿於內徂落於外。善曰爾雅曰權輿始也大戴禮曰孟
春百草權輿帝將惟田于靈之囿開北垠受不周之制。善曰薛君韓詩
章句曰惟辭也孟康曰西北爲不周風謂冬時也以奉終始顓頊玄冥之統。應劭
曰顓頊玄冥皆北方之神主殺戮者迺詔虞人典澤東延昆鄰西馳閶闔
善曰孔安國尚書傳曰虞掌山澤之官又曰延及也張晏曰東至昆明之邊也善曰閶闔已見上文儲積共
偫戍卒夾道善曰鄭舍人爾雅注曰共具物也偫具事也漢書曰廷中陳車騎戍卒衛官也斬叢
棘夷野草善曰杜預左氏傳注曰夷殺也禦自汧渭經營酆鎬。善曰孔安國尚書傳
曰經營規度也章皇周流出入日月天與地沓。善曰章皇猶彷徨也周流周匝

當輒改　沓錯亦訓合而失
韻
尤云虎路注路音落五臣作落

尤云白楊之南五臣作長楊

劉越石勸進表注引鏌
作莫

流行也出入日月言其廣大日月似在其中出入也張晏曰日出扶桑入湯谷應劭曰沓合也爾廼虎路三嵕以爲司馬圍經百里而爲殿門晉灼曰路音落落罼也服虔曰以竹虎落此山也應劭曰外門爲司馬門殿門在內也善曰三嵕已見上文外則正南極海邪界虞淵應劭曰虞淵日所入也善曰爾雅曰極至也淮南子曰至于虞淵是謂黃昏鴻濛沆茫揭以崇山韋昭曰鴻濛沆茫水草廣大貌也善曰薛綜東京賦注曰揭猶表也鴻胡孔切濛莫孔切沆胡朗切茫音莽揭音竭也營合圍會然後先置乎白楊之南昆明靈沼之東張晏曰先置供具於前也服虔曰白楊觀名也善曰三秦記曰昆明池中有靈沼神池賁育之倫蒙盾負羽杖鏌邪而羅者以萬計善曰說苑曰勇上孟賁水行不避蛟龍陸行不避虎狼育夏育也已見西京賦說文曰鏌邪大戟也鏌音莫邪弋奢切其餘荷垂天之罼張竟壄之罘善曰言罼之大垂天之邊也靡日月之朱竿曳彗星之飛旗善曰朱竿

執

尤云緁獵五臣作捷獵

王元長三月三日曲水詩序注引殷殷作隱隱

太常之竿也周禮曰日月爲太常王建太常穆天子傳曰日月之旗七星之文河圖曰彗星者天地之旗也楚辭曰攬彗星以爲旗**青雲爲紛紅蜺爲繯屬之乎崑崙之虚**韋昭曰紛旗旒也繯旗上繫也善曰鄭玄喪服傳注曰屬連也爾雅曰河出崑崙虚繯下犬切屬之欲切虚音墟**渙若天星之羅浩如濤水之波**善曰天星之羅言光明也濤水之波言廣大也**淫淫與與前後要遮**善曰淫淫與與皆行貌也**欃槍爲闉明月爲候**孟康曰闉戰鬬自障蔽如城門外女垣也善曰杜預左傳注曰候望敵者**熒惑司命天弧發射**張晏曰熒惑法使司命不祥天弧虚上二星善曰樂緯稽耀嘉曰熒惑主命禮記曰凡生於天地之閒者皆曰命漢書曰狼下有四星曰弧**鮮扁陸離駢衍佖路**服虔曰鮮扁戰鬬軍陣貌也駢衍軍壘駢衍也晉灼曰佖滿也善曰扁音篇佖頻一切**徽車輕武鴻絧緁獵**晉灼曰徽疾貌也音揮善曰廣雅曰武健也鴻絧相連貌也緁獵相次貌也鴻胡弄切絧徒弄切緁音捷**殷殷軫**

尤云窮夐五臣作竆冥

彰被陵緣岅窮夐極遠者相與列乎高原之上善曰般彰盛貌也夐或爲冥般音隱羽騎營營昈分殊事章昭曰騎負羽也蘇林曰昈明也善曰毛萇詩傳曰營營往來貌昈分謂羽騎明白分别各殊其事也昈音户繽紛往來轠轤不絕若光若滅者布乎青林之下孟康曰轠轤連屬貌也如淳曰轠音雷轤音盧於是天子乃以陽晁始出乎玄宮善曰陽朝陽明之朝晁古字同也撞鴻鍾建九旒善曰尚書大傳曰天子將出則撞黃鍾鍾禮記曰龍旗九旒也六白虎載靈輿善曰杜業奏事曰輬車駕白虎四白虎馬名服虔曰靈輿天子輿也蚩尤並轂蒙公先驅善曰韓子曰黃帝駕象車異方並轂蚩尤居前楚辭曰選衆以並轂漢書音義曰蒙公蒙恬也如淳曰蒙公髦頭也晉灼曰此多說天子事如說是並步浪切立歷天之旂曳捎星之旃韋昭曰歷干也捎拂也霹靂烈缺吐火施鞭應劭曰霹靂雷也烈缺閃隙也火電照也善曰

尤玄校騎五臣作校騎
列 別本及漢書
内

言威德之盛役使百神故霹靂烈缺吐火施鞭而為衛也閃失染切萃傱沇溶淋離廓落戲八鎮而開關應劭曰四方四隅為八鎮如淳曰不言九者一鎮在中天子居之故也善曰埤蒼曰傱走貌也沇溶盛多之貌也上林賦曰沇溶淫鬻傱先勇切沇以水切溶音容戲音麾飛廉雲師吸嗅潚率鱗羅布烈攢以龍翰善曰楚辭曰後飛廉使奔屬王逸曰飛廉風伯也雲師已見吳都賦說文曰吸喘息也埤蒼曰嗅喘息聲也潚率吸嗅之貌鱗羅若鱗之羅也攢以龍翰若龍翰之聚也鄭玄尚書大傳注曰翰毛之長大者嗅普利切潚音肅啾啾蹌蹌入西園切神光善曰郭璞三蒼解詁曰啾啾衆聲也啾或為秋蹌蹌行貌楚辭曰鳴玉鸞之啾啾張晏曰切近也神光宮名也望平樂徑竹林張揖曰平樂館名晉灼曰在上林中也蹂蕙圃踐蘭唐善曰蕙圃已見子虛賦服虔曰蘭唐蘭生唐中也舉烽烈火轡者施技善曰轡者執轡之人也方馳千駟狡騎萬師晉灼曰狡徤之騎也善曰鄭玄毛詩箋曰方併也虓

別本作岠舊注音巨

尤云娭淵淵五臣作嬉閒閒

王元長曲水詩序注引猋作飇

虎之陳從橫膠輵猋拉雷厲驥䮐騂騃礚服虔曰㺀音哮鄧展曰拉音獵善曰毛詩曰闞如虓虎拉風聲也哮火交切輵音葛驥足人切騂普萌切騃力莖切洶洶旭旭天動地岋善曰洶洶旭旭鼓動之聲也韋昭曰岋動貌也洶旭勇切岋五合切羨漫半散蕭條數千里外善曰羨弋戰切若夫壯士忼慨殊鄉別趣善曰鄉音向毛萇詩傳曰趣趨也東西南北騁耆奔欲善曰言各隨其耆欲而奔騁也耆音嗜拕蒼豨跋犀犛蹶浮麋韋昭曰跋蹋也應劭曰蹶頓也善曰廣雅曰拕引也音他浮麋遻麋也跋步末切蹶居月切斮巨狿搏玄猨韋昭曰斮斬也側略切服虔曰巨狿獸名也善曰廣雅曰搏擊也狿已見上林賦騰空虛距連卷張晏曰連卷木也善曰距古岠字也孔安國尚書傳曰距至也卷音拳踔天蟜娭澗閒張晏曰踔天蟜之枝也善曰三蒼詁訓曰踔踰也丑孝切莫莫紛紛山谷為之風猋林叢為之生塵善曰莫莫紛紛

藜 注同
劉貢父以為烏獲夷羿是也或疑下羿氏不知羿与窮后自別

尤云大浦五臣作大溥
姓案楊雄傳作溥

風塵之貌也及至獲夷之徒蹶松柏掌蒺藜服虔曰獲夷能獲夷狄者善曰蹶踏也掌以掌擊之也爾雅曰茨蒺藜獵蒙蘢轔輕飛善曰蒙蘢已見上文輕飛輕獸飛禽也屨般首帶脩蛇如淳曰般音班玢首虎之頭也善曰屨謂踐履之也淮南子曰吴為封豕長蛇鉤赤豹摼象犀韋昭曰摼拒也善曰摼古牽字跇巒阬超唐陂如淳曰跇超踰也音義曰巒山小而鋭阬大坂也車騎雲會登降闇藹善曰闇藹衆盛貌闇烏感切泰華為旒熊耳為綴張晏曰旒幡綴旒也善曰綴亦旒也司馬相如大人賦曰垂絳幡之素蜺張揖曰以赤氣為幡綴以白氣也木仆山還漫若天外如淳曰還音旋言山為之回旋也善曰宋玉大言賦曰長劍耿介倚天外儲與乎大浦聊浪乎宇內服虔曰儲與相羊貌也浦水涯也善曰淮南子曰陰陽儲與聊浪放蕩也與音餘浦音普浪音琅於是天清日晏善曰許慎淮南子注曰晏無雲之處也逢蒙列眥羿氏控弦善曰吴越春秋曰黄帝作弓後有楚狐父以其

畢

道傳羿羿傳逢蒙許文曰匈奴名引弓曰控弦皇車幽輵光純天地服虔曰皇車君車也李奇曰純緣繞也善曰幽輵車聲也方言曰純文也輵一轄切純之允切望舒彌轡服虔曰望舒月御也如淳曰楚辭曰前望舒使先駈善曰彌轡按行貌也彌與弭古字通彌莫爾切翼乎徐至於上蘭晉灼曰上蘭觀在上林中也移圍徙陣浸淫蹵部善曰部軍之部伍也毛萇詩傳曰蹵促也蹵古字通子育切曲隊堅重各按行伍善曰隊徒內壁切行胡郎切壘天旋神抶電擊善曰言威之盛也埤蒼曰抶笞擊也逢之則碎近之則破善曰六韜太公曰當之者破近之者亡鳥不及飛獸不得過善曰高唐賦曰飛鳥未及起走獸未及發軍驚師駭刮野掃地善曰言殺獲皆盡野地似乎掃刮也宋衷春秋緯注曰驚動也廣雅曰駭起也刮古滑切掃先早切及至罕車飛揚武騎聿皇善曰罕畢罕也聿皇輕疾貌蹈飛豹羂嘄陽善曰嘄陽即狒狒也已見上文羂工犬切追天

窮闕二字同類宄與二字同類
尤云窮窮宄五臣作窮窮穴

寶出一方應劭曰天寶陳寶也晉灼曰天寶雞頭而人身應騁聲擊流光野盪山窮囊括其雌雄如淳曰陳寶神來下時騁然有聲又有光精應劭曰下時窮極山川天地之間然後得其雌雄也善曰太康記曰秦文公時陳倉人獵得獸若彘而不知其名道逢二童子曰此名爲櫝弗述櫝弗述亦語曰彼二童子名爲寶雞得雄者王得雌者霸陳倉人舍櫝弗述逐二童子化爲雉雉止陳倉化爲石雉如楚止南陽也櫝浮謂切沇沇溶溶遥噱乎紘中晉灼曰口之上下名爲噱噱音劇獸奔走倦極皆遥張噱吐舌於紘網之中也善曰噱其略切三軍芒然窮宂閼與孟康曰宂行也閼止也言三軍之盛窮閼禽獸使不得逸漏也善曰孟康之意言窮其行止皆無逸漏如淳曰窮音穹宂者懈怠也晉灼曰閼與容貌也如晉之意言三軍芒然懈惓容貌閼與而舒緩也今依如晉之說也芒莫郎切宂音淫閼於庶切與音豫亶觀夫剽禽之紲踰犀兕之抵觸韋昭曰亶音但善曰古但字紲與跇同已見上文文子曰兕牛之動以抵觸也熊羆之挐攫虎豹之

別本 失

尤云魂亡魄五臣作鬼失
揚雄傳有失字

尤云焯爍其陂五臣作其波

淩遽。韋昭曰挐攫惶遽也善曰說文曰淩越也遽窘也徒角槍題注蹴竦讋怖。魂亡魄觸車輻關脰。晉灼曰徒但也服虔曰獸以角觸地也善曰蹴與蹙同爾雅曰竦慴懼也讋與慴同觸輻關脰言觸車輻因關其頸也槍七羊切蹴子育切脰音豆妄發期中。進退履獲。善曰言矢跡妄發而期於必中進退之際必踐履而獲之也韓子曰新砥礪殺矢彀弩而射跡冥而妄發其端未嘗不中秋毫者也創淫輪夷。丘累陵聚。張晏曰淫過也夷平也言獸被創過大血流與車輪平也音義曰創血流平於車輪也善曰丘累陵聚言積獸之多也於是禽殫中衰善曰中竹仲切相與集於靖冥之館以臨珍池晉灼曰靖冥深閑之館也服虔曰珍池山下之流灌以岐梁溢以江河晉灼曰梁梁山善曰尚書曰治梁及岐孔安國曰治山通水故以山名東瞰目盡西暢無崖善曰目盡盡目而望也無崖廣遠也隨珠和氏焯爍其陂善曰焯古灼字爍式藥切玉石嶜崟眩燿青熒善曰玉石玉之

娭儗漢書作娭
尤云羣娭五臣作嬉
尤云噍噍昆鳴五臣作昆明

頻石也李彤單行字曰嵳嶭峚高大貌青熒光明貌漢女水潛怪物暗冥不可殫形應劭曰漢女鄭交甫所逢二女也善曰不可殫形不能盡其形也高唐賦曰曽不可殫形也玄鸞孔雀翡翠垂榮善曰榮光榮也王雎關關鴻鴈嚶嚶羣娭乎其中噍噍昆鳴善曰毛詩曰關關雎鳩毛萇曰雎鳩王雎也又曰鳥鳴嚶嚶噍與啾同子由切說文曰昆同也鳧鷖振鷺上下砰磕聲若雷霆善曰言鳥飛上下翅翼之聲若雷霆也乃使文身之技水格鱗蟲服虔曰文身越人也能入水取物也凌堅冰犯嚴淵探巖排碕薄索蛟螭善曰嚴言可畏也巖巖岸側嵌巖之處也孔安國尚書傳曰薄迫也賈逵國語注曰索求也嵌口銜切蹈獱獺據黿鼉善曰郭璞三蒼解詁曰獱似狐青色居水中食魚服虔曰音賓善曰廣雅曰據引也抾靈蠵鄭玄氏曰抾音袪韋昭曰抾捧也服虔曰蠵觜蠵入洞穴出蒼梧晉灼曰洞穴禹穴也善曰郭璞山海經注曰吳縣南太湖中有

尤云珠胎五臣作胎珠

則二句各爲一事不當聯說其誼

邑山山下有洞庭道也言潛行水底無所不通也乘巨鱗騎京魚善曰京魚大魚也字或爲鯨鯨亦大魚也浮彭蠡目有虞應劭曰彭蠡大澤在豫章善曰有虞謂舜也方椎夜光之流離剖明月之珠胎善曰鄭玄毛詩箋曰方且也明月珠蚌子珠爲蚌所懷故曰胎椎直追切鞭洛水之宓妃餉屈原與彭胥鄭玄曰彭咸也晉灼曰胥伍子胥也皆水没也善曰楚辭曰願依彭咸之遺制王逸曰殷賢大夫自投水而死宓妃已見上子胥已見吴都賦於茲乎鴻生鉅儒俄軒冕雜衣裳韋昭曰俄卬也車右蕃曰軒冕大冠也善曰管子曰先王制軒冕足以章貴賤雜衣裳言衣裳殊色也脩唐典匡雅頌揖讓於前昭光振燿蠁曶如神善曰蠁曶疾也蠁與響同曶與忽同仁聲惠於北狄武誼動於南鄰善曰南鄰南方之邑是以旃裘之王胡貉之長移珍來享抗手稱臣如淳曰以物與人曰移善曰周禮曰職方掌九貉鄭司農曰北方

貉犍爲舍人爾雅注曰獻珍物曰珍獻食物曰享毛詩曰自彼氐羌莫敢不來享爾雅曰享獻也抗手舉手而拜者也貉
莫白切前入圍口後陳盧山孟康曰單于南庭山群公常伯陽朱墨
翟之徒善曰常伯侍中也已見籍田賦陽朱墨翟取古賢以爲喻列子曰陽朱南游沛逢老聃高誘呂氏春秋注以爲宋人喟
然並稱曰崇哉乎德雖有唐虞大夏成周之隆何以侈
玆善曰周易曰先王以作樂崇德樂録圖曰成康之隆妖孽滅也夫古之觀東嶽禪梁
基舍此世也其誰與哉善曰東嶽泰山也梁梁父也已見上文上猶謙讓
而未俞也張晏曰俞然也方將上獵三靈之流下決醴泉之滋
如淳曰三靈日月星垂象之應也服虔曰受福流也善曰賈逵國語注曰獵取也發黃龍之穴
窺鳳凰之巢臨麒麟之囿幸神雀之林奢雲夢侈孟諸
善曰言以雲夢孟諸爲奢侈而非之也雲夢楚藪澤名也左氏傳曰楚靈王與鄭伯田于江南之雲夢孟諸宋

藪澤也又曰楚穆王欲伐宋昭公導以田孟諸也非章華是靈臺善曰言以楚章華爲
非而以周之靈臺爲是左傳楚子成章華之臺罕徂離宮而輟觀游善曰罕祖言希往也
士事不飾木功不彫善曰晏子曰士事不文木事不鏤丞民乎農桑勸
之以弗怠善曰聲類曰丞亦拯字也說文曰拯上舉也儕男女使莫違善曰杜預
左氏傳注曰儕等也莫違謂以時爲婚無違於期也毛詩序曰男女多違儕士階切恐貧窮者不
徧被洋溢之饒開禁苑散公儲創道德之囿弘仁惠之
虞善曰虞與娛古字通馳弋乎神明之囿覽觀乎群臣之有士善曰
言馳弋神明之囿與以齊其聖德觀其有無而加恩施放雉兎收罝罘麋鹿芻蕘
與百姓共之善曰毛萇詩傳曰芻蕘薪采者也蓋所以臻茲也於是醇
洪鬯之德豐茂世之規善曰鬯與暢同暢通也加勞三皇勗勤五

帝不亦至乎乃祗莊雍穆之徒善曰祗敬也雍和也立君臣之節崇賢聖之業未遑苑囿之麗游獵之靡也因回軫還衡背阿房反未央善曰麗光華也鄭玄禮記注曰靡奢侈也

文選卷第八

抄五下旁注賦戊
抄田
抄有然彼爲衍字
抄下有一行云紀行 潘安仁西征賦一首
抄田獵下有下字

文選卷第九

梁昭明太子撰

文林郎守太子右内率府録事參軍事崇賢館直學士臣李善注上

畋獵下

楊子雲長楊賦一首 并序

潘安仁射雉賦一首

紀行上

班叔皮北征賦一首

曹大家東征賦一首

畋獵

何云擬難蜀父老於文前題下以後皆不標首數

雜

注

長楊賦一首 并序　楊子雲

明年上將大誇胡人以多禽獸善曰明年謂作羽獵賦之明年即校獵之年也班欲叙作賦之明年漢書成紀曰元延二年冬幸長楊宮縱胡客大校獵是也七略曰羽獵賦永始三年十二月上然永始三年去校獵之前首尾四載謂之明年疑班固誤也又七略曰長楊賦綏和元年上綏和在校獵後四歲無容元延二年校獵綏和二年賦又疑七略誤蔡邕曰上者尊位所在呂忱曰誇大言也說文曰誇誕也秋命右扶風發民入南山善曰冬將校獵故秋先命之也爾雅曰命告也漢書曰武帝以右內史更名右扶風扶風在涇州界南山終南山也西自褒斜東至弘農南敺漢中善曰褒斜谷名已見上漢書有弘農郡武帝置又有漢中郡秦置張羅罔罝罘捕熊羆豪豬虎豹狖玃狐兔麋鹿善曰山海經曰竹山有獸其狀如豚白毛毛大如笄而黑端以毛射物名豪豪彘也廣雅曰狖雌也尾長四五尺郭璞爾雅曰玃似獮猴豹形如虎而圓文鄭

當作民

漢書無三字

大

礼記月令注

玄曰鳥罟曰羅貁弋又切貜九縛切載以檻車善曰劉熙釋名曰檻車上施欄檻以格猛獸亦因禁罪人之車也漢書音義曰或曰檻車有封檻也輸長楊射熊館善曰三輔黃圖曰長楊宮有射熊館在盩厔以網爲周阹李奇曰阹遮禽獸圍陣也阹音祛縱禽獸其中令胡人手搏之自取其獲上親臨觀焉服虔曰令胡客自取其得也善曰廣雅曰搏擊也是時農民不得收斂雄從至射熊館還上長楊賦聊因筆墨之成文章故藉翰林以爲主人子墨爲客卿以風韋昭曰翰筆也善曰翰林文翰之多若林也詩大雅曰有壬有林君也此云林即文翰林猶儒林之義也胡廣云傅士爲儒雅之林是也說文曰毛長者曰翰詩序曰下以風刺上其辭曰

子墨客卿問於翰林主人曰蓋聞聖主之養民也仁霑而恩洽動不爲身今年獵長楊先命右扶風左太華而

高其

抄氏　抄勤

右褎斜顏師古曰動不爲身言憂百姓也山海經曰松梁之山西六十里曰太華山今在弘農縣華陰西也長安東故言左高五千仞廣十里善曰太華已見西都賦椓巀嶭而爲弋紆南山以爲罝服虔曰巀嶭山名也孟康曰在池陽北顏師古曰巀嶭即今謂嵳峩也善曰說文曰弋橜也又曰紆詘也椓音車巀音截嶭音齧羅千乘於林莽列萬騎於山隅帥軍踤阹錫戎獲胡漢書音義曰踤聚也顏監曰踤足蹴也善曰錫戎獲胡言以禽獸錫戎令胡自獲之胡戎一也變文耳踤音崒方言曰踤蹴蹋也搤熊羆拕豪豬善曰搤拕已見西都賦木擁槍纍以爲儲胥顏師古曰胥須也言有儲畜以待所須也蘇林曰木擁柵其外又以竹槍纍爲外儲胥也韋昭曰儲胥蕃落之類也槍七羊切纍力委切此天下之窮覽極觀也雖然亦頗擾于農人三旬有餘其廑至矣而功不圖善曰古今字詁曰廑今勤字也爾雅曰圖謀也凡人之所爲皆有所圖今則百姓甚勞而無所圖言勞而無益也愼子

抄酒

抄無凡之字別本無

抄下有者字

曰無法之勞不圖於功恐不識者外之則以爲娛樂之游內之則不以爲乾豆之事豈爲民乎哉善曰禮記曰天子無事歲三田一爲乾豆也且人君以玄默爲神澹泊爲德善曰玄默謂幽玄恬默也玄默已見魏都賦澹泊與憺怕同已見子虛賦今樂遠出以露威靈善曰露暴露也數搖動以罷車甲本非人主之急務也蒙竊惑焉善曰周易曰蒙者蒙也韓康伯曰蒙昧幼少之象也前年獵長楊故言數翰林主人曰吁客何謂之茲耶善曰孔安國尚書傳曰吁疑怪之辭也若客所謂知其一未睹其二見其外不識其內也善曰莊子曰識其一不知其二治其內而不治其外僕嘗倦談不能一二其詳善曰毛萇詩傳曰詳審也請略舉其凡而客自覽其切焉善曰廣雅曰都凡也顏監曰凡大指也張晏曰切近也覽其近於義也客曰唯唯主人曰昔有

土刊本及吳書
抄窫

彊秦封豕其土窫窳其民鑿齒之徒相與摩牙而爭之應劭淮南子注云堯之時窫窳封豕鑿齒皆爲人害窫窳類貙虎爪食人服虔曰鑿齒齒長五尺似鑿亦食人李奇曰以喻秦貪婪殘食其人也晉灼曰鑿齒之徒謂六國窫烏黠切窳音庾豪俊麋沸雲擾羣黎爲之不康善曰如麋之沸若雲之擾言亂之甚也廣雅曰麋饘也毛詩曰君羣黎百姓爾雅曰康安也於是上帝眷顧高祖高祖奉命順斗極運天關服虔曰隨天斗極運轉也善曰毛詩曰乃眷西顧孔安國尚書傳曰奉天成命春秋元命苞曰命者天之令雒書曰聖人受命必順斗極宋均尚書中候注曰順斗機爲政也爾雅曰北極謂之北辰天官星占曰北辰一名天關又星經曰牽牛神一名天關橫鉅海漂昆侖善曰橫度大海也漂搖蕩之也匹昭切提劍而叱之所過麾城擲邑下將降旗顏監曰擲麾手擬也蒼頡篇曰擲拍取也善曰鄭玄禮記注曰擲之言投也字林曰擲山檻切一日之戰不可殫記

抄滄　抄蟣　抄二人背作民　抄夏

當此之勤，頭蓬不暇梳，飢不及餐。善曰頭蓬髮亂如蓬也鞮鍪生蟣蝨，介冑被霑汗。善曰說文曰鞮鍪首鎧也韓子曰攻戰無已甲冑生蟣蝨鄭玄禮記注曰介被甲也孔安國尚書傳曰冑兜鍪也鞮鍪即兜鍪也鞮丁奚切鍪音牟蟣居綺切蝨所乙切以爲萬姓請命乎皇天。善曰淮南子曰高皇帝奮袂執銳以爲百姓請命于皇天家語曰孔子曰分於道謂之命王肅曰分於道始得爲人也廼展人之所詘，振人之所乏。善曰方言曰展申也詘古屈字也賈逵國語注曰振救也規億載，恢帝業。善曰杜預左氏傳注曰恢大也七年之間而天下密如也。善曰高祖五年誅羽自六至十二年崩凡七載爾雅曰密靜也逮至聖文，隨風乘流，方垂意於至寧。善曰隨風乘流言順從高祖之風流也躬服節儉，綈衣不獘，革鞜不穿。善曰言不穿不獘不更爲也漢書東方朔曰孝文皇帝身衣弋綈之衣履革舃六韜曰堯衣履不獘盡不更爲服虔曰鞜舃也音沓大厦

抄雕

劉孝標辯命論注引紉作窈

抄大

氓 別本抄𧦝

不居木器無文善曰晏子曰土事不文木事不鏤於是後宫賤瑇瑁而踈珠璣善曰廣雅曰踈亦賤也字書曰踈遠也璣小珠也音祈却翡翠之飾除彫琢之巧善曰爾雅曰玉謂之琱文曰治玉曰琢也惡麗靡而不近斥芬芳而不御善曰廣雅曰斥推也抑止絲竹晏衍之樂憎闇鄭衛幼眇之聲善曰禮記曰絲竹樂之器也晏衍邪聲也禮記曰鄭衛之音亂世之音也衍弋戰切幼一笑切眇音妙是以玉衡正而太階平也韋昭曰北斗七星第五曰玉衡北斗也善曰春秋運斗樞曰玉衡元命苞曰常一不易玉衡正太階平出黃帝六符經其後熏鬻作虐東夷橫畔服虔曰熏鬻堯時匈奴也東夷東越也一云呂嘉殺其國王立國人殺嘉也善曰橫自縱也胡孟切羌戎睚眥閩越相亂晉灼曰睚眥瞋目貌也又猜忌不和貌善曰漢書曰立無諸爲閩越王又曰武帝建元四年尉他孫胡爲南越王閩越王郢興兵擊南越邊邑遐氓爲之不安中國蒙被其難韋昭

抄 紛紜 抄 靁𩆜旁注電

抄 髓

曰眠音萌萌人之於是聖武勃怒爰整其旅善曰毛詩曰王赫斯怒爰整其旅
廼命驃衛應劭曰驃驃騎霍去病也衛衛青也善曰漢書曰霍去病為驃騎將軍凡六出擊匈奴又
曰衛青字仲卿為大將軍凡七出擊匈奴汾沄沸渭雲合電發善曰汾沄沸渭衆盛皃也
汾音紛沄音雲猋騰波流機駭蠭軼善曰爾雅曰扶搖謂之飈機駭蠭軼言其疾也猋與
飈古字通也疾如奔星擊如震霆碎轒轀破穹廬應劭曰轒轀匈
奴車也音義曰穹廬旃帳也服虔曰轒轀百二十步兵車或可寢處善曰轒扶云切轀於云切腦沙幕
髓余吾服虔曰破其頭腦塗沙幕也余吾水名北山經曰北鮮之山多馬鮮水出焉而北經余吾水應劭
曰在朔方北鄭氏曰折其骨使髓膏水也通俗文曰骨中脂曰髓古髓字遂躐乎王庭孟康曰匈
奴王庭善曰王逸楚辭注曰躐踐也敺橐駝燒熐蠡張晏曰熐蠡乾酪母燒之壞其養生之具
也張揖曰熐蠡山名熐音覓蠡來戈切分剓單于磔裂屬國韋昭曰剓割也音如

唲注同
注末如此漢書作兖

抄蟻

棃顏師古曰凡言屬國者存其國號而屬朝善曰單于匈奴王號漢書曰單于廣大之貌也言其象天單于然也廣雅曰磔張也漢書曰置屬國以處匈奴降者韋昭曰外國羌胡來屬漢者也夷阬谷拔鹵莽刈山石善曰毛詩傳曰夷平也鹵莽中生草莽也說文曰鹵西方鹹地也鄭玄禮記注曰刈削也拔莽削石以通道蹂屍輿廝係累老弱服虔曰蹂尸踐尸也顏師古曰死則蹂踐其尸破傷者輿而行如淳曰輿廝輪踐其廝徒也善曰賈逵國語注曰係繫也杜預左氏傳注曰累係也唲鋋瘢耆金鏃淫夷者數十萬人如淳曰唲括也孟康曰瘢耆馬脊耆創瘢處善曰如氏之說以爲箭括及鋋所中皆爲創瘢於馬耆孟氏以爲耆被金鏃過傷者甚衆也服虔曰耆鬣鬣傷者或矛矟內未出其瘡如含然或箭插其項未拔藂若鬣鬣焉孔安國尚書傳曰淫過也杜預左氏傳注曰夷傷也吮辭兖切皆稽顙樹頷扶服蛾伏如淳曰叩頭時項下向則頷樹上向也韋昭曰頷音蛤善曰說文曰匍匐手行也扶服與匍匐音義同蛾伏如蟻之伏也蛾古蟻字二十餘年矣尚不

阮籍爲鄭沖勸晉王牋注引邪作聊

手別本

尤云蹻足抗首五臣蹻作矯首作手

哭

敢惕息善曰漢書曰漢不復出兵擊匈奴三年武帝崩前此者漢兵深入窮邊二十餘年匈奴極苦之單于常欲和親賈逵國語注曰惕疾也說文曰息喘也夫天兵四臨幽都先加善曰天兵言兵威之盛如天也尚書曰宅朔方曰幽都迴戈邪指南越相夷善曰漢書曰南越王胡上書曰今東越擅興兵侵臣天子爲興師往討閩越閩越王弟餘善殺郢以降廣雅曰夷滅也靡節西征羌僰東馳服虔曰僰夷名也善曰漢書音義曰節所杖信節也僰蒲北切是以遐方疏俗殊鄰絕黨之域善曰絕遠也自上仁所不化茂德所不綏善曰尚書曰有夏先后方楙厥德莫不蹻足抗首請獻厥珍服虔曰蹻舉足也音矯使海內澹然善曰廣雅曰澹安也徒濫切永亡邊城之災金華之患善曰史記士蔿曰邊城少寇禮記子夏曰三年之喪卒金華之事無避也禮歟今朝廷純仁遵道顯義并包書林聖風雲靡英華沈浮洋

抄刷

溢八區善曰英華草木之美者故以喻帝德焉沈浮言多也禮斗威儀曰帝者得其英華王者得其根荄八區八方之區也普天所覆莫不沾濡善曰禮記曰天之所覆難蜀父老曰羣生霑濡矣士有不談王道者則樵夫笑之意者以爲事罔隆而不殺物靡盛而不虧善曰廣雅曰意疑也鄭玄周禮注曰殺減也文子曰物盛則衰故平不肆險安不忘危服虔曰肆弃也顏監云肆放也不放心於險也善曰孫卿子曰平則慮險安則慮危廼時以有年出兵整輿竦戎善曰言時不常也穀梁傳曰有年五穀皆熟爲有年方言曰西秦之間相勸曰聳聳竦與聳古字通振師五柞習馬長楊善曰杜預左氏傳注曰振整也柞音作簡力狡獸校武票禽善曰爾雅曰簡擇也賈逵國語注曰簡習也廣雅曰狡健也賈逵國語注曰校考也票禽輕疾之禽也匹妙切廼萃然登南山瞰烏弋晉灼曰萃集也服虔曰三十六國烏弋最在西西域傳曰去長安萬二千二百

抄窟　抄世　抄彷髴　抄太

里其地暑熱莽平近日所入善曰廣雅曰瞰視也西厭月䏰東震日域服虔曰䏰音窟月所生也善曰何休公羊傳注曰厭服也爾雅曰震懼也日域日出之域也厭一涉切又恐後代迷於一時之事常以此為國家之大務淫荒田獵陵夷而不禦也顏監曰禦止也善曰漢書張釋之曰秦陵夷至于二世天下土崩韓詩曰無矢我陵薛君章句曰四平曰陵爾雅曰禦禁也是以車不安軔日未靡旃從者彷彿骫屬而還韋昭曰不暇稅駕支車也張晏曰從者彷彿委釋而迴旋善曰王逸楚辭注曰軔支輪木日未靡旃言日未移旌旗之影也委屬而還謂委釋其事連屬而迴還也張以釋為委軔如振切彷彿或作髣髴骫古委字也屬之欲切亦所以奉太尊之烈遵文武之度善曰太尊高祖也爾雅曰烈業也復三王之田反五帝之虞善曰三王之田文王三驅是也已見上文尚書帝曰益汝作朕虞使農不輟耰工不下機韋昭曰耰所以覆種音憂顏監

文九　七

尤云拮隔鳴珠五臣作戛擊

曰摩田器也晉灼云以耒推塊曰耰善曰工女功也漢書酈食其曰農夫釋耒工女下機婚姻以時男女莫違善曰毛詩序曰婚姻失時男女多違也出凱弟行簡易善曰毛詩曰愷悌君子人之父母周易曰乾以易知坤以簡能易則易知簡則易從易簡而天下之理得矣矜劬勞休力役善曰毛萇詩傳曰矜憐也毛詩曰之子于征劬勞于野孫卿子曰罕興力役無奪農時見百年存孤弱善曰禮記曰百我者就見之說文曰存恤問也春秋說題辭曰存恤幼孤帥與之。同。喆。樂。然後陳鐘鼓之樂鳴鞀磬之和建碣磍之虡孟康曰碣磍之簴刻猛獸爲之故其形碣磍而盛怒也善曰鄭之禮記注曰鞀如鼓而小有柄賓至搖之以奏樂碣一轄切磍音轄鞀徒刀切拮隔鳴球掉入列之舞韋昭曰拮擽也鳴球玉磬也古文隔爲擊善曰賈逵國語注曰掉搖也八列八佾也拮居黠切球音求掉徒釣切酌允鑠肴樂胥張揖曰允信也鑠美也言酌信美以當酒帥禮樂以爲肴善曰毛詩曰允矣君子展也大成又曰於鑠王師又曰君子樂胥聽廟中之雍雍受神人之福祜善曰毛詩曰雝雝在宮肅肅在廟又曰受天之祜爾雅曰祜福也音怙歌投頌吹合雅服虔曰聲之相投也其勤若此故眞神之所勞也張揖曰詩云豈弟君子神所勞矣方將俟元符晉灼曰元符大瑞也以禪梁甫之基增泰山之高史記管子曰古者禪梁父善曰難蜀父老曰增太山之封加梁甫之事延光于將來比榮乎往號張晏曰往號三五也善曰李軌法言注曰五帝三王延光至今不絕也豈徒欲淫覽浮觀馳騁秔稻之地周流梨栗之林蹂踐芻蕘誇詡衆庶盛狖玃之收多麋鹿之獲哉善曰孔安國尚書傳曰浮過也說文曰秔稻屬也聲類以爲秔不黏稻也漢書東方朔曰涇渭之南又有秔稻梨栗之饒芻馬草也禮記曰蹴路馬芻說文曰蕘草薪也毛萇詩傳曰詡大也且盲者不見咫尺而離婁燭千里之隅善曰莊子南榮趎曰盲者不能自見賈逵國語注曰八寸

尤例下應有一首二字

曰咫孟子曰離婁之明趙岐曰古之明目者也蓋黃帝時人趎音樞客徒愛胡人之獲我禽獸曾不知我亦已獲其王侯善曰說文曰曾辭之舒也言未卒墨客降席再拜稽首曰大哉體乎允非小人之所能及也善曰躰猶法也迺今日發矇廓然已昭矣善曰禮記曰昭然若發蒙矣矇與蒙古字通廓除貌

射雉賦

潘安仁善曰射雉賦序曰余徙家于琅邪其俗實善射聊以講肄之餘暇而習媒翳之事遂樂而賦之也

徐爰注媒者少養雉子至長狎人能招引野雉因名曰媒翳者所隱以射者也晉邦過江斯藝乃廢歷代迄今寡能厥事甞覽兹賦眛而莫曉聊記所聞以

尤云涉青林五臣作清林

抄偉

飾

備遺忘

涉青林以游覽兮樂羽族之羣飛樂羽鸝之類或羣或飛飲啄恣性也善曰七發曰游涉乎雲林薛君韓詩章句曰青靜也鸚鵡賦曰羽族之可貴者聿采毛之英麗兮有五色之名翬聿述也述序羽族之中采飭英麗莫過翬也翬雉也伊洛以南素質五采皆備成章曰翬英者雄果之目名者聲聞之稱也一本聿作偉善曰翬見爾雅厲耿介之專心兮奓雄豔之姱姿厲嚴整也耿介專一也奓豔也姱好也美色曰豔言雉嚴整其不羣之性奮揚其雄豔之貌覘敵必戰不容他雜此之謂英麗也奓赤氏切姱苦瓜切善曰薛君韓詩章句曰雉耿介之鳥也巡丘陵以經略兮畫墳衍而分畿巡行也言周行丘陵因其墳衍以爲疆界分而護之不相侵越也青幽之間土高且大者通之曰墳雉一界之內要以一雉爲主餘者雖衆莫敢鳴鴝也此以上言雉之形性也善曰左傳楚無宇曰天子經略廣雅曰巡略行也孔安國尚書傳曰分其圻界圻與畿

抄雊

匡謬正俗正本乃祖之說

同於時青陽告謝朱明肇授時四月也善曰爾雅曰春爲青陽夏爲朱明楚辭曰青春受謝王逸曰謝去也靡木不滋無草不茂草木具榮初蓊蔚其曜新陳柯槭以改舊蔚然初生之莖曜其新暉槭然陳宿之柯變其舊色言新舊咸茂也槭彫柯貌也所臟切天決決以垂雲泉涓涓而吐溜涓涓清新之色決音英涓古玄切善曰毛詩曰英英白雲毛萇曰英英白雲貌決與英古字通家語金人銘曰涓涓不壅終爲江河溜水流貌也麥漸漸以擢芒雉鷕鷕而朝鴝漸漸含秀之貌也微子曰麥秀漸漸鷕鷕雉聲也又云雉之朝鴝尚求其雌雉不得言鴝顏延年以濬爲誤用也案詩有鷕雉鳴則云求牡及其朝鴝則云求雌今云鷕鷕朝鴝者互文以舉雄雌皆鳴也此以上序節物氣候雉可射之時也鷕以少切眄箱籠以揭驕睨驍媒之變態揭驕志意肆也箱籠竹器盛媒者也凡竹器箱方而密籠圓而疎盛媒器籠形者養鳥宜圓也箱密者不欲令見明也言感辰景之韶淑樂山梁之榮茂悟翬雉之奮逸

思騁藝之肆志頷視箱籠詳察驍媒恣睢揭驕意願得也楚辭揭驕字作拮矯揭居桀切睨音詣善曰楚辭曰意恣睢以拮矯王逸曰縱心肆志所意願高也

奮勁骹以角槎䗲悍目以旁睞

骹脛也角邪也槎斫也悍戾也䗲視貌睞視也奮其堅賴勁之脛以利距邪斫䗲其剛戾之目以旁視其敵也骹苦交切槎千荷切䗲力新切睞力代切善曰曹植鬪雞詩曰悍目發朱光

鸎綺翼而䞓撾灼繡頸而袞背

鸎文章貌也詩云有鸎其羽翼如綺文䞓則赤也撾朏也灼盛貌也頸毛如繡背如袞章言五采備也䞓勅呈切撾都瓜切善曰朏音陛

鬱軒者翳以餘怒思長鳴以效能

鬱暴怒也軒起望也方言云翳舉也鬱然暴怒軒舉長鳴思見野敵效其才能也此以上言媒之形勢能怒代切

爾乃搫場挂翳停僮葱翠

搫者開除之名也今傖人通有此語射者聞有雉聲便除地爲場挂翳於草停僮翳貌也葱翠綠翳色也搫步何切挂株庾切善曰廣雅曰搫除也

柏參差文翮鱗次蕭森繁茂婉轉輕利

翳上加木枝衣之以葉上

尤云衷料戾五臣衷作裏

則蕭森下則繁茂而實綢繆輕利也婉轉綢繆之稱衷料戾以徹鑒表厭躡以密

纖料戾小而徹也厭躡重而密也翳外觀密纖與草木無別內視洞徹多所覩見也此以上序翳之形飾厭於輒切

恐吾游之晏起慮原禽之罕至游雉媒名江淮間謂之游游者言可與游也言既芟埸挂翳又恐媒起不早野雉希至原禽雉也雉不處下濕故曰原禽也甘疲心於

企想分倦目以寓視企想雉出專視草際心爲之疲目爲之倦也此以上言挂翳之後避獲之意也善曰說文曰企舉踵也左氏傳楚子王曰得臣與寓目焉杜預曰寓寄也何調翰之喬

桀邈疇類而殊才調翰謂媒也媒性調良故謂調翰喬桀俊逸也言邈絕疇類殊異才氣也善曰何疑問之辭也候扇舉而清叫野聞聲而應媒扇布也形如手巾叫鳴也將欲媒雉振布令有聲媒便清叫野雉聞即應而出也褰微罟以長眺已踉蹡而

徐來褰開也罟網也古者當以細網掩翳窻上視外處其制未聞也今則以扳矣言聞野雉應媒之聲知

也

其必出開翳户長視已見䟴蹡徐来也䟴蹡乍行乍止不
迋疾之貌也善曰䟴蹡欲行也廣雅曰蹡走也䟴音亮蹡
七亮切摛朱冠之艴赫敷藻翰之陪䰎艴赫赤色貌陪䰎奮怒之貌也善曰
廣雅曰摛舒也藻翰翰有華藻也摛勑知切艴許力首蒻緑素身拕黼繪方言曰蒻纏也
猶纏裹也言雉首緑色頸蒻素也黼繡也繪畫文也身采如繪也蒻烏角切青鞦莎靡丹臆
蘭綷鞦夾尾間也莎草名楚辭曰青莎雜樹則莎色青也言雉尾間青毛如莎草之靡也臆膺也膺色如
秋蘭之色也綷同也宋衛之間謂混爲綷也鞦音秋善曰小雅曰雜采曰綷音最或蹶或啄時
行時止皆得意之形容也善曰賈逵曰蹶走也鄭玄曰蹶行遽貌字林曰啄鳥食也莊子曰澤雉十步
一啄百步一飲也蹶居衛切周易曰時止則止時行則行廣雅曰蹶蹀跳班尾揚翹雙角特
起雄壯之勢也此以上言野雉之狀貌也善曰說文曰翹尾之長毛也良遊呃喔引之規
裏良遊媒也言媒呃喔其聲誘引令入可射之規內也呃於隔切喔於角切應叱愕立擢身

尤本猋迅 五臣猋作飇

抄擎

竦峙峙立也既入可射之約來迅不止因便叱之雖聞叱即驚竦身而立者也善曰杜子春周禮注曰愕驚也捧黃間以密彀屬剛罫以潛擬捧舉也黃間弩名也張衡（南都賦）云黃間機張一名黃肩善曰說文曰彀張弓弩也屬謂注矢於弦也剛罫弩矢鏃也以鐵爲之形如十字各長三寸方似罔罫故曰罫焉罫古買切挂同倒禽紛以迸落機聲振而未已射應也禽被箭躍起而方落弩聲猶未歇言其矢來疾也山鷩悍害猋迅已甚鷩雉似山雞而小冠背毛黃腹下赤項綠色其性悍戾憨害飛走如風之猋也爾雅曰扶搖謂之猋謂暴風從下上也善曰字書曰憨愚也呼甘切越壑凌岑飛鳴薄廩鷩性悍憋聞媒聲便越澗凌岑且飛且鳴逕來翳前也廩翳中盛飲食處今俗呼翳名曰倉也善曰薄至也方言曰憋惡也裨列切鯨牙低鏃心平望審鯨當作擎擎舉也舉弩牙低矢鏑以射之善曰禮記曰心平體正持弓矢審固也毛體摧落霍若碎錦雉當不止於飛中射之毛體披散如錦之分碎也逸羣之雋擅場挾兩

抄儵　抄曭　抄櫼　抄攫　抄徑

逸群儁異之雉不但欲擅一場而已又挾兩雌也善曰
西京賦曰秦政利觜長距終得擅場說文曰擅專也
擽雌妬異倏來忽往擽擊搏也聞他雄鳴擊搏其雌倏
忽往來無時蹔止也善曰楚辭曰
荷衣兮蕙帶倏而來兮忽而逝
六翮曰倏然而往忽然而來忌上風之餮切畏映日
之儻朗餮切微動之聲儻朗不明之狀
言其忌聲而畏光也餮音鐵屏發布而累息
徒心煩而技懩屏除其布不敢散氣意者恐微有所聞
便驚而逝既無由使媒鳴欲射則紛紜
不定空心煩而技懩有伎藝欲逞曰技懩也音養善曰
難蜀父老曰心煩於慮應劭風俗通曰高漸離變姓易
名庸保於宋子之家久作苦聞其
家堂客擊筑伎養不能毋出言也伊義鳥之應敵啾擭
地以厲響義鳥媒也爲人致敵故名曰義媒見野雉紛
紜雜中啾然擭地而鳴引令來鬭埤蒼曰擭
地爪持也三
蒼曰啾聲也彼聆音而逕進忽交距以接壤彼野雉聞
媒聲便逕
來鬭交距蹶地土壤相
接善曰廣雅曰壤塵也形盈窻以美發紛首頹而臆仰

抄駈

抄淰

形赤也盈滿也言其光彩滿當於窻美取其意而發矢又曰既與媒戰形當翳窓發弩極美正射其頸首頽向後臆仰却㲲也或乃崇墳夷靡農不易壠墳大防今呼爲塘也夷靡也頹弛也易脩也農不脩壠此言田塘荒廢也善曰毛詩曰禾易長畝稊莍蓑糅翳薈菶茸稊稗類也莍豆也謂勞豆之屬野生也田既荒廢雜草繁茂翳薈菶茸深穊貌菶蒲動切茸如隴切善曰孫子兵法曰林木翳薈西京賦曰萃蕁菶茸鳴雄振羽依于其冢冢山巔也爾雅曰山頂曰冢言野之雄雉振其羽翼鳴鴝高墳之上善曰毛詩曰莎雞振羽撊降丘以馳敵雖形隱而草動撊疾貌也言雉鴝於高丘之頂撊然降下向敵不見其形而見草動也撊一本或作撊撊尸監切撊而專切善曰尚書是降丘宅土瞻挺穟之傾掉意淰躍以振踊挺穟草莖也掉動也觀草莖傾動異雉將出意淰躍踊逸也善曰淰失冉切躍失藥切暾出苗以入場愈情駭而神悚暾漸出貌也楚辭曰暾將出兮東方向覩草動異雉當至暾然而出果其所願

抄眏　抄以　㧉欣　抄以　鷩　抄鷩　旋　抄槃

情神愈驚動望黶合而翳皛雉脥肩而旋踵言雉出苗望諸處黶然闇合唯翳皛然獨顯仍斂翼旋反也人斂身謂之脥肩黶鳥篳切善曰說文曰皛顯也漢書公孫玃曰脅肩低首呂氏春秋管仲曰車不結軌不旋踵皛胡了切脥許結切去俽余志之精銳擬青顱而點項雉既反歸乃從後射正中項也顱頭也俽音欣亦有目不步體邪眺旁剔目不步體視與體違也邪眺旁剔視瞻不正常驚惕也善曰國語單襄公曰晉侯目不在體而足不步目說文曰惕驚也剔與惕古字通靡聞而驚無見自鷩鷩音脉字亦從脉方言云脉俗謂黠為鬼脉雉性驚鬼黠言周環回復繚繞磐辟皆回從往復不正之貌也善曰漢書曰何武所舉者磐辟雅拜戾翳旋把縈隨所歷戾轉也把翳內所執處也言轉翳回旋隨雉所趣取其便也善曰戾力結切彳亍中輟馥焉中鏑彳亍止貌也輟止也鏑矢鏃也馥中鏃聲也彳丑亦切亍丑録切馥被逼切善曰令本並云彳亍中輟張衡舞賦曰蹇兮宕往彳兮中輟

尤云多疑少決膽劣心狷五臣無此二句

馬韡薛君韓詩章句施作馳

以文勢言之徐氏誤也前劓重膺傍截疊䎘正橫射也劓割也前割重膺傍斷兩䎘也劓魯跌切若夫多疑少決膽劣心狷雉性怯而多疑膽劣而心戾者善曰說文曰狷急也古縣切內無固守出不交戰內心也固堅也心無堅守外無鬭意也善曰管子曰民無恥外不可以應敵內不可以固守賈逵國語注曰交共也來若處子去如激電處子處女也莊周云藐姑射之山有神人居綽約若處子來若處女之畏人去若激電之迅疾也善曰司馬兵法曰始如處女苔賓戲曰風飈電激闚閅蘙葉幎歷乍見蘙麥稍也謂在麥田中蘙葉間闚閅於外乍見乍隱不敢出場也閅丑占切善曰蘙與稍並同古玄切幎音覓於是筭分銖商遠邇分銖弩牙後刻畫定矢所至遠近之處也雉既不出將就草射之故討其分銖商其遠近也揆懸刀騁絕技懸刀弩牙後刀也一名機揆度也籌量可發而發故言騁絕技也善曰釋名曰弩牙外曰郭下曰懸刀其形然也西京賦曰妙材騁伎薛君韓詩章句曰騁施也如輊如軒不

抄下有而字

辟

高不埤言至平也善曰毛詩曰如輊如軒輊與轅同鄭玄周禮注曰埤短也埤與庳古字通轅竹二切埤貧美切當咮值胷裂膆破觜射面也膆喉受食處也觜喙也裂喉破喙也字書曰咮鳥口也咮竹秀切膆音素夷險殊地馴麤異變地有平險之殊雉有馴麤之異隨變而應不可爲一準也昃不暇食夕不告勸言樂之者忘飢倦也昔賈氏之如皐始解顏於一箭善曰左氏傳曰昔賈大夫惡取妻三年不言不笑御以如皐射雉獲之其妻始笑始言列子曰列子師老商氏五年之後夫子始一解顏而笑也醜夫爲之改貌憾妻爲之釋怨妻所以愁恨者怨其夫之醜也今見獲雉而言笑則是斯藝能使醜夫變貌恨妻釋忿者也憾胡闇切彼遊田之致獲咸乘危以馳騖騖疾也田獵也言遊獵馳車騁馬飛鷹走犬陵山越澗常乘危險也何斯藝之安逸羌禽從其巳豫善曰言斯藝極安從禽最逸豫言禽來就己故豫不勞清道而行擇地而住人多則雉驚故微除

抄下有兮字

抄下有之字　下有而字　下有所字　下有也字

抄下有上字竝彼爲衍字也此本當有

人從清道而行擇善地而住爲場也善曰司馬相如上疏曰清道而後行班固漢書賛曰馮參鞠射履方擇地
而行尾飾鑣而在服肉登俎而來御豈唯皁隷此焉君舉
舉音據善曰說文曰鑣馬銜也董巴輿服志曰馬並以黃金爲乂髦插以翟尾先多用雉尾周禮王后六服有
褕翟闕翟儀禮上大夫庶羞有雉兔鶉鷃左氏傳臧僖伯曰鳥獸之肉不登於俎則公不射若夫山林川澤之
實皁隷之事非君所及又曹劌曰君舉必書若乃耽槃流遁放心不移槃樂也善
曰東京賦曰若乃流遁志返於心不覺也忘其身恤司其雄雌恤憂也司主此也善曰左氏
傳虞人箴曰忘其國恤思其麀牡樂而無節端操或虧善曰東京賦曰樂而無節楚辭
曰內惟省以端操此則老氏所誡君子不爲老子曰馳騁畋獵令人心發狂善曰
歸田賦曰感老氏之遺誡孫卿子曰此小人之所務而君子之所以不爲也

紀行

光云例下应有一首二字

此體上本九章䛿庾信哀江南顏介觀我生江總修心皆其支与流裔也

北征賦

流别論曰更始時班彪避難涼州發長安至安定作北征賦也

班叔皮

漢書曰班彪字叔皮扶風安陵人也性好莊老祖況成帝時爲越騎校尉父稚哀帝時爲廣平太守彪年二十遭王莽敗劉聖公立未定乃去京師往天水郡歸隗囂囂時據隴擁衆囂不禮彪彪後知囂必敗乃避地於河西就大將軍竇融融歸光武光武問融曰比來文章所奏誰作荅云班彪也融知彪有才舉茂才爲徐令卒亦爲望都長

余遭世之顛覆兮罹填塞之阸災毛詩序曰閔周室之顛覆孔安國尚書傳曰罹被也王道不通故曰填塞廣雅曰填塞也王逸楚辭注曰險阸傾危也舊室滅以丘墟兮曾不得乎少留呂氏春秋燭過曰子胥諫而不聽故吴爲丘墟楚辭曰欲少留此靈瑣遂奮袂以北征兮超絕迹而遠遊淮南子曰奮袂執鋭莊子曰絕迹易廣雅

抄下有兮　抄下有兮　黯　抄下有兮

曰絶滅也楚辭曰願輕舉而遠遊**朝發軔於長都兮夕宿瓠谷之玄宮**楚辭曰朝發軔於天津兮夕余至乎西極長都長安也晉灼漢書注曰有宮觀故稱都楚辭曰夕宿兮帝郊爾雅曰周有焦穫郭璞曰音護今扶風池陽縣瓠中是也按瓠谷玄宮皆地名在長安西羽獵賦曰麃於玄宮

歷雲門而反顧望通天之崇崇雲陽古縣在池陽西北屬右扶風雲門即雲陽縣門也漢書左馮翊有雲陽縣楚辭曰忽反顧而遊目通天臺名已見上文**乘陵崗以登降**

息郇邠之邑鄉漢書右扶風栒縣有豳鄉詩豳國公劉所治邑也栒與郇同豳與邠同應劭曰左傳云畢原豐郇文之昭也郇侯賈伯伐晉是也臣瓚曰按汲郡古文晉武公滅郇以賜大夫原黯是爲郇叔又云文公城郇然則當在晉之境内不得在右扶風之界也今河東有郇城即古郇國也廣雅曰乘陵也爾雅曰大阜曰陵郇音荀邠與豳同方旻切

慕公劉之遺德及行葦之不傷尚書曰公劉克篤前烈孔安國曰公爵劉名也莊子盜跖曰此父母之遺德也毛詩序曰行葦忠厚也詩曰敦彼行葦牛羊勿

羅。別本校語
鈔下有之（兮之誤）
鈔固
鈔下有兮
鈔下有兮
鈔下有兮

賤覆彼何生之優渥我獨罹此百殃毛詩曰既優既渥鄭玄禮記注曰殃禍惡也毛詩曰我生之後逢此百殃故時會之變化兮非天命之靡常故時會者言此乃時君不能修德致之故使傾覆非天命無常也時亦世也言人吉凶乃時會之變化豈天之命無常乎爾雅曰時會也毛詩曰侯服于周天命靡常天命上天之命也登赤須之長坂入義渠之舊城赤須坂在北地郡義渠城名在北地王莽改爲義溝酈善長水經注曰赤須水出赤須谷西南流注羅水然坂因水以得名也漢書北地郡有義渠道忿戎王之淫狡薉宣后之失貞嘉秦昭之討賊赫斯怒以北征史記秦本紀曰昭襄王母楚人姓芊氏號宣太后秦昭王時義渠戎王與宣太后亂有二子宣太后詐而殺義渠戎王於甘泉遂起兵伐滅義渠而得其地杜預左氏傳注曰狡猾也赫怒已見上注紛吾去此舊都兮騑遲遲以歷茲杜預左氏傳注曰紛亂也謂心緒亂也楚辭曰紛吾乘兮玄雲舊都北地郡也說文曰騑傍馬也毛

抄無　抄樛

抄二字到

○注

詩曰行道遲遲楚辭曰喟憑心而歷茲遂舒節以遠逝兮指安定以爲期舒節將行舒其志節也淮南子曰縱志舒節以馳大區漢書安定郡武帝元鼎三年置在涇渭之間去長安三百五十里涉長路之緜緜兮遠紆回以樛流毛萇詩傳曰緜緜長不絕貌也劉歆遂初賦曰路脩遠而緜緜說文曰紆屈也樛流曲折貌也樛音糾過泥陽而太息兮悲祖廟之不脩漢書北地郡有泥陽縣漢書曰班壹始皇之末避地於樓煩故泥陽有班氏之廟也泥奴雞切釋余馬於彭陽兮且弭節而自思孝武帝傷李夫賦曰釋余馬於椒丘楚辭曰步余馬於蘭皐漢書安定郡有彭陽即今彭原是也楚辭曰吾令羲和弭節兮司馬彪上林賦注曰弭節安志也日晻晻其將暮兮覩牛羊之下來楚辭曰日晻晻下而頹說文曰晻不明也於感切毛詩云曰之夕矣牛羊下來君子行役如之何勿思寤曠怨之傷情兮哀詩人之歎時思君子爲怨曠嗟行役爲歎時毛詩序曰大天久役男女怨曠

抄下有兮

趙

障注及别本抄無

廣雅曰歎傷也越安定以容與兮遵長城之漫漫楚辭曰遵赤水而容與又曰路曼曼其脩遠漫漫與曼古字通劇蒙公之疲民兮爲彊秦乎築怨説文曰劇甚也史記曰蒙恬齊人也爲秦將拜爲内史秦使蒙恬築長城劉歆遂初賦曰劇彊秦之暴虐兮舍高亥之切憂兮事蠻狄之遼患不耀德以綏遠顧厚固而繕藩言不光耀道德以綏遠方反爲厚固繕藩而已廣雅曰切近也史記曰周穆王將征犬戎祭公謀父諫曰不可昔我先王耀德不觀兵杜預左氏傳注曰繕脩也首身分而不寤兮猶數功而辭諐何夫子之妄説兮孰云地脉而生殘史記曰趙高者諸䟽遠屬也爲中車府令事公子胡亥始皇崩高得幸胡亥欲立爲太子太子已立遣使以罪賜蒙恬死蒙恬喟然太息曰我何罪於天無過而死良久徐曰恬罪固當死矣起臨洮屬之遼東城塹萬餘里此其中不能毋絶地脉哉乃恬之罪也吞藥自殺登鄣隧而遥望兮聊須臾以婆娑

蒼頡篇曰障小城也漢書武帝謂狄山曰使居一障間說文曰隧塞上亭守烽火者也篆文從火古字通詞辭切班固漢書贊曰不脩障隧其義並同隧或爲鐆說文曰隧古文地字也須臾少時也楚辭曰何須臾而忘反婆娑容與之貌也毛詩曰市也婆娑閔獯鬻之猾夏兮弔尉卬於朝那史記文紀曰匈奴謀入邊爲寇攻朝那塞殺北地都尉卬徐廣曰姓孫尚書曰蠻夷猾夏漢書曰安定郡有朝那縣姚察曰卬姓段從聖文之克讓兮不勞師而幣加惠父兄於南越兮黜帝號於尉他聖文文帝也尚書曰允恭克讓幣加加之幣帛也史記文紀曰南越王尉他自立爲武帝上召他兄弟以德報之他遂去帝稱臣又曰南越王尉他者真定人姓趙氏爲南海尉然爲尉故曰尉他又云他秦時爲龍川令使南越王值秦亂遂不歸自立爲越王降几杖於藩國兮折吳濞之逆邪史記曰吳王濞高帝兄劉仲之子也高祖立爲吳王孝文時稍失藩臣之禮稱病不朝天子賜吳王几杖老不朝其謀亦蓋不解也惟太宗之蕩蕩兮豈曩

抄下有兮

抄下有兮　登徒

抄飄　抄飄飄

抄漼

抄下有兮

抄下有兮　尤忘愴悢　五臣作滄恨

抄下有兮

秦之所圖言文帝知加敝巾以懷邊豈如彊秦繕藩而禦遠也史記丞相申屠嘉議曰孝文皇帝廟宜爲帝者太宗之廟尚書曰王道蕩蕩曩猶向時也隮高平而周覽望山谷之嵯峨漢書安定有高平縣高唐賦曰周覽九土野蕭條以莽蕩迴千里而無家楚辭曰山蕭條而無獸爾雅曰迴遠也劉歆遂初賦曰迴百里而無家風猋發以漂遙兮谷水灌以揚波言水灌注且以揚波也管子曰山水之溝命曰谷水列女傳津吏女歌曰水揚波兮杳冥冥飛雲霧之杳杳涉積雪之皚皚楚辭曰眴兮杳杳王逸曰杳杳深冥貌也說文曰皚皚霜雪白之貌也牛哀切劉歆遂初賦曰漂積雪之皚皚涉凝露之隆霜鴈邕邕以羣翔兮鵾雞鳴以嚌嚌毛詩曰雝雝鳴鴈楚辭曰鵾雞嘲哳而悲鳴嚌嚌衆聲也音喈遊子悲其故鄉心愴悢以傷懷漢書高祖曰遊子悲故鄉廣雅曰愴愴悢悢悲也悢力上切毛詩曰嘯歌傷懷蒼頡篇曰懷抱也撫長劍而慨息泣漣落

而霑衣。左氏傳曰晉子朱怒撫劍從之說文曰慨太息也周易曰泣血漣如古詩曰泱下霑衣裳攬余涕以於邑兮哀生民之多故。楚辭曰思美人兮攬涕而竚眙又曰氣於邑而不可止又曰哀生人之長勤國語桓公問於史伯曰王室多故夫何陰曀之不陽兮嗟久失其平度。陰曀喻昏亂也楚辭曰欲俟時而須臾日陰曀其將暮毛萇詩傳曰陰而風曰曀於計切諒時運之所為兮永伊鬱其誰愬。爾雅曰諒信也宋衷春秋緯法曰五運五行用事之運也楚辭曰獨鬱結其誰語說文曰愬亦訴字亂曰夫子固窮遊藝文兮樂以忘憂惟聖賢兮論語子曰君子固窮又曰遊於藝又曰樂以忘憂達人從事有儀則兮行止屈申與時息兮毛詩曰我從事獨賢莊子曰形體保神各有儀則周易曰時止則止時行則行動靜不失其道光明家語孔子曰君子之行已也可以屈則屈可以伸則伸周易曰天地盈虛與時消息是也君子履信無不居兮雖之蠻

尤例下當有一首二字

班一名

阮元說初當作元

陶淵明歸去來辭注引撰作選

貊何憂懼兮。周易曰履信思乎順論語曰子張問行子曰言忠信行篤敬雖蠻貊之邦行矣

。東征賦 大家集曰子穀爲陳留長大家隨至官作東征賦流别論曰發洛至陳留述所經歷也

曹大家 范曄後漢書曰扶風曹世叔妻者同郡班彪之女也名昭字惠姬年十四嫁世叔和帝數召入宫令皇后貴人師事焉號曰大家兄固修漢書不終而死大家續之時馬融受業於大家

惟永初之有七兮余隨子乎東征 惟是也東觀漢記曰和帝年號永初 時孟春之吉日兮撰良辰而將行 禮記曰孟春之月日在營室鄭玄禮記注曰撰猶擇也楚辭曰吉日兮良辰毛萇詩傳曰辰時也 乃舉趾而升輿兮夕予宿乎偃師 左氏傳曰鬭伯比曰莫敖舉趾高杜預注曰趾足也漢書河南郡有偃師縣在洛陽東三十里洛陽

故事云帝嚳所都後爲西亳即古之易亭周秦之世爲偃師盤庚所遷處也

遂去故而就新兮志愴悢而懷悲楚辭曰愴怳懭悢兮去故而就新

明發曙而不寐兮心遲遲而有違毛詩曰明發不寐又曰行道遲遲中心有違

酌罇酒以弛念兮喟抑情而自非漢書東方朔曰銷憂者莫若酒廣雅曰弛絕也爾雅曰念思也

諒不登櫟而椽蠡兮得不陳力而相追登櫟椽蠡謂上古未有君臣又無宮室不知火化之時也言信不能同於上古登櫟而椽蠡得不陳力就列而相追乎禮記曰昔者未有宮室夏則居橧巢韓子曰上古之世人民少而禽獸衆人不勝禽獸蟲蛇聖人作構木爲巢以羣居天下號曰有巢氏民食果蓏蚌蛤腥臊惡臭聖人作鑽燧取火以化腥臊天下號曰燧人氏鄭玄周禮注曰椓擊也淮南子曰古者人茹草飲水食蠃蚌之肉陳思王遷都賦曰覽乾元之兆域兮本人物乎上世紛混沌而未分與禽獸乎無别椓蠡蝥而食蹠摭皮毛以自蔽然陳思之言蓋出於此也尸子曰卵生曰琢胎生曰乳琢與椓蠡與蠃古字通蠡力戈切蝥力兮切蚌蒲講切論語子謂

捷過下有武亭注本有

私云之當作以
抄下有兮

冉有曰周任有言陳力就列不能者止且從衆而就列兮聽天命之所歸論語曰吾從衆就列已見上注墨子曰貧富治亂固有天命不可損益也遵通衢之大道兮求捷徑欲從誰楚辭曰夫唯捷徑以窘步王逸曰徑邪道也乃遂往而徂逝兮聊游目而遨魂楚辭曰忽反顧而游目韓詩曰聊樂我魂薛君曰魂神也歷七邑而觀覽兮遭鞏縣之多艱史記曰秦莊襄王滅東西周徐廣曰周比亡之時凡七縣河南洛陽穀城平陰偃師鞏緱氏漢書河南郡有鞏縣楚辭曰路脩遠以多艱鞏居勇切望河洛之交流兮看成皋之旋門郭璞曰山海經注曰洛水東至河南鞏縣入河廣雅曰交合也漢書河南郡有成皋縣旋門已見東京賦成皋縣今虎牢是也旣免脱於峻嶮兮歷滎陽而過卷漢書河南郡有滎陽縣應劭曰卷故虢國今虢亭是也卷丘圓切食原武之息足宿陽武之桑間漢書河南郡有原武縣陽武縣涉封丘而踐

尤云忘日夕五臣忘作念

抄下有兮

路兮慕京師而竊歎漢書陳留郡有封丘縣應劭曰即春秋所謂敗狄於長丘史記曰紂醢九侯西伯聞之竊歎也小人性之懷土兮自書傳而有焉論語子曰君子懷德小人懷土孔安國曰懷安也遂進道而少前兮得平丘之北邊家語曰孔子適齊驅而少前漢書陳留郡有平丘縣入匡郭而追遠兮念夫子之厄勤彼衰亂之無道兮乃困畏乎聖人論語子畏於匡又曰慎終追遠史記曰孔子將適陳過匡匡人聞之以爲魯之陽虎虎嘗暴於匡人匡人遂止孔子悵容與而久駐兮忘日夕而將昏神女賦曰時容與以微動漢書門卒謂韓延壽曰明府久駐未出著頡篇曰駐主也到長垣之境界察農野之居民漢書陳留郡有長垣縣也覩蒲城之丘墟兮生荊棘之榛榛丘墟已見上文漢書伍被曰臣見宮中生荊棘惕覺寤而顧問兮想子路之威神衛人嘉其勇義兮訖于今而稱云長門賦曰惕寤覺而無見

韓詩外傳曰周公無所顧問史記徐廣注曰長垣縣有匡城蒲鄉史記曰子路爲蒲邑大夫論語子曰君子有勇而無義爲亂又曰民到于今稱之稱或爲祠

蘧氏在城之東南兮民亦尚其丘墳蘧氏蘧瑗也陳留風俗傳曰長垣縣有蘧鄉有蘧伯玉冢廣雅曰墳高也春秋說題辭曰丘者墓也

唯令德爲不朽兮身既沒而名存毛詩曰顯顯令德左氏傳穆叔曰太上有立德此之謂不朽論語曰文王既沒

惟經典之所美兮貴道德與仁賢老子曰莫不尊道而貴德尹文子曰親跡係乎勢利不係乎不肖與仁賢也

吳札稱多君子兮其言信而有徵左氏傳曰吳季札適衛說蘧瑗史狗史鰌公子荆公叔發謂公子朝曰衛多君子未有患也又叔向曰君子之言信而有徵

後衰微而遭患兮遂陵遲而不興史記衛世家曰成侯貶號曰侯平侯子嗣君更貶號曰君朝魏魏殺懷君至君角秦二世廢爲庶人衛絕祀孫卿子曰百仞之山而豎子憑而游焉陵遲故也今夫世之陵遲亦久矣而能使勿踰乎漢書劉向上書曰周室

抄下有兮評云天下多兮字

多禍遂陵夷不能復興王肅家語注曰陵遲猶陂陀也知性命之在天由力行而

近仁論語子夏曰死生有命富貴在天家語孔子曰形於一謂之性王肅曰人各受陰陽剛柔之性故曰形於一也命已見上文禮記子曰好學近乎知力行近乎仁勉仰高而蹈景兮盡

忠恕而與人毛詩曰高山仰止景行行止論語子貢問曰有一言而終身行之者乎子曰其恕乎已所不欲勿施於人老子曰天道無親常與善人好正直而不回兮精誠通

於明神毛詩曰靖恭爾位好是正直神之聽之介爾景福又曰求福不回鄭玄曰不違先祖之道也文子曰精誠通於形動氣於天庶靈祇之鑒照兮祐貞良而輔信楚辭曰招貞良

與明智亂曰君子之思必成文兮盡各言志慕古人兮楊子法言曰君子言則成文動則成德論語曰顏淵季路侍子曰盍各言爾志先君行止則有作

兮雖其不敏敢不法兮先君謂彪也有作謂北征賦也論語顏淵曰回雖不敏請事斯

語矣貴賤貧富不可求兮正身履道以俟時兮論語子曰富而可求雖執鞭之士吾亦爲之如不可求從吾所好周易曰履道坦坦孫卿子曰君子博學深謀脩身端行以俟其時脩短之運愚智同兮靖恭委命唯吉凶兮靖恭已見上注鶡冠子曰縱軀委命敬慎無怠思嗛約兮清靜少欲師公綽兮毛詩曰敬慎威儀尚書曰無怠無荒周易曰人道惡盈而好謙嗛與謙音義同苦兼切封禪書曰上猶嗛讓而未俞也老子曰清淨爲天下正論語曰子路問成人子曰若公綽之不欲馬融曰孟公綽也

文選卷第九

壬戌六月廿五甲夜　侃覽

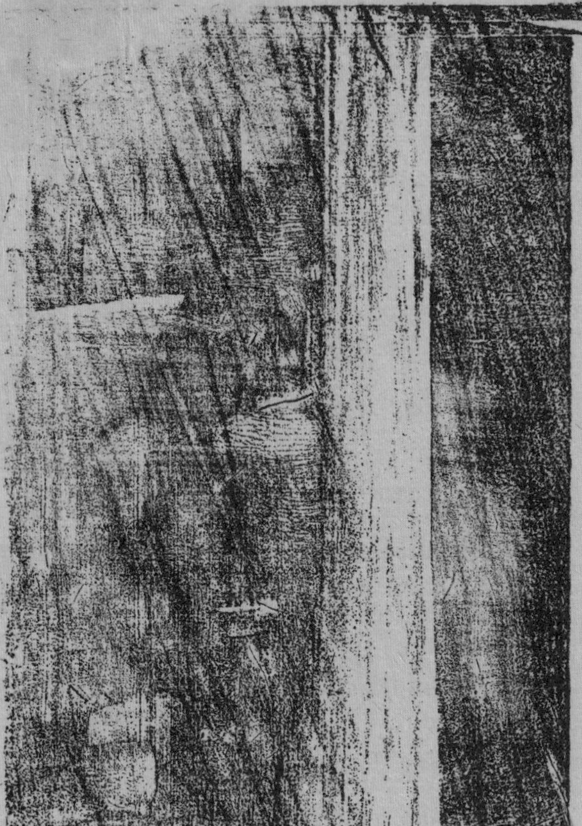

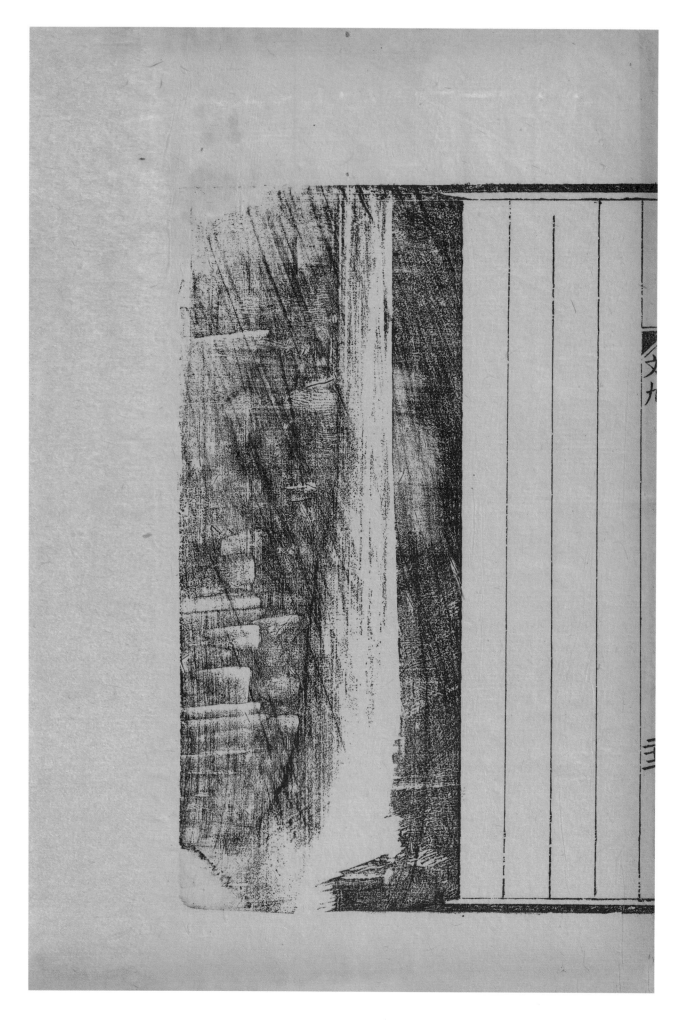

抄与前同卷五

抄無此三行

尤刻應有一首二字在下

文選卷第十

梁昭明太子撰

文林郎守太子右內率府錄事參軍事崇賢館直學士臣李善注上

紀行下

潘安仁西征賦一首

西征賦

臧榮緒晉書曰岳爲長安令作西征賦述行歷論所經人物山水也

潘安仁　岳榮陽中牟人晉惠元康二年岳爲長安令因行役之感而作此賦岳家在鞏縣東故言西征

歲次玄枵。許喬月旅蕤賓。丙丁統日。乙未御辰。岳傷弱子序曰元康二年五月余之長安以歷推之元康二年歲在壬子乙未五月十八日也爾雅曰太歲在子曰困敦左氏傳遊

抄下有而

有天道焉有地道焉有人道焉

慎曰歲在星紀而淫於玄枵杜預曰歲歲星也玄枵在子虛危之次也然玄枵歲星所歷困敦太歲所次今論太歲而曰玄枵疑誤也鄭玄周禮注曰旅猶處也禮記曰仲夏之月律中蕤賓鄭玄曰中猶應也仲夏氣至則蕤賓律應也呂氏春秋曰仲夏其日丙丁高誘曰丙丁火日也然夏爲火德故以丙丁統夏也左氏傳云日月之會是謂辰故以配日杜預曰太歲日月十二會所會謂之辰配曰謂子丑配甲乙也然其日值乙未也鄭玄禮記注曰御猶主也潘子憑軾西征自京徂秦潘子岳自謂也馮衍揚節賦曰馮子耕於酈山之阿憑軾已見魏都賦爾雅曰徂往也迺喟然歎曰古往今來邈矣悠哉寥廓惚恍化一氣而甄三才論語夫子喟然歎曰吾與點也寥廓惚恍未分之貌也鵩鳥賦曰寥廓忽荒列子曰太易者未見氣也易變而爲一又曰一者形變之始也輕清者上爲天重濁者下爲地中和之氣者爲人張湛曰所謂易者窈冥惚怳不可變也一氣恃之而作化故寄名變耳甄已見魏都賦易曰兼三才而兩之漢書音義曰陶人作瓦器謂之甄此三才者天地人道

劉孝標辨命論注引莫能作莫之聖智作聖哲

抄代旁注世又從此句迄春肇洛而掩涕句韻上句之末皆有兮字

唯生與位謂之大寶周易曰天地之大德曰生聖人之大寶曰位生有脩短之命位有通塞之遇鬼神莫能要聖智弗能豫東征賦曰脩短之運愚智同通塞猶窮達也班固覽海賦曰運之脩短不豫期也當休明之盛世託菲薄之陋質左氏傳王孫滿曰德之休明楚辭曰質菲薄而無由馬融論語注曰菲薄也納旌弓於鉉台讚庶績於帝室臧榮緒晉書曰岳弱冠辟太尉府掾孟子曰夫招士以旌大夫以旌左氏傳陳敬仲曰詩云翹翹車乘招我以弓周易曰鼎金鉉鄭玄曰金鉉喻明道能舉君之官職也鄭玄尚書注曰鼎三公象也春秋漢含孳曰三公在天法三台也尚書曰庶績其凝應劭漢官儀曰帝室猶言王室者也嗟鄙夫之常累固既得而患失無柳季之直道佐士師而一黜臧榮緒晉書曰岳遷廷尉平爲公事免官論語子曰鄙夫不可與事君其未得之患得之既得之患失之又曰柳下惠爲士師三黜人曰子未可以去乎曰直道而事人焉往而不三黜武

抄闕　抄疇
尤云譸一姓五臣譸作疇
縱不
抄祇　抄方
抄二字到

皇忽其升遐八音遏於四海臧榮緒晉書武紀曰帝諱炎字世安崩謚曰武禮記曰天王崩告喪曰天王登遐尚書曰帝乃徂落三載四海遏密八音孔安國尚書傳曰遏絕密靜也天子寢於諒闇百官聽於冢宰臧榮緒晉書惠紀曰帝諱衷字正度武帝崩太子即皇帝位禮記曰高宗諒闇三年不言干寶晉紀曰楊駿爲太傅百官揔己以聽於駿尚書曰百官揔己以聽於冢宰彼負荷之殊重雖伊周其猶殆伊尹之相太甲致桐官之師周旦之輔成王有流言之謗左氏傳曰子產曰其父析薪其子弗克負荷爾雅曰殆危也竊七貴於漢庭譸一姓之或在七姓謂呂霍上官趙丁傅王也庾亮表曰向使西京七族皆非姻黨從而悉全決不盡敗聲類曰譸亦疇字也爾雅曰疇誰也無危明以安位祇居逼以示專陷亂逆以受戮匪禍降之自天言無見危之明以安其位祇爲逼主以示己專也于寶晉紀曰駿被誅禮記曰明於順然後能守危鄭玄曰能守自危之道周易曰危者安其位者也毛詩曰亂匪

抄禍

也

孔德璋北山移文注悟作悞卓作悼

抄儡

抄竦

抄惴

降自天生自婦人孔隨時以行藏蘧與國而舒卷苟蔽微以繆章患過辟之未遠言孔蘧有知微知章之鑒故隨否泰而行藏與治亂而舒卷中庸之流苟蔽繆於斯術故患此過常之辟未遠其身也周易曰隨時之義大矣哉論語子謂顏淵曰用之則行舍之則藏唯我與爾有是夫又曰君子哉蘧伯玉邦有道則仕邦無道可卷而懷之周易注曰君子知微謂幽昧知章謂明顯也爾雅曰辟罪未遠不離其身也辟匹亦切悟山潛之逸士卓長往而不反班固漢書贊曰山林之士往而不能反陋吾人之拘攣飄萍浮而蓬轉言已闕行藏之明而有蔽繆之累故悟山潛之爲是陋拘攣之寔非謝承後漢書鄭玄戒子書曰黃巾爲害萍浮南北東觀漢記太史官曰票駭蓬轉因遇際會寮位儡其隆替名節漼以隳落危素卵之累殼甚玄鷰之巢幕心戰懼以兢悚如臨深而履薄說文曰儡壞敗之貌洛罪切漼亦壞貌七罪切累卵已見魏都賦左氏傳吳公子札曰夫

子在此猶鷰巢幕上也杜預曰夫子孫文子也毛詩曰戰戰兢兢如臨深淵如履薄冰殼苦角切夕獲
歸於都外宵未中而難作王隱晉書曰潘岳爲楊駿府主簿駿被誅日岳取急對人
朱振代夷三族匪擇木以棲集鷙林焚而鳥存擇木已見魏都賦爾雅曰鷙寡
也遭千載之嘉會皇合德於乾坤聖主得賢臣頌曰上下懽然交欣千載一
會周易曰亨者嘉之會也乾坤天地也張超宣尼頌曰合量乾坤周易曰大人者與天地合其德弛秋霜
之嚴威流春澤之渥恩韋昭漢書注曰弛廢也荀悅中鑒曰人主怒如秋霜漢書孫寶
勑侯文曰今鷹隼始摯當從天氣取姦惡以成嚴霜之威古長歌行曰陽春布德澤萬物生光輝洞簫賦曰
蒙聖主之渥恩甄大義以明責反初服於私門宋均尚書緯注曰甄表也楚辭
曰進不入以離尤兮退將復脩吾初服戰國策蘇子說魏王曰破公家而成私門皇鑒揆余之
忠誠俄命余以末班王末班謂長安令也楚辭曰皇鑒揆余於初度何休公羊傳注曰俄者

抄況

慨

須史之間牧疲人於西夏攜老幼而入關周禮曰以嘉石平疲民陳思王述征賦曰恨西夏之不綱戰國策曰薛人攜老幼迎孟嘗君道中丘去魯而顧歎季過沛而涕零伊故鄉之可懷疚聖達之幽情韓詩外傳曰孔子去魯遲遲乎其行也漢書曰上過沛留置酒沛宮乃起舞忼慨傷懷泣下數行謂沛父老曰遊子悲故鄉爾雅曰疚病也舞賦曰幽情形而外揚矧匹夫之安土邈投身於鎬京爾雅曰矧況也漢書曰元帝詔曰安土重遷黎人之性毛詩序曰王居鎬京猶犬馬之戀主竊託慕於闕庭曹植責躬表曰不勝犬馬戀主之情東都賦曰闕庭神麗眷鞏洛而掩涕思纏緜於墳塋鞏洛二縣名也河南郡圖經曰潘岳父冢鞏縣西南三十五里楚辭曰長太息以掩涕張升與任彥堅書曰纏緜恩好庶蹈高蹤漢書音義如淳曰塋冢田也音營爾乃越平樂過街郵秣馬皐門稅駕西周平樂館名也酈善長水經注曰梓澤西有一原古舊亭處即街郵也

傳

皋下韻上六字句宋抄皆有兮字
迄既定鼎於郟鄏句

石卷濆口高三丈謂之皐門橋左氏傳曰秣馬利兵毛萇詩曰秣粟也韓子曰衛靈公至濮水之上稅馬而牧法言曰仲尼之駕稅矣李軌曰稅舍也失銳切西周見下注解遠矣姬德興自高辛思文后稷厥初生民率西水滸化流岐豳祚隆昌發舊邦惟新左氏傳劉子曰美哉禹功明德遠矣史記曰帝嚳高辛者黃帝曽孫也姜嫄爲帝嚳元妃生弃號曰后稷別姓姬氏毛詩曰思文后稷克配彼天又曰厥初生人時維姜嫄又曰古公亶父來朝走馬率西水滸至於岐下史記曰后稷之孫慶節立國於邠後古公爲戎狄攻之遂去邠止於岐下公季卒子昌立曰文王文王崩太子發立是爲武王毛詩曰周雖舊邦其命惟新佶與嚳同邠與豳同旋牧野而歷兹愈守柔以執競尚書曰武王與受戰于牧野兹此也謂此周也北征賦曰騑遲遲兮歷兹老子曰守柔曰强毛詩曰執競武王無競維烈鄭玄曰競强也能材强道者惟有武王爾夜申旦而不寐憂天保之未定楚辭曰獨申旦而不寐史記曰武王望商邑至于周自夜不寐

滅商二字作基

尤云鑒亡王五臣鑒作覽

杪以

周公旦曰曷爲不寐王曰我未定天保何暇寐也惟泰山其猶危祀八百而餘慶言武王滅商雖有泰山之固尚以爲危故能載祀八百猶有餘慶也郭璞爾雅注曰惟發語辭也戰國策呂不韋曰周凡三十七王八百六十七年然今言八百舉全數也周易曰積善之家必有餘慶鑒亡王之驕淫竄南巢以投命坐積薪以待然方指日而比盛亡王謂桀也言武王居安而慮危而桀處險而逾泰也尚書曰成湯放桀於南巢范曄後漢書趙壹曰奚異涉海之失柂坐積薪而待然尚書大傳曰伊尹入告於王曰大命之去有日矣王曰天之有日猶吾之有人日有亡哉日亡吾亦亡鄭玄曰自比於天言常在也比於日言去復來也人度量之乖舛何相越之遼迥人謂武王與桀也安危異情故曰乖舛也喻巴蜀檄曰人之度量相越豈不遠哉乖舛不齊也爾雅曰迥遠也今協韻爲呼瞑切考土中于斯邑成建都而營築既定鼎于郟鄏遂鑽龜而啓繇䌛尚書曰成王欲宅洛邑周公曰王來紹上帝自復于

抄效

土中毛詩曰考卜惟王鄭玄曰考稽也東都賦曰建都河洛左氏傳曰王孫滿曰成王定鼎於郟鄏卜世三十卜年七百杜預左氏傳注曰繇卜兆辭也

平失道而來遷繄二國而是祐

史記曰平王東遷于雒邑二國晉鄭也左氏傳桓公曰我周之東遷晉鄭焉依杜預左氏傳注曰繄語助也

豈時王之無僻賴先哲以長懋

言周末之王豈無邪僻之行但賴前聖之德所以長茂也左傳韓厥曰三代之令王皆數百年保天之祿夫豈無僻王賴前喆以免也漢書策詔曰大禹能士失德夏以長懋說文曰懋盛也

望圉北之兩門感虢鄭之納惠討子頽之樂禍尤闕西之効戾

言鄭伯以子頽樂及徧舞爲樂禍而討之既尤之矣及乎享王闕西備樂是乃効其爲戾也左氏傳曰初王姚嬖于莊王生子頽子頽有寵及惠王即位衞師燕師伐周立子頽享五大夫樂及徧舞鄭伯聞之見虢叔曰寡人聞之哀樂失時殃咎必至今王子頽歌舞不倦樂禍也盍納王乎虢公曰寡人之願也同伐王城鄭伯將王自圉門入虢叔自北門入殺子頽鄭伯享王于闕西辟樂備原

水經瀍水注引崔洪注西征賦云定當爲敬彼字蓋此兩之誤　抄遘

伯曰鄭伯効尤其亦將有咎包咸論語注曰尤過也爾雅曰戾罪也重戮帶以定襄弘大順以霸世左氏傳曰太叔帶以狄師伐周襄王出適鄭晉侯迎王王入于城取太叔於溫殺之鄭玄毛詩箋曰弘廣也重晉文侯重耳靈壅川以止鬬晉演義以獻說國語曰靈王二十二年穀洛二水鬬欲毀王宮王欲壅之太子晉諫曰不可晉聞古之長人不墮山不防川今吾執政實有所辟而禍夫二川之神賈逵曰鬬者兩會似於鬬小雅曰演廣遠也咨景悼以迄丏政凌遲而彌季俾庶朝之構逆歷兩王而干位孔安國尚書傳曰咨嗟也左氏傳曰王子朝有寵於景王王崩子朝因舊官之喪職秩者以作亂單子逆悼王於莊宮以歸子朝奔京王子猛卒敬王即位王子朝入于尹劉子以王如劉王子朝入於王城單子如晉告急晉智躒帥師納王子朝奔楚王人殺子朝于楚杜預曰悼王子猛也敬王子猛母弟子丏也賈逵國語注曰子朝景王之長庶子也爾雅曰迄至也呼乞切丏音蓋毛詩序曰禮義凌遲左氏傳晏子曰此季世也毛詩曰我日構禍毛萇曰構成也

尤云潛慟五臣作憯慟

左氏傳衛彪傒曰魏子干位以令大事踰十葉以逮赧邦分崩而爲二竟橫噬於虎口輸文武之神器史記曰景王崩子悼王立崩弟敬王立崩子元王立崩子定王立崩子哀王立弟殺哀王自立爲思王弟殺思王自立爲考王崩子威烈王立崩子安王立崩子烈王立崩弟立爲顯王崩子愼靚王立崩子赧王立東西周分治王赧徙都西周初考王封其弟于河南桓公卒威公立卒子惠公立乃封其少子于鞏以奉王號東周惠公秦莊襄王滅東西周爾雅曰逮及也論語子曰邦分崩離析虎口喻秦也漢書曰秦二世拜叔孫通爲博士通出曰我幾不免虎口老子曰天下神器不可爲也爲者敗之澩孝水而濯纓嘉美名之在茲澩水經注作濟字林曰孝水在河南郡酈元曰在河南城西十餘里楚辭曰滄浪之水清可以濯吾纓毛萇詩傳曰濯滌也夭赤子於新安坎路側而瘞之亭有千秋之號子無七旬之期雖勉勵於延吴實潛慟乎余慈傷弱子序曰三月壬寅弱子生五月之長安壬寅次于新安之千秋亭甲辰而

無子　抄還京旁注還　沉

弱子天乙巳瘞于亭東廣雅曰夭折也書曰若保赤子字書曰瘞埋也猗例切禮記曰延陵季子適齊於其反也其長子死葬於嬴博之間其坎深不至於泉列子曰魏有東門吴者子死而不憂其相室曰公之愛子也天下無有子死而不憂者何也東門吴曰吾甞無子之時不憂今子死乃與向無子時同吾奚憂也戰國策以吴爲吾**騁山川以懷古悵攬轡於中塗虐項氏之肆暴坑降卒之無辜激秦人以歸德成劉后之來蘇事回泬而好還卒宗滅而身屠**東都賦曰慨長思而懷古楚辭曰攬騑轡而下節杜預左氏傳注曰肆極也史記曰章邯降項王秦吏卒多竊言曰今能入開破秦大善即不能秦必盡誅吾父母妻子諸將聞其計以告項羽於是楚軍夜擊坑秦卒二十餘萬新安城南後羽敗垓下至烏江自刭尚書曰后來其蘇韓詩曰謀猷回泬薛君曰回邪僻也老子曰其事好還**經澠池而長想停余車而不進**漢書弘農郡有澠池縣舞賦曰遠思長想**秦虎狼之彊國趙侵弱之餘燼超入**

險而高會杖命丗之英藺戰國策楚王曰秦虎狼之國也左氏傳齊賓媚人曰請收合餘燼背城借一杜預曰燼火餘之木也高會已見吴都賦孟子曰五百年必有王者興其間必有命丗者廣雅曰命名也李陵書曰命丗之材恥東瑟之偏鼓。提西缶而接刃。辱十城之虛壽。奄咸陽以取雋。史記曰趙王與秦王會於澠池秦王曰寡人聞趙王好音請奏瑟趙王鼓瑟相如前曰趙王竊聞秦王善爲秦聲請奏缶秦王怒不許相如曰請得以頸血濺大王矣左右欲刃相如相如叱之皆靡秦王不懌爲一擊缶秦之羣臣請以趙十五城爲秦王壽藺相如亦曰請以秦咸陽爲趙王壽秦王終不能加勝於趙爾雅曰盜謂之近呂氏春秋曰兵不接刃而人人服化說文曰奄覆也取雋自取雖雋也出申威於河外。何猛氣之咆勃。入屈節於廉公。若四體之無骨。河外謂之澠池史記曰秦王使使告趙王爲好會於西河外澠池咆勃怒貌也史記曰廉頗曰我爲趙將有攻城野戰之功而藺相如徒以口舌爲勞而位居我上我見相如必辱之相如出見廉頗引車避匿荀悅申鑒曰高祖申威於秦項宋玉笛賦曰悲猛氣兮飄疾家語子夏曰今夫子欲屈節以救父母之國論語丈人曰四體不勤尸子曰徐偃王有筋而無骨也處智勇之淵偉方鄙忝之忿悁雖改日而易歲無等級以寄言智勇相如也忿悁廉頗也言以相如之比廉頗雖以一日之促方一歲之永猶未足以寄言言相去遠也史記繆賢曰臣舍人藺相如勇士有智謀太史公曰其處智勇可謂兼之矣范睢後漢書陳蕃曰鄙忝之萌復存乎心戰國策張儀曰秦忿悁含怒之日久也當光武之蒙塵致王誅于赤眉異奉辭以伐罪初垂翅於回谿不尤眚以掩德終奮翼而高揮東觀漢記曰馮異字公孫拜為征西將軍與赤眉相距上命諸將士屯澠池為赤眉所乘反走上回谿阪異復合兵追擊大破之殽底璽書勞異曰垂翅回谿奮翼澠池左氏傳臧文仲曰天子蒙塵于外東都賦曰天人致誅東觀漢記曰樊崇欲與王莽戰恐其衆與莽兵亂乃皆朱其眉以相別識由是號曰赤眉尚書曰奉辭伐罪左傳秦穆公曰吾不以眚掩

「託」別本
尤云記墳五臣作託墳
抄而
抄緤
晉文
而衍
戮
注無肆叔意仍當从
別本作戮也
抄凌

大德西京賦曰遊鷁高翬薛綜曰翬飛也揮與翬古字通建佐命之元勳振皇綱而更維佐命已見西都賦苔賓戲曰廓帝紘恢皇綱鄭玄周禮注曰維猶連結也登崤坂之威夷仰崇嶺之嵯峨韓詩曰周道威夷薛君曰威夷險也嵯峨已見上文皐記墳於南陵文違風於北阿蹇哭孟以審敗襄墨縗以授戈曾隻輪之不反繰三帥以濟河左氏傳曰秦穆公召孟明西乞白乙使出師襲鄭蹇叔之子與師哭而送之曰晉人禦師必於殽殽有二陵焉其南陵夏后皐之墓也其北陵文王之所避風雨也必死是間余收爾骨焉秦師還晉文公子墨縗經敗秦師于殽獲百里孟明視西乞術白乙丙以歸文嬴請三帥公許之杜預曰公未葬故襄公稱子公羊傳曰晉人敗秦師于殽匹馬隻輪而無反者值庸主之矜愎。殆肆叔於朝市。任好綽其餘裕。獨引過以歸己。明三敗而不黜。卒陵晉以雪恥。豈虛名之可立。良致

又曰穆公遂霸西戎　石

霸其有以言君値庸主矜而愎諫殆戮三帥陳之市朝而賴任好綽然寬裕故直引過而歸諸已爾雅曰庸常也鄭玄禮記注曰矜自尊大也左氏傳曰慶鄭曰愎諫違卜杜預曰愎戾也論語子服景伯曰吾力猶能肆諸市朝鄭玄曰陳其尸曰肆史記秦繆公曰任好孟子曰吾進退豈不綽然有餘裕哉左氏傳曰秦伯不廢孟明曰孤之罪也又曰秦孟明視伐晉晉侯禦之戰于彭衙秦師敗績又曰晉先且居伐秦取汪彭衙而還以報彭衙之役斯三敗矣又曰秦伯伐晉取王官及郊晉人不出封殽尸而還遂霸西戎用孟明也然止二敗言三未詳史記秦穆公謂三將曰子其悉雪恥古詩曰虛名復何益楚辭曰名不可以僞立毛詩曰何其久也必有以也鄭玄曰必以有功德也卒或爲雜非也降曲崤而憐虢託與國於亡虞貪誘賂以賣鄰不及臘而就拘垂棘反於故府屈產服于晉輿德不建而民無援仲雍之祀忽諸劉澄之地理書曰肴有純石或謂石肴如淯漢書注曰相與友善爲與國與黨與也左氏傳曰晉荀息請以屈產之乘垂棘之璧假道於虞以伐虢虞公許之宮之奇曰虞不臘矣晉滅虢虢公醜奔京師還館於虞遂

襲虞滅之穀梁傳曰後晉舉虞荀息牽馬操璧而前曰璧猶是馬齒加長矣燕丹子夏扶曰馬無服輿之伎則未可與決良左氏傳曰臧文仲聞六與蓼滅曰皐陶庭堅不祀忽諸德之不建人之無援哀哉杜預曰忽然而亡也史記曰武王求仲雍之後得虞仲封於周之北故夏墟之地

我祖安陽言陟陝郛

行乎漫瀆之口憩乎曹陽之墟漢書弘農郡有陝縣酈善長水經注曰槖水出槖山北流出谷謂之漫澗與安陽溪水合又西經陝縣故城南又合一水謂之瀆谷水漫澗水北有逆旅亭謂之漫口客舍弘農郡圖經曰曹陽桃林縣東十二里

美哉邈乎茲土之舊也固乃周邵之所分二南之所交麟趾信於關雎騶虞應乎鵲巢公羊傳曰自陝以東周公主之自陝以西召公主之毛詩序曰關雎麟趾之化王者之風也故繫之周公鵲巢騶虞之德諸侯之風也故繫之邵公周南邵南正始之道王化之基

愍漢氏之剥亂朝流亡以離析卓滔天以大滌劫宮廟而遷迹俾萬乘之

抄邵下有職字注本无
抄南下有風字注本无

抄亭注史

氾

抄曰掖

抄或

盛尊降遥思於征役顧請旋於傕汎既獲許而中惕追皇駕而驟戰望玉輅而縱鏑魏志曰董卓字仲潁隴西人爲相國卓以山東豪傑並起乃徙天子都長安燔燒洛陽宮室卓至西京呂布誅卓卓將李傕郭汎擅朝政傕質天子於營傕將楊奉叛傕傕衆稍衰天子乃得出至新豐楊奉董承以天子還洛陽傕汎悔遣天子復相與追及天子於弘農之曹陽大戰奉兵敗左氏傳子朝曰單旗劉狄剝亂天下毛詩曰民卒流亡離析已見上注孔安國尚書傳曰滌除也左氏傳晉趙括謂楚曰寡君使羣臣遷大國之迹於鄭淮南子曰雖有盛尊之親萬乘已見上文痛百寮之勤王咸畢力以致死分身首於鋒刃洞胷腋以流矢有褰裳以投岸或攘袂以赴水傷桴檝之褊小撮舟中而掬指華嶠後漢書曰李傕等大戰弘農百官士卒死者不可勝數董承率衆擊傕大破之乘輿乃得進承先具舟船帝以絹挽而下餘人匍匐岸側或自投死范曄後漢書獻帝下登船諸不得渡者皆爭攀

七啟

船船上人刃撡其指舟中之指可掬左氏傳狐偃曰求
諸侯莫如勤王東觀漢記太史曰忠臣畢力尉繚子曰
未有不能得其力而致其死北征賦曰首身分而不寤
子虛賦曰洞胷達腋禮記曰流矢在白肉毛詩曰褰裳
涉洧又曰攘袂而與左氏傳曰晉
中軍下軍爭舟舟中之指可掬
升曲沃而惆悵惜兆

亂而兄替枝末大而本拔都偶國而禍結左氏傳曰晉
穆侯之夫人
姜氏以條之役生太子命之曰仇其弟以千畝之戰生
命之曰成師師服曰今君命太子曰仇弟曰成師始兆
亂矣兄其替乎復封桓叔于曲沃師服曰吾聞國家之
立也本大而末小是以能固天子建國諸侯立家今晉
甸侯也本既弱矣其能久乎後曲沃莊伯伐翼殺孝侯
曲沃武公伐翼獲翼侯然孝侯翼侯仇之後也莊伯武公桓
叔成師之後也翼晉都也曲沃在河東聞喜縣鄰善長
水經注曰春秋晉侯使詹嘉守桃林之塞處此以備秦時
以曲沃之官守之故有曲沃之名然此曲沃在西因彼
曲沃而得名令因名而說彼楚辭曰惆悵而私自憐爾
雅曰替廢也左氏傳中無字曰末大必折漢書曰田蚡
曰技大於幹脛大於股不折必披或云枝本大而末披

左氏傳辛伯曰大都偶國亂之本也臧札飄其高厲委曹吴而成節何莊武之無耻徒利開而義閉左氏傳曰吴子諸樊將立季札季札辭曰曹宣公之卒也諸侯與曹人不義曹君將立子臧子臧去之遂不爲也以成曹君君子曰能守節矣君義嗣也誰敢奸君有國非吾節也札雖不才願附於子臧以無失節王逸楚辭注曰委弃也范曄後漢書李固奏記梁商曰夫義路閉則利門開利門開則義路閉躡函谷之重阻看天險之衿帶迹諸侯之勇怯筭嬴氏之利害廣雅曰躡履也函谷已見西都賦鸚鵡賦曰崎嶇重阻周易曰天險不可升地險山川丘陵衿帶已見上文孫卿子曰勇怯勢也或開關以延敵競遯逃以奔竄言其利也過秦論曰諸侯以百萬之衆叩關而攻秦秦人開關延敵九國之師遯逃而不敢進也有噤門而莫啟不窺兵於山外言其害也戰國策范雎謂秦王曰秦今反閉關而不敢窺兵於山東者穰侯爲國謀不忠大王計有所失也楚辭曰噤閉而不言然噤亦閉也

抄下有也字
周書
獻
抄世旁注葉
抄飧

噤巨蔭切連雞互而不棲小國合而成大言小國異乎連雞也戰國策秦惠王謂寒泉子曰蘇秦約于諸侯諸侯之不可一猶連雞之不能俱止棲亦明矣豈地勢之安危信人事之否泰言崤函之險未嘗暫改或開關延敵或噤門莫啓明此不徒在地勢亦由在人也湯曰吾欲因其地勢所有而敵之否泰周易二卦名也周易曰泰上下交而其志同也否上下不交而天下無邦漢六葉而拓畿縣弘農而遠關六葉武帝也難蜀父老曰德茂存乎六世應劭漢書注曰拓廣也漢書元鼎三年徙函谷關於新安以故關爲弘農縣也厭紫極之閑敞甘微行以遊盤長傲賓於柏谷妻覩貌而獻餐疇匹婦其巳泰胡厥夫之繆官紫極星名王者爲宮以象之曹植上表曰情注于皇居心在乎紫極南都賦曰體爽塏以閑敞蒼頡篇曰敞高顯也漢武帝故事曰帝即位爲微行嘗至柏谷夜投亭長宿亭長不納乃宿逆旅逆旅翁要少年十餘人皆持弓矢刀劍令主人嫗出遇客婦謂其翁曰吾覩此丈夫非常人也且有備不可圖也天寒嫗酌酒

尤云望思五臣作望子思

多與其夫夫醉嫗自縛其夫諸少年皆走嫗出謝客殺雞作食平旦上去還宮乃召逆旅夫妻見之賜嫗金千斤擢其夫爲羽林郎疇猶詶也昔明王之巡幸固清道而後往懼銜橜之或變峻徒御以誅賞東觀漢記曰西巡幸長安司馬相如上疏曰夫清道而後行猶將有銜橜之變漢書音義張揖曰銜勒也司馬彪莊子注曰橜騑馬口中長銜也橜巨月切淮南子曰陗法刻刑許慎曰陗峻也毛詩曰徒御不驚彼白龍之魚服挂豫且之密網輕帝重於天下奚斯漸之可長白龍已見東京賦帝重帝位之重也言輕帝位之重於天下此乃陵上之漸何可長乎弔戾園於湖邑諒遭世之巫蠱探隱伏於難明委讒賊之趙虜加顯戮於儲貳絕肌膚而不顧作歸來之悲臺徒望思其何補漢書曰戾太子據與江充有隙會巫蠱事起充遂至太子宮掘得桐木人太子無以自明乃斬江充與丞相劉屈氂戰兵敗東至湖邑自縊而死車千秋訟太子冤上憐太子無辜乃作思子宮爲

割　泉　西泉　遡

歸來望思之臺於湖宣帝即位謚曰戾以湖邑閿鄉爲戾園又太子罵充曰趙虜乃亂吾父子也蒼頡篇曰委任也尚書王曰弗迪有顯戮漢書䟽廣曰太子國儲副君宋均元命苞注曰儲君副主言設以待之王命論曰高四皓之名刻肌膚之愛幽通賦曰雖覆醢其何補**紛吾既邁此全節又繼之以盤桓問休牛之故林感徵名於桃園**言吾紛然行此全節之野又繼之以盤桓而不前楚辭曰紛吾乘兮玄雲北征賦曰紛吾去此舊都騑遲遲而歷茲爾雅曰邁行也全節即漢書全鳩里戾太子死處圖經曰全節閿鄉縣東七里鳩澗西廣雅曰盤桓不進也周易曰初九盤桓尚書武成曰放牛於桃林之野示天下弗服東征記曰全節地名其西名桃原古之桃林也**發閿鄉而警策愬黄巷以濟潼眺華岳之陰崖覿高掌之遺蹤**漢書湖縣名今虢州閿鄉湖城二縣皆其地也曹子建應詔詩曰僕夫警策鄭玄周禮注曰警勑戒之也薛綜西京賦注曰愬向也愬與遡古字通獻帝春秋曰興平二年十一月丙寅車駕東行到黃巷亭庚午到弘農述征記曰河自關北東流水側有坂謂之黃巷坂

抄吾

雍州圖經曰潼水在華陰縣界水經曰北流注河西京賦曰綴以二華巨靈贔屓高掌遠蹠以流河曲閱音聞

憶江使之反璧告亡期於祖龍史記曰秦始皇帝三十六年鄭使者從關東來至華陰之野有持與使者璧曰爲我遺鎬池君因言曰明年祖龍死置璧而去忽不見始皇使人視璧乃二十八年渡江所沈璧也蘇林曰祖始也龍人君之象謂始皇也不語怪以徵異我聞之於孔公論語曰子不語怪力亂神慍韓馬之大憝阻關谷以稱亂何晏論語注曰慍怒也魏志曰建安十六年關中諸將馬超韓遂等反超等屯潼關尚書曰元惡大憝孔安國曰憝惡也杜預左氏傳注曰阻恃也關谷潼關函谷也尚書曰敢行稱亂孔安國曰稱舉也魏武赫以霆震奉義辭以伐叛彼雖衆其焉用故制勝於廟筭魏志曰曹公西征與超等夾關爲戰大破之尚書曰奉辭伐罪左氏傳隨武子曰伐叛刑也柔服德也又屈完曰雖君之衆無所用之孫子曰水因地而制行兵因敵而制勝又曰夫未戰而廟勝得筭之多者也漢書楊雄即趙充國圖畫而頌之曰料敵制勝砰揚桴

以振塵繵瓦解而冰泮超遂遁而奔狄甲卒化爲京觀字書曰砰大聲也魏志曰韓遂馬超走涼州楚辭曰揚桴兮拊鼓左氏傳曰援枹而鼓說文曰枹鼓椎也東觀漢記馮衍說吳漢曰得道之兵鼓不振塵鄭玄禮記注曰振動也繵破聲也呼麥切春秋運斗樞曰不能宣德天下瓦解漢書曰徐樂上書曰何謂瓦解吳楚齊趙之兵是也當此之時安土樂俗之人衆故諸侯無境外之助此之謂瓦解淮南子曰冰泮而農桑起左氏傳潘黨曰君盍收晉尸以爲京觀杜預曰積尸封土其上謂之京觀砰普耕切惓狹路之迫隘軌蹐驅以低仰惓極也司馬相如大人賦曰區中之隘狹廣雅曰蹐驅傾側也蹈秦郊而始闢豁爽塏以宏壯黃壤千里沃野彌望華實紛敷桑麻條暢班固高紀述曰粵蹈秦郊尚書曰雍州厥土惟黃壤杜篤論都賦曰沃野千里原隰彌望保植五穀桑麻條暢春秋文耀鉤曰春致其時華實乃榮洞簫賦曰標紛敷以扶踈廣雅曰暢長也邪界襃斜右濵汧隴襃斜汧隴並已見上文

寶雞前鳴，甘泉後涌。寶雞甘泉並已見上文面終南而背雲陽，跨
平原而連嶓冢。漢書武功山有太一古文以爲終南此賦下云太一明與終南別山西京賦曰於前則終南太一二山明矣漢書左馮翊有雲陽縣西京賦曰後則高陵平原又曰連崗乎嶓冢九嵕
巀嶭，太一龍嵸。並已見上文吐清風之飂戾。納歸雲之鬱蓊。孔叢子孔子曰夫山者與吐風雲以通乎天地之間四子講德論曰虎嘯而風寥戾思玄賦曰馮歸雲而遐逝楚辭曰望谿谷兮滃鬱
南有玄灞素滻，湯井溫谷。玄素水色也霸滻二水名也楚辭曰臨沅湘之玄淵又曰含素水而蒙深湯井溫湯也雍州圖曰溫湯在新豐縣界溫谷即溫泉也雍州圖曰溫泉在藍田縣界
北有清渭濁涇，蘭池周曲。毛萇詩傳曰涇渭相入而清濁異三輔黃圖曰蘭池觀在城外長安圖曰周氏曲咸陽縣東南三十里今名周氏陂陂南一里漢有蘭池宮
浸決鄭白之渠，漕引淮海之粟。鄭玄周礼注曰浸者可以爲陂灌漑者鄭白已見上文西都賦曰通溝大漕控引淮湖與

抄海下側沾之字

抄皐下有之

尤云國危五臣作危國

當作抵

海通波也林茂有鄠之竹山挺藍田之玉並已見上文班述陸海珍藏張叙神皐隩區此西賓所以言於東主安處所以聽於憑虛也可不謂然乎西都賦曰陸海珍藏西京賦曰寔惟地之奧區神皐勁松彰於歲寒貞臣見於國危論語子曰歲寒然後知松栢之後凋老子曰國家昏亂有貞臣入鄭都而抵掌義桓友之忠規竭股肱於昏主赴塗炭而不移世善職於司徒緇衣斆而改爲史記曰鄭桓公友者周厲王少子也犬戎殺幽王於驪山下并殺桓公鄭人共立其子爲武公抵掌已見蜀都賦左氏傳荀息曰竭其股肱之力尚書帝曰臣作股肱又曰民墜塗炭毛詩序曰緇衣美武公也父子並爲周司徒善於其職詩曰緇衣之宜兮斆予又改爲兮履犬戎之侵地疾幽后之詭惑舉僞烽以沮衆淫嬖褭以縱慝軍敗戲水之上身死驪山之北

滅也

離　別本

赫赫宗周，威爲亡國。史記宣王崩子幽王宫涅立幽王嬖愛褒姒竟廢申后及太子而以褒姒爲后褒姒不好笑幽王爲烽燧大鼓有冠至舉烽火諸侯悉至至而無冠褒姒乃大笑幽王悅之爲數舉烽火其後不信諸侯益亦不至廢后之父申侯乃與西夷犬戎共攻幽王幽王舉烽火徵兵兵莫至遂殺幽王驪山下毛萇詩傳曰沮止也又曰慝邪也國語里革曰厲流于彘幽滅于戲毛詩曰赫赫宗周褒姒威之毛萇曰威呼滅切

又有繼於此者，異哉秦始皇之爲君也。傾天下以厚葬，自開闢而未聞。匠人勞而弗圖，俾生埋以報勤。外罹西楚之禍，内受牧豎之焚。漢書劉向上䟽曰秦始皇葬驪山之阿石槨爲遊館生埋工匠後項籍燔其宫室營宇其後牧兒亡羊入其鑿中牧者持火照求羊失火燒其藏槨自古至今葬未有盛始皇也數年之間外被項籍之災内離牧豎之禍豈不哀哉尚書考靈耀曰天地開闢勞而不圖言匠人勞苦而不圖謀其賞生埋報勤謂反以生埋之事以報其功勤也

語曰：行無禮必自

抄下有猶

抄下有而五字无

别本校語善本無此五字是也

及此非其効與左氏傳君子曰志有之所謂行無禮必自及者也乾坤以有親可久君子以厚德載物周易曰乾以易知坤以簡能易知則有親易從則有功有親則可久有功則可大可久則賢人之德可大則賢人之業又曰君子以厚德載物方論高祖之德故以乾坤爲令焉觀太漢高之興也非徒聰明神武豁達大度而已也漢書班固高紀述曰寔天生德聰明神武漢書曰高祖仁愛意豁如也常有大度乃實慎終追舊篤誠款愛澤靡不漸恩無不逮論語曰慎終追遠左氏傳季孫行父曰明允篤誠廣雅曰款誠也說苑晏子謂景公曰今君愛老而恩無不逮也率土且弗遺而況於隣里乎況於鄉士乎斯時也乃摹寫舊豐制造新邑故社易置枌榆遷立街衢如一庭宇相襲渾雞犬而亂放各識家而競入三輔舊事曰太上皇不樂關中思慕鄉里高祖徙豐沛屠兒酤酒煑餅商人立

爲新豐西京雜記曰高祖既作新豐并徙舊社放犬羊雞鴨於通途亦競識其家孟子曰變置社稷趙岐曰更置立之漢書曰高祖禱豐枌榆社張晏曰枌白榆社在豐東北十五里尚書曰欲遷其社孔安國尚書傳曰襲因也渾胡本切籍含怒於鴻門沛跼蹐而來王范謀害而弗許陰授劍以約莊撥白刃以萬舞危冬葉之待霜履虎尾而不噬寔要伯於子房漢書曰項羽欲西入關聞沛公已定關中大怒遂至戲於是饗士旦日合戰羽季父項伯素善張良夜馳見良具告事實以與項伯俱見沛公沛公曰吾豈敢反願伯明言不敢背德戒沛公早自來謝沛公旦見羽鴻門因留沛公飲范曾數目羽擊沛公羽不應范曾起出謂項莊曰汝入以劍舞因擊沛公殺之不者女屬且爲所虜莊拔劍起舞項伯亦起舞常翼蔽沛公周書武王曰吾含怒深矣毛詩曰謂天蓋高不敢不跼謂地蓋厚不敢不蹐尚書曰四夷來王毛詩曰莫敢不來王撥挺也力刃切周易曰履虎尾不咥人亨鄭玄注本爲噬噬齧也音誓樊抗憤以巵酒咀彘肩以

尤云飲餞於東都五臣都作門

激揚漢書曰樊噲聞事急乃持楯撞入項羽目之問之
爲誰張良曰沛公參乘樊噲項羽曰壯士賜之卮
酒彘肩噲飲酒拔劒切肉食之項羽曰能復飲乎曰臣
死且不辭豈特卮酒乎又谷永上疏曰賛命之臣靡不
激揚也忽蛇變而龍攄雄霸上而高驤曾遷怒而橫撞
碎玉斗其何傷史記曰褚先生曰子夫龍變傳曰蛇化爲龍不變其文家化爲國不變其姓漢
書曰元年十月沛公至霸上鄒陽上書曰蛟龍驤首奮
翼漢書曰沛公獻璧羽受之又獻玉斗於范曾曾怒撞
其斗曰吾屬今爲沛公虜矣論語曰不遷怒又曰何傷乎嬰胥組於軹塗投素車而
肉袒漢書曰秦王子嬰素車白馬係頸以組降軹道傍軹塗已見東京賦左氏傳曰鄭伯肉袒牽羊以逆
杜預曰肉袒示服爲臣僕也踈飲餞於東都畏極位之盛滿漢書曰踈廣字
仲翁爲太子太傅兄子受爲少傅廣謂受曰吾聞知足
不辱知止不殆今官成名立不去懼有後悔遂上疏乞
骸骨上皆許之故人邑子爲設祖道供帳東都門外蘇
林曰長安東門也毛詩曰飲餞于禰毛萇曰祖而舍軷

尤云孟秋爰謝五臣作孟春受謝

飲酒於其側曰餞漢書曰劉德妻死霍光欲以女妻之德不敢取畏盛滿也金墉鬱其萬雉
峻嶐峭以繩直西京賦曰橫西洫而絕金墉西都賦曰建金城而萬雉崝嵘謂巉嵯崚嶒貌也繩直已見
東京賦戾飲馬之陽橋踐宣平之清闕爾雅曰戾至也長安圖曰漢時七里
渠有飲馬橋夏侯嬰冢在橋南三里陽橋之陽也三輔黃圖曰長安東出北頭第一城門名宣平門清謂華麗
且清也都中雜遝戶千人億華夷士女駢田逼側㡪名京
之初儀即新館而涖職勵疲鈍以臨朝勗自強而不息
長安舊都故曰名京潘子初臨故曰新館蒞職謂蒞政也毛萇詩傳曰蒞臨也孔安國尚書傳曰勗勉也又曰
勗勉也周易曰君子以自強不息於是孟秋爰謝聽覽餘日楚辭曰青春爰謝王
逸曰謝去也上林賦曰聽覽餘閑舞賦曰餘日怡蕩巡省農功周行廬室街里蕭
條邑居散逸營宇寺署肆廛管庫蕞芮於城隅者

百不處一言今之寺署蕞芮在於城隅方之昔時雖復百分不能處一也漢書劉向上疏曰項籍燔其宮室營宇風俗通曰今尚書御史謁者所止皆曰寺漢書百官表少府有諸僕射署鄭玄周禮注曰肆市中陳物處鄭司農周禮注曰廛市中空地禮記曰管庫之士鄭玄曰管管鍵也庫物所藏也字林曰蕞聚皃也音在外切說文曰芮小皃而鋭切處一或爲一處非也所謂尚冠脩成黃棘宣明建陽昌陰北煥南平皆夷漫滌蕩亡其處而有其名皆里名也漢書曰宣帝舍長安尚冠里又曰武帝同母姊金王孫女號脩成君餘未詳爾乃階長樂登未央汎太液凌建章縈馺娑而款駘盪轥枍詣而轢承光徘徊桂宮惆悵柏梁已上並見西京賦鷩雉雊於臺陂狐兎窟於殿傍何黍苗之離離而余思之芒芒鷩雉已見射雉賦黍苗已見魏都賦尚書曰予思日孜孜洪鍾頓於毀廟乘風廢而弗縣史遊急就章曰乘風縣鍾

獨　霸

顏延年三月三日曲水詩序注引衛使作衛命

草祠柴禁省鞠為茂草金狄遷於灞川如淳漢書注曰本名禁中漢儀
注孝元皇后父名禁避之故曰省毛詩曰踧踧周道鞠
為茂草毛萇曰鞠窮也潘岳關中記曰秦為銅人十二董
卓壞以為錢餘二枚魏明帝欲徙詣洛載到霸
城重不可致今在霸城次道南銅人即金狄也懷夫蕭
曹魏邴之相並已見西都賦辛李衛霍之將漢書曰辛慶忌字子真為左將軍匈
奴西域親附敬其威信本狄道人又曰李廣隴西人也
為右北平太守匈奴號曰漢飛將軍避之數歲不入界
衛霍已見長楊賦衛使則蘇屬國震遠則張博望漢書孫寶衛命奉使
職在刺舉又曰蘇武字子卿杜陵人也武以中郎將使
持節送匈奴使留在漢者匈奴乃徙武北海上武杖漢
節牧羊武留匈奴凡十九歲乃還拜為典屬國又曰張
騫漢中人也以郎應募使月氏去十三年得還騫以校
尉從大將軍擊匈奴知水草處軍得以不乏封騫為博望侯教敷而彝倫叙兵興而
皇威暢敷教蕭曹也舉兵衛霍也尚書曰彝倫攸叙臨危而智勇奮投命而

高節亮臨危張騫也智勇已見上文投命蘇武也吳子曰一人投命足懼千人杜預左氏傳注曰投弃
命也史記曰魯連好持高節暨乎秺侯之忠孝淳深小雅曰暨及也漢書曰金日磾
字翁叔本匈奴休屠王太子也武帝拜為侍中駙馬都尉莽何羅矯制發兵明旦上卧未起何羅從外入日磾
奏廁心動立入坐內戶下何羅褭白刃從東廂上日磾抱何羅呼曰何羅反得禽縛之繇是著忠孝節封為秺
侯音妬陸賈之優游宴喜漢書曰陸賈楚人也高祖拜賈為太中大夫有五男分其子子
二百金令為生產賈常乘安車駟馬從歌鼓瑟侍者十人謂其子曰與女約過女女給人馬酒食後陳平乃以
奴婢百人車馬五十乘錢五百萬遺賈為食飲費賈以此游漢庭公卿間名聲籍甚苔賓戲曰陸子優游新語
以興毛詩曰吉甫燕喜既多受祉長卿淵雲之文子長政駿之史司馬長卿
王子淵楊子雲也史記曰司馬遷字子長為太史令修史記歷黃帝以來至太初凡百三十篇漢書曰劉向字
子政元帝擢為宗正著疾讒擿要救危及世頌凡八篇又著五行傳列女傳新序説苑又曰劉歆字子駿為中

壘校尉爲七略趙張三王之尹京定國釋之之聽理漢書曰趙廣漢字子
都涿郡人守京兆大尹發姦擿伏如神又曰張敞字子
高河東人也守京兆尹枹鼓稀鳴市無偷盜又曰王遵
字子貢涿郡人也爲諫大夫守京輔都尉行京兆尹事
旬月間盜賊清又曰王章字仲卿泰山人也章以選爲
京兆尹又曰王駿琅邪人也爲京兆尹趙廣漢張敞王
章至駿皆有能名故京師稱曰前有趙張後有三王又
曰于定國字曼倩東海人也爲廷尉其決疑平法務在
哀鰥寡罪疑惟輕朝廷稱之又曰張釋之字季南陽
人也爲廷尉周亞夫見釋之持議平乃結爲親友繇此天下稱之也汲長孺之正直鄭當
時之推士漢書曰汲黯字長孺濮陽人也爲主爵都尉數直諫又曰鄭當時字莊陳人也爲大司農
每朝候上間說未嘗不言天下長者聞人之善進之上唯恐後班固贊曰汲黯之正直鄭當時之推賢終童
山東之英妙賈生洛陽之才子漢書曰終軍字子雲濟南人也年十八選爲博
士弟子上書言事武帝異其文拜爲謁者死時年二十
餘故世謂之終童又曰賈誼雒陽人也年十八以能誦

抄杜評云善本作袵

抄旁注附

五臣作列

詩屬書稱於郡中文帝召以爲博士時年二十餘曹植自試表曰終軍以妙年使越飛翠緌拖鳴玉以出入禁門者衆矣鄭玄禮記注曰緌纓之飾也禮記曰君子行則鳴珮玉東觀漢記杜詩上書曰伏湛宜出入禁門補缺拾遺是也或被髮左袵奮迅泥滓謂日磾也論語曰吾其被髮左袵矣凡人沈於卑賤故曰泥滓東觀漢記曰趙熹奮迅行伍李陵與蘇武書曰言爲瑕穢動增泥滓說文曰滓澱也或從容傅會望表知裏謂陸賈也班固漢書賛曰陸賈從容平勃之間附會將相尚書大傳孔子謂子夏曰子見表未見其裏或著顯績而嬰時戮謂廣漢之屬也或有大才而無貴仕謂賈誼之屬也皆揚清風於上胡廣烈垂令聞而不已想珮聲之遺響若鏗鏘之在耳曰建鴻德流清風毛詩曰令聞令望左氏傳穆嬴曰今君雖終言猶在耳當音鳳恭顯之任勢也乃重熱灼四方震耀都鄙漢書曰王鳳與元后同母爲大司馬大將軍用

尤云才難五臣作名難

腕

東

事上遂謙讓無所專鳳甍從弟音代鳳爲司馬車騎將
軍又曰弘恭沛人坐法腐刑爲中尚書明習法令故事
石顯已見西京賦漢書谷永曰許班之貴重熏灼
四方范曄後漢書曰鄧騭寵靈顯赫光震都鄙而死之
曰。曾不得與夫十餘公之徒隸齒。才難不其然乎。論語曰齊
景公死之日民無德而稱焉十餘公之徒謂蕭曹之屬
也張湛列子注曰隸猶羣輩也一云徒隸賤人也漢書
賈誼曰握重權大官而有徒隸無恥之心乎高誘
呂氏春秋注曰齒列也論語子曰才難不其然乎望漸
臺而扼腕梟巨猾而餘怒漢書曰更始兵從宣平城門入王莽之漸臺上商人杜吴
殺莽取其綬史記曰天下之士莫不扼腕而言西
京賦曰巨猾閒釁漢書音義曰懸首於木上曰梟揖不
疑於北闕軾樗里於武庫漢書曰雋不疑字曼倩勃海人也爲京兆尹有一男子乘
黄犢車詣北闕自謂衛太子公車以聞丞相二千石至
者莫敢發言不疑後到叱從吏收縛曰昔蒯聵違命出
奔輒距而不納春秋是之衛太子得罪先帝亡不即死
今來自詣此罪人也遂送詔獄史記曰樗里子者名疾

文十　二十

抄而下側治其　本无

秦惠王之弟也卒葬于渭南章臺之東曰後百歲當有天子之宫夾我墓至漢興長樂宫在其東未央宫在其西武庫正直其墓也**酒池鑒於商辛追覆車而不寤**漢書贊曰武帝設酒池肉林晋灼國語注曰鑒察也六韜太公曰桀紂王天下之時積糟爲阜以酒爲池脯肉爲山林晏子春秋曰諺曰前車覆後車戒賈誼過秦曰三主惑而終身不寤也**曲陽僭於白虎化奢淫而無度**漢書曰王根爲曲陽侯五侯大脩第室起土山漸臺洞門高廊百姓歌之曰五侯初起曲陽最怒壞決高都連竟外杜土山漸臺象西白虎毛詩序曰遊蕩無度**命有始而必終孰長生而久視**家語孔子曰命者性之始也死者生之終也有始必有終矣老子曰長生久視之道**武雄略其焉在近惑文成而溺五利**文成將軍李少翁五利將軍欒大皆方術士說武帝作宫觀以延神仙帝耽溺之其雄才大略亦何在也**侔造化以制作窮山海之奧秘**淮南子曰大丈夫無爲與造化逍遥**靈若翔於神島奔鯨浪而失**

抄秦

抄拒

无此三十三字

无此十七字

水爆鱗骼於漫沙隕明月以雙隧墜擢仙掌以承露干雲漢而上至西都賦曰抗仙掌以承露擢雙立之金莖西京賦曰干雲霧以上達致邛蒟其奚難惟余欲而是恣縱逸遊於角觝絡甲乙以珠翠忍生民之減半勒東岳以虛美班固漢書西域賛曰孝武之時感蒟醤邛竹杖則開牂柯越嶲漢書曰武帝作角抵戲又東方朔曰甲乙之帳臣瓚曰輿造甲乙之帳絡以隋珠和璧漢書賛曰孝武奢侈海内虛耗戶口減半漢書曰武帝登封泰山封禪書曰勒功中岳續漢書曰羣臣上言宜封泰山詔曰遠遣吏上壽盛稱虛美餘並已見上文超長懷以遐念若循環之無賜尚書大傳曰三王之統若循連環周則復始窮則反本方言曰賜盡也較面朝之煥炳次後庭之猗靡言先明面朝次至後庭也廣雅曰較明也周禮曰面朝後市子虛賦曰飛襳垂髾扶輿猗靡較音校壯當熊之忠勇深辭輦之明智漢書曰孝元馮昭儀上幸虎圈鬭獸熊佚出圈攀檻欲上殿左右貴人傅昭儀皆走馮婕妤直前當熊而立左右格殺熊上問人情驚懼何故當熊婕妤對曰猛獸得人而止妾恐熊至御坐故身當之元帝嗟嘆

十六字删

揜○注

以此倍敬重焉傳昭儀等皆慚又曰成帝遊於後庭嘗欲與班婕妤同輦載婕妤辭曰觀古圖畫賢聖之君皆有名臣在側三代末主乃有嬖女今欲同輦得無近似之乎楚辭曰招貞良與明智**衛鬒髮以光鑒趙輕體之纖麗**漢武故事曰衛子夫得幸頭解上見其美髮悦之左傳叔向母曰昔有仍氏生女黰黑而甚美光可以鑑廣雅曰鑑照也荀悦漢紀曰趙氏善舞上悦之事由體輕**咸善立而聲流亦寵極而禍傜**以奇見幸故曰聲流緣癈自裁故曰禍傜**津便門以若轉究吾境之所暨**漢書武帝紀曰三年作便門橋杜預左氏傳注曰暨至也**掩細柳而撫劒快孝文之命帥周受命以忘身明戎政之果毅距華蓋於壘和案乘輿之尊巒肅天威之臨顏率軍禮以長揖輕棘霸之兒戲重條侯之倨貴**訪曰掩止也掩與揜同漢書曰孝文後六年匈奴大入邊遣宗正劉禮軍霸上祝茲侯徐厲軍棘門河內守周亞夫軍細柳帝勞軍至霸上棘門直馳入而之細柳軍軍士吏被甲持滿上至不得入於是上使使詔將軍曰吾欲勞軍亞夫乃傳言開壁壁門士謂車騎

抄弗

曰將軍約軍中不得驅馳天子乃案轡徐行至中營亞夫持兵揖曰介胄之士不拜請以軍禮見文帝曰嚮者霸上棘門軍如兒戲至於亞夫可得而犯耶左氏傳曰子朱怒撫劍從之六韜曰爲將者受命忘家當敵忘身左氏傳君子曰殺敵爲果致果爲毅華蓋已見上文壘營也和軍營之正門也左氏傳齊侯曰天威不違顏咫尺說文曰揖拜舉手下也因利切漢書曰丞相條侯至貴倨也杜預左傳注曰倨傲也

索杜鄠其焉在云孝里之前號惘輟駕而容與哀武安以興悼爭伐趙以徇國定廟筭之勝負扞矢言而不納反推怨以歸咎未十里於遷路尋賜劍以刎首嗟主闇而臣嫉禍於何而不有

杜鄠亭名在咸陽西今謂之孝里辛氏三秦記曰畢陌西北有孝里畢陌西有白起墓惘猶罔罔失志之貌也楚辭曰遵赤水而容與史記曰白起者郿人也善用兵事秦昭王爲武安君秦使王陵攻趙邯鄲少利秦王欲使武安君代陵將武安君曰邯鄲未易攻也王自命不行乃使應侯請之終不肯行秦圍邯鄲弗能

杪把

拔武安君曰不聽臣言今何如矣秦王聞之怒遣白起不得留咸陽中旣行出咸陽西門十里至杜郵秦王乃使使者賜之劒自殺昭王昭襄王也廟筭已見上文尚書曰率籲衆慼出矢言何休公羊注曰刎割也孫卿子曰主誾於上臣詐於下俱害之道杜篤弔比干文曰闇主之在上豈忠諫之是謀西京賦曰林麓之饒于何不有**窺秦墟於渭城冀闕緬其堙盡覓陛殿之餘基裁岥岮以隱嶙**聲類曰墟故所居也史記曰秦孝公作爲咸陽築冀闕緬盡貌也亡衍切岥岮頽貌也司馬相如哀二世曰登岥岮之長岅隱嶙絕起貌**想趙使之抱璧瀏睨楹以抗憤**史記曰秦王得趙璧無意償趙城相如曰璧有瑕請指示王王授璧相如因持璧却立倚柱曰臣觀大王無償趙王城邑故臣復取璧大王必欲急臣臣頭今與璧俱碎於柱矣相如持其璧睨柱欲以擊柱秦王乃辭謝瀏睨目清貌也**燕圖窮而荊發紛絕袖而自引**史記曰荊軻獻燕督亢之地圖圖窮匕首見因左手把秦王之袖而右手持匕首揕之未至身秦王驚自引而起袖絕以其匕首揕秦王不中揕丁鴆切**筑聲厲而**

高奮狙潛鈆以脫臏史記曰荆軻之客高漸離變名姓爲人庸保以擊筑聞於秦始皇始皇召見人有識者乃高漸離秦帝矐其目使擊筑稍益近之高漸離乃以鈆置筑中舉筑扑秦皇帝不中遂誅論衡曰高漸離舉筑擊秦王中臏秦王病瘡死蒼頡篇曰狙伺候也七豫切尚書刑德放曰臏者脫去人之臏也郭璞三蒼解詁曰臏膝蓋矐音各一音格字據天位其若茲亦狼狽而可愍尚書曰伊尹曰天位艱哉文字集略曰狼狽猶狼跋也孔叢子曰吾於狼狽見聖人之志荀悅漢紀論曰周勃狼狽失據塊然因執狽音貝簡良人以自輔謂斯忠而鞅賢寄苛制於捐灰矯扶蘇於朔邊史記曰商君者衛之諸庶孽子也名鞅姓公孫氏商君之法刑弃灰於道者又曰李斯者上蔡人也始皇以斯爲丞相始皇長子扶蘇監兵上郡始皇崩與趙高謀詐爲受始皇命立子胡亥爲太子爲書賜長子扶蘇曰扶蘇不孝其賜劒以自裁扶蘇爲人仁即自殺賈逵國語注曰苛煩也鄭玄周禮注曰矯稱詐以爲是儒林填於坑穽詩書煬而爲煙史記曰盧

國滅亡句言商君李斯先以刑死秦國後亡滅亡也　本金姓說

尤云假讒逆五臣逆作賊

生爲始皇求仙藥亡去始皇大怒使御史案問諸生諸生犯禁者四百六十四人皆坑之咸陽又曰李斯曰臣請非博士官所職天下敢有藏詩書百家語詣守尉雜燒之廣雅曰𤇺阬也才性切郭璞方言注曰今江東呼火熾猛爲煬余亮切

國滅亡以斷後身刑轘以啓前商法焉得以宿黃犬何可復牽

史記曰秦孝公卒太子立公子虔之徒告商君反商君亡至關下欲舍客舍人不知其是商君曰商君之法舍人無驗者坐之商君喟然嘆曰嗟乎爲法之弊一至於此哉秦惠王車裂商君鄭玄周禮注曰車裂曰轘史記曰李斯具五刑出獄與其中子俱執顧謂其子曰吾欲與若復牽黃犬俱出上蔡東門逐狡兎可得乎遂夷三族商鞅李斯各有食邑故曰國也刑轘之辟二人爲首故曰啓前

野蒲變而成脯苑鹿化以爲馬

風俗通曰秦相趙高指鹿爲馬束蒲爲脯二世不覺史記曰趙高欲爲亂恐羣臣不聽乃先驗持鹿於二世曰馬也二世笑曰丞相誤耶謂鹿爲馬也

假讒逆以天權鉗衆口而寄坐

春秋元命苞曰赤受命持天權莊子曰鉗墨翟之口

兵在頸而顧

尤此二十三字

抄健
尤三健子嬰五臣徒作遠

問何不早而告我願黔黎其誰聽惟請死而獲可國語單襄公曰兵在其頸不可久東征賦曰愓覺寤而顧問史記曰趙高恐二世怒誅及其身與其女壻閻樂謀易置上樂遂斬衛令二世怒召左右皆惶擾不鬬傍有宦者一人侍不敢去二世入内謂曰公何不蚤告我宦者曰臣不敢言故得全使臣蚤言皆已誅安得至今閻樂前即告二世曰足下其自爲計二世曰吾願得郡爲王弗許又曰願爲萬户侯弗許願與妻子爲黔首弗許閻樂麾其兵陵二世乃自殺兵在頸已見東京賦健子嬰之果決敢討賊以紓禍勢土崩而莫振作降王於路左史記曰趙高立公子嬰爲秦王子嬰與其子二人謀曰今使我齋見廟此欲因廟中殺我我稱病不行丞相必自來來則殺之高果自往子嬰遂刺殺高於齋宮廣雅曰果能也杜預左氏傳注曰紓除也漢書徐樂上書曰臣聞天下之患在於土崩秦之末世是也人困而主不恤下怨而上不知此之謂土崩賈逵國語注曰振救也子嬰降已見上文蕭收圖以相劉料險易與衆寡史記沛公至咸陽蕭何獨先入收秦丞相御史圖書藏之漢所以具

抄責

知天下阨塞戶口多少者以何具得秦圖書也說文曰料量也孫卿子曰地者遠近險易又曰識衆寡之用者勝也羽天與而弗取冠沐猴而縱火史記曰客有說張耳曰天與不取反受其咎又曰或說項王關中可都項王見秦皆已燒殘破又心懷思欲東歸說者曰人言楚人沐猴而冠耳果然張晏曰沐猴獼猴也漢書曰羽屠咸陽燒其宮室楚辭曰若縱火於秋蓬貫三光而洞九泉曾未足以喻其高下也鄧析子曰賢愚之相覺若九地之下與重天之顛淮南子曰大道舍吐陰陽而章三光許愼曰三光日月星也燕丹子曰死懷恨入於九泉感市閭之蒞井歎尸韓之舊處丞屬號而守闕人百身以納贖豈生命之易投誠惠愛之洽著許望之以求直亦余心之所惡思夫人之政術實幹時之良具苟明法以釋憾不愛才以成務弘大體以高貴非所望於蕭傳漢書曰韓延壽字長公燕

人也爲東郡太守爲天下最代蕭望之爲左馮翊望之遷御史大夫延壽在東郡時放散官錢千餘萬會御史問事東郡望之因令并問之延壽知即案劾望之在馮翊時廩犧官錢放散百餘萬上令窮竟所考望之卒無事實而延壽竟坐弃市吏民數千人送至渭城百姓莫不流涕說文曰菆麻蒸也阻留切然菆井即渭城賣菆之市也延壽被誅丞屬無守闕者而趙廣漢就戮則有之恐潘誤毛詩曰如可贖兮人百其身論語子貢曰賜也亦有惡乎惡訐以爲直者說文曰訐面相斥罪左氏傳穆叔曰齊人釋憾於弊邑之地又魏犨公欲殺之而愛其材周易曰開物成務莊子曰襄公之應司馬曰夷知大體者也漢書曰蕭望之左遷太子太傅**造長山而慷慨偉龍顏之英主胷中豁其洞開羣善湊而必舉**漢書曰高祖隆準而龍顏又曰高祖葬長陵三秦記曰秦名天子冢曰長山漢曰陵故通名山陵漢書曰高祖意豁如也王命論曰英雄陳力羣冊畢舉此高祖之大略也潘元茂九錫文曰羣善必舉也**存威格乎天區土墳掘而莫禦臨揜坎而累抔步毀垣以延**

尤云正義五臣義作議

尤云奚信譖而矜謔五
臣奚作爰譖作讒

佇尚書周公曰時則有若伊尹格于皇天范曄後漢書曰赤眉焚西京宮室發掘園陵又光武詔曰脩復西京園陵爾雅曰揜蓋也郭璞曰謂覆蓋王逸楚辭注曰擊手曰拊楚辭曰結幽蘭而延佇越安陵而無譏諒惠聲之寂寞漢書曰惠帝葬安陵穀梁傳曰公會齊侯于讙無譏乎楚辭曰欲寂漠而絕端薛君韓詩章句曰寂無聲之貌也漠靜也弔爰絲之正義伏梁劒於東郭漢書曰爰盎字絲楚人也爲楚相病免家居梁孝王欲求爲嗣盎進說王以此怨盎使人刺殺盎安陵郭門外盎烏浪切訊景皇於陽丘奚信譖而矜謔嗔吳嗣於局下蓋發怒於一博成七國之稱亂翻助逆以誅錯恨過聽而無討玆沮善而勸惡廣雅曰訊問也何休公羊傳注曰如其事曰訊加誣曰譖爾雅曰戲謔也漢書曰景帝葬陽陵又景帝爲太子吳太子侍飲博弈爭道不恭皇太子引博局提吳太子殺之景帝即位晁錯說上令削吳地及書至吳吳王起兵誅漢吏二千石以下膠西膠東淄川濟南楚趙亦皆反七國反

書閒爰盎曰吳楚相遺書言賊臣晁錯擅迫諸侯削奪之地以故反爲名而共誅錯方今計獨斬錯發使赦七國則兵可無血刃上從其議遂斬錯又鄧公謂上曰錯患諸侯强大請削之地計畫始行卒受大戮内杜忠臣之口外爲諸侯報仇帝曰公言善吾亦恨之又曰晁錯潁川人爲御史大夫錯七故切令協韻七各切漢書成帝曰過聽將作大匠解萬年言昌陵三年可成無討謂不誅盎也左氏傳子鮮曰賞罰無章何以沮勸沮才與切漢書谷永曰虧德沮善毛萇詩傳曰沮止也訾孝元於渭塋執奄尹以明貶之漢書曰元帝葬渭陵奄尹謂弘恭石顯也班固漢書述曰閹尹之訾穢我明德韋昭曰訾病也疾移切鄭玄禮記注曰訾毀也子爾切何休公羊傳注曰貶損也褒大君之善行廢園邑以崇儉褒猶贊美也大君元帝也漢書曰元帝罷衛思園及戾園又詔曰初陵勿置縣邑過延門而責成忠何辜而爲戮陷社稷之王章俾幽死而莫鞫漢書曰成帝葬延陵爾雅曰辜罪也漢書曰成帝時日有蝕之王章奏封事召見言王鳳不可任用帝謂章曰微京

注 鞫 抄作 抄本
二勒改鞫
傳
九三承羞五臣作承禪

兆直言吾不聞社稷計後上不忍退鳳章遂爲鳳所陷章罪至大逆死獄中爾雅曰俾使也漢書曰趙王幽死張晏漢書曰鞠窮也謂窮問囚情也一曰勒毛萇詩傳注曰勤告也怵淫嬖之匈忍勦皇統之孕育小雅曰狃怵也淫嬖謂趙飛燕也漢書曰司隸解光奏言許美人及宮史曹宮皆御幸孝成皇帝產子隱不見又掖庭中御幸生子者輒死又飲藥傷墮者無數左氏楚令尹子上曰蜂目而豺聲忍人也杜預曰忍行不義也尚書曰天用勦絶其命孔安國曰勦截也截絶其命是也張舅氏之姦漸貽漢宗以傾覆廣雅曰張開也舅氏諸王也爾雅曰貽遺也左氏傳呂相曰傾覆我國家刺哀主於義域僭天爵於高安欲法堯而承羞永終古而不刊漢書曰哀帝葬義陵王莽奏曰王者父事天故爵稱天子又曰封董賢爲高安侯已見西京賦論語曰不恒其德或承之羞楚辭曰長無絶兮終古鄭玄禮記注曰刊削也瞰康園之孤墳悲平后之専絜殃厥父之篡逆蒙漢恥而不雪激義誠而引決赴丹爓以

抄煙　抄無令　表　上有挽

明節投宮火而焦糜從灰燼而俱滅漢書曰平帝葬康陵又曰孝平王皇后莽女也及漢兵誅莽燔燒未央宮后曰何面目以見漢家自投火中而死后不合葬故曰孤墳鶩橫橋而旋軫歷敝邑之南垂潘岳關中記曰秦作渭水橫橋橫音光雍州圖曰在長安北二里橫門外也門磁石而梁木蘭兮構阿房之屈奇跳南山以表闕倬樊川以激池役鬼傭其猶否矧人力之所爲工徒斲而未息義兵紛以交馳宗祧汙而爲沼豈斯宇之獨隳三輔黃圖曰阿房前殿以木蘭爲梁磁石爲門懷刃者止之史記曰始皇南山之嶺以爲闕毛萇詩傳曰倬大也三秦記曰長安正南秦嶺嶺根水流爲秦川一名樊川漢武上林唯此爲盛史記由余曰役鬼爲之則神怒矣使人爲之則人亦苦矣鄭玄周禮注曰傭與庸通漢書高祖曰吾以義兵誅殘賊禮記曰遠廟爲祧又邾婁定公曰臣弑君殺其人壞其室洿其宮而豬焉汙與洿古字通音烏方言曰隳壞也由僞

新之九廟，夸宗虞而祖黃，驅吁嗟而妖臨，搜佞哀以拜郎。漢書王莽下書曰定有天下號曰新又王莽九廟一曰黃帝二曰虞帝三曰陳王四曰齊敬王五曰濟北惠王六曰濟南伯王七曰元城孺王入曰陽平頃王九曰新都顯王又曰鄧曄于匡起兵南鄉莽愈憂不知所出崔發曰周禮國有大災則哭以厭之莽乃率群臣至南郊搏心大哭諸生甚悲哀及能誦策文除以爲郎也誦六藝以飾姦，焚詩書而面牆，心不則於德義，雖異術而同亡。漢書曰王莽立樂經徵天下通一藝皆詣公車焚詩書已見上文尚書曰不學牆面左氏傳富辰曰心不則德義之經爲頑班固漢書王莽贊曰昔秦焚詩書以立私議莽誦六藝以文姦言同歸殊塗俱用滅亡宗孝宣於樂遊，紹褒緒以中興。漢書音義應劭曰宣帝廟曰樂游又宣紀贊曰可謂中興侔德殷宗周宣矣不獲事于敬養，盡加隆於園陵，兆惟奉明，邑號千人。訊諸故老，造自帝詢。隱王母之非命，縱

京

聲樂以娛神漢書孝武衛皇后生戾太子太子納史良娣産子男進曰史皇孫太子敗皆遇害太子遺孫一人史皇孫子王夫人男是爲孝宣帝即位乃葬衛后追諡曰思后故太子謚曰戾史良娣曰戾夫人史皇孫曰悼母曰悼后悼園稱奉明園灊岳關中記曰宣帝父曰悼皇考母曰悼夫人墓曰奉明園后曰思后以倡優雜伎千人樂思后園今所謂千人鄉者是也兆塋也詢宣帝名也毛詩曰召彼故老訊之占夢毛萇詩傳曰隱痛也王母思后也爾雅曰父之妣爲王母雖靡率於舊典亦觀過而知仁爾雅曰率循也尚書曰舊典時式論語子曰人之過也各於其黨觀過斯知仁矣憑高望之陽隈體川陸之汗隆廣雅曰憑登也長安圖曰高望堆延興門南入里隈厓也鄭玄周禮注曰體分也漢書音義或曰汗下也開襟乎清暑之館游目乎五柞之宮曹植閑居賦曰愬寒風而開襟清暑謂甘泉也西都賦曰九嵕甘泉固陰沍寒日北至而含凍此焉清暑楚辭曰忽反顧而游目五柞在盩厔交渠引漕激湍生風漕渠已見上文乃有昆明池乎其中漢書武帝發謫穿昆明池其池則湯湯汗汗滉瀁彌漫浩如河漢西都賦曰集乎豫章之宇臨乎昆明之池左牽牛而右織女似雲漢之無厓古詩曰皎皎河漢女日月麗天出入乎東西旦似湯谷夕類

是入

尤云列牛女五臣列作對當重漢

抄圖

流

抄綠

懃 別本校語

虞淵（周易曰日月麗乎天西京賦曰日月於乎出象扶桑與濛汜淮南子曰日出湯谷又曰日入虞淵之汜曙於濛谷之浦）昔豫章之名宇披玄流而特起（三輔黃圖曰上林有豫章觀西京賦曰神池靈沼黑水玄沚豫章珍館揭焉中峙）儀景星於天漢列牛女以雙峙（儀謂法象之也毛萇詩傳曰京大也大戴禮曰漢天漢宮閣䟽曰昆明池有二石牽牛織女象也）齒萬載而不傾奄摧落於十紀（孔安國尚書傳曰十二年曰紀武帝元狩三年穿昆明池至王莽之敗凡一百一十三年今云十紀言其大數耳）擢百尋之層觀今數仞之餘趾（鄭玄周禮注曰八尺曰尋包咸論語注曰七尺曰仞說文曰趾基也）振鷺亐飛鳧躍鴻漸（毛詩曰振鷺于飛周易曰鴻漸于干）乘雲頡頏隨波澹淡（毛萇詩傳曰飛而上曰頡飛而下曰頏上林賦曰浮溢汎濫隨波澹淡）瀺灂鷩波唼喋菱芡（瀺灂出沒之皃高唐賦曰巨石溺以瀺灂西京賦曰散似鷩波上林賦曰唼喋菁藻）華蓮爛於淥沼青蕃蔚乎翠瀲（說文曰蕃草茂也夫袁切瀲波際也力奄切）伊玆池之肇穿肆水戰於荒服志勤懃遠以極武良無要於後福（禩穿池之意也言志在勤於遠略以極武功良無要於已後之福也福謂

注

閔 別本校語

尤云鼓枻五臣枻作柂灑釣五臣釣作鈎

水物之利漢書曰越欲與漢用船戰遂乃脩昆明池晋逵國語注曰肄習也左氏傳周宰孔曰齊侯不務德而勤遠略鍾會檄曰窮武極戰杜預左氏傳注曰要邀也而菜蔬芼實水物惟錯乃有贍乎原陸在皇代而物土故毀之而又復西都賓曰華實之毛尚書曰海物惟錯字書曰贍足也皇代謂晋也言在皇代物其土宜故前毀之而今又復左氏傳賓媚人曰先王疆理天下物土之宜杜預曰播殖之物各從土宜凡厥寮司既富而教咸飾貧惰同整檝擢收罟課獲引繳舉效鮮夫有室愁民以樂論語冉有曰既富矣又何加焉曰教之廣雅曰課第也謂品第也謂品第其所獲也杜預左氏傳曰效致也謂其舉所致多少也徒觀其鼓枻迴輪灑釣投網垂餌出入挺乂來往言欲迴輪必先鼓枻也郭璞方言曰今江東人呼枻爲軸舊說曰輪釣輪也謂爲車以收釣緡也輪或爲綸毛萇詩傳曰緡綸也灑亦投也挺拔也乂取魚乂也西京賦曰乂蔟之所攙捔纖經連白

綱」注同 列本 校綱 尤云綱鉅五臣綱作綱

饔」注及列本

抄飡 抄餮

鄭玄 箋

鳴根厲纆貫鰓罥尾掣三牽兩纖經連白綱也連白以白羽連綴綱經其上於水中二人對引之說文曰根高木也以長木叩舷爲聲言曳纖經於前鳴長根於後所以驚魚令入網也淮南子曰魚者扣舟罥猶擊也音的字書曰掣牽也於是弛青鯤於網鉅解赬鯉於黏徽杜預左氏注曰弛解也鯉鯤二魚名孔安國論語注曰網者爲大網以繳繫鉤羅屬著網鉅鉤也說文曰黏相著也女廉切又曰徽大索也言魚黏於網故曰黏徽也華魴躍鱗素鱮揚鬐鬐已見子虛賦饔人縷切鑾刀若飛應刃落俎靃靃霏霏周禮曰內饔中士鄭玄曰饔者割亨煎和之稱也鑾刀已見東京賦紅鮮紛其初載賓旅竦而遲御既餮服以屬厭泊恬靜以無欲迴小人之腹爲君子之慮傅毅七激曰膾其鯉魴積如委紅張衡七辨曰鞏洛之鱒割以爲鮮薛君韓詩章句曰載設也毛萇詩傳曰南方有魚遲之也然遲思待之也毛詩曰以御賓客左氏傳曰梗陽有獄其大宗賂以

尤云惟酆及鄗五臣作惟鄗及酆

㧞鄗　鄗○注及刊本

抄勤

女樂魏子將受閻沒女寬將諫饋入三歎曰始至恐其不足是以歎中置自咎曰豈將軍食之而有不足是以再歎及饋之畢願以小人之腹爲君子之心屬厭而已獻子辭梗陽人賂廣雅曰恬泊靜也老子曰我好靜而民自正我无欲而民自朴爾乃端策拂茵彈冠振衣言將還也許慎淮南子注曰策杖也茵車中蓐也毛詩曰文茵暢轂楚辭曰新沐者必彈冠新浴者必振衣徘徊酆鄗如渴如飢心翹懃以仰止不加敬而自祗酆鄗周所居也孔叢子思曰君若飢渴待賢企佇也毛詩曰高山仰止禮記曰宗廟之中未施敬而人敬豈三聖之敢夢竊十亂之或希琴操曰崇侯譖文王於紂曰西伯昌聖人也長子發中子旦皆聖三聖合謀將不利於君論語孔子曰吾不復夢見周公尚書曰予有亂臣十人馬融論語注曰周公旦召公奭太公望畢公榮公太顛閎夭散宜生南宮适其一人謂文母也廣雅曰希庶也經始靈臺成之不日惟酆及鄗仍京其室庶人子來神降之吉積德延祚莫二其一靈臺

尤云均之埏埴五臣均上有猶字　抄下有也

抄閒　抄嘉

二莫

已見上文毛詩曰作□鄭又曰宅是鎬京左氏傳季梁曰人和而神降之福史記曰古公積德行義國人皆戴之漢書翼奉上書曰永世延祚不亦優乎莫二其一謂周祚延之長唯有其一莫能爲二蔡邕胡黄公頌曰參其二也末惟此邦云誰之識越可略聞而難臻其極言誰之識言難識也馬融廣成頌曰三五以來越可略聞周禮嘉量銘曰允臻其極子嬴鋤以借父訓秦法而著色耕讓畔以閑田沾姬化而生棘蘇張喜而詐騁虞芮愧而訟息漢書賈誼曰商君遺禮義秦俗日敗借父耰鋤慮有德色音義曰假與父鋤而德之尚書傳曰虞人與芮人質其成於文王入文王之境則見其人萌讓爲士大夫入其國則見上大夫讓爲公卿二國相謂曰此其君亦讓以天下而不居也讓其所爭以爲閑田毛萇詩傳曰耕者讓畔行者讓路蘇秦張儀已見上文由此觀之士無常俗而教有定式上之遷下均之埏埴漢書董仲舒曰上之化下下之從上猶埏埴之在鈞唯甄者之所爲如淳曰陶家作器

抄上有雜
尤云五方雜會五臣五方上
有雜字

杖製

尤云與政隆替五臣作隨
政

杖

於鈞上杜預左氏傳注曰均平也老子曰埏埴以爲器河上公曰埏和也埴土也謂和土以爲器也埏失然切埴市力切

五方雜會，風流溷淆。惰農好利，不昬作勞。密邇獫狁，戎馬生郊。漢書曰秦地五方雜錯風俗不純富人則商賈爲利説文曰溷亂也溷或爲渾尚書曰惰農自安不昬作勞左氏傳曰以魯國之密邇仇讎毛詩曰獫狁孔熾老子曰天下無道戎馬生郊

而制者必割，實存操刃。言在於化也漢書賈誼曰黄帝云操刀必割左氏傳子産曰大官大邑而使學者制焉猶未能操刀而使之割

人之升降，與政隆替。杖信，則莫不用情；無欲，則賞之不竊。左氏傳子展曰杖德莫如信杖信以待晉不亦可乎論語子曰上好信則人莫敢不用情又曰季康子患盜孔子曰苟子之不欲雖賞之不竊也

雖智弗能理，明弗能察，信此心也，庶免夫戾。言已雖無才能然任其才信無欲之心庶足以理左氏傳太史克曰庶幾免於戾乎戾下或有劣字非

如其禮樂，以俟來哲。論語冉求曰如其禮

樂以俟君子幽通賦
曰訊來哲以通情

文選卷第十

壬戌六月廿五夕 侃覽

抄五

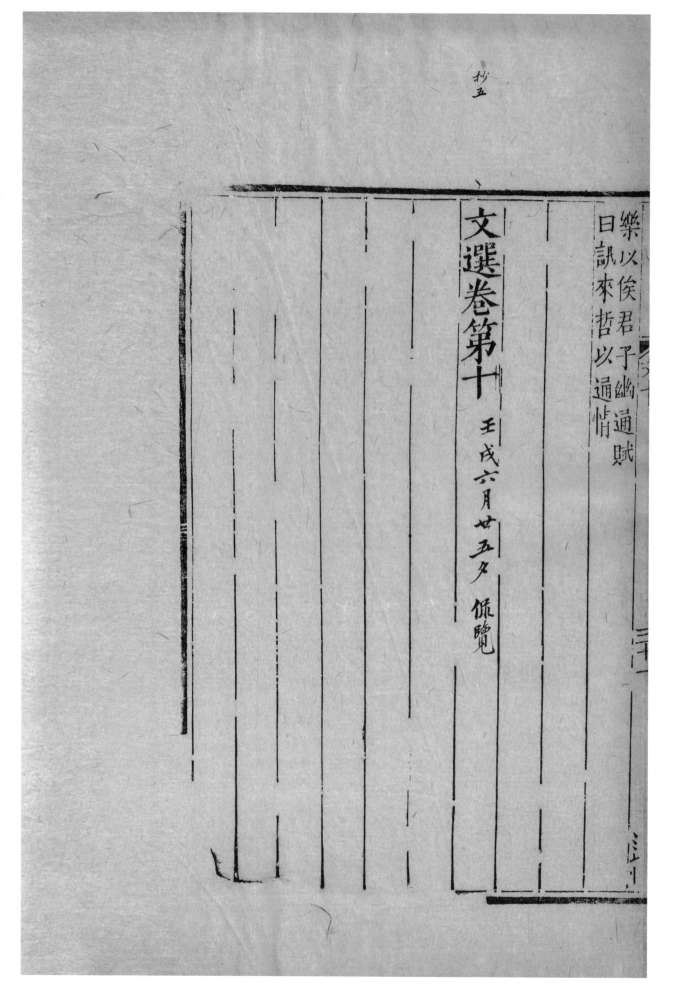

抄六賦已

抄無

抄觀

抄無

抄下有二行 江海 木玄虛海賦一首 郭景純江賦一首

文選卷第十一

梁昭明太子撰

文林郎守太子右内率府録事參軍事崇賢館直學士臣李善注上

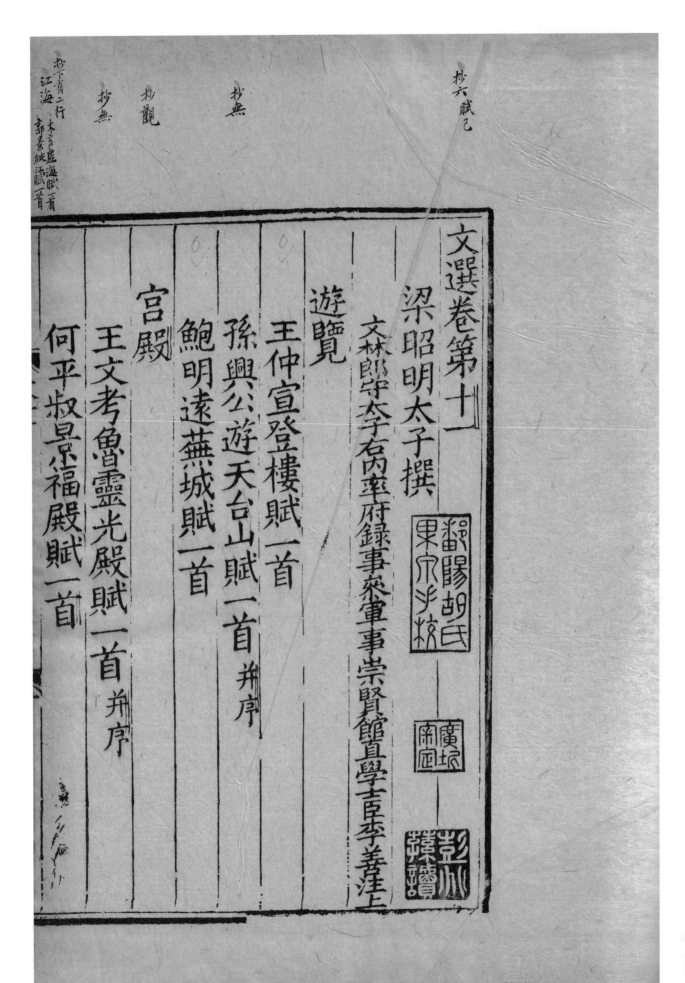

假古雅切

抄消

遊覽

登樓賦盛弘之荊州記曰當陽縣城樓王仲宣登之而作賦

王仲宣魏志曰王粲字仲宣山陽人獻帝西遷粲從至長安以西京擾亂乃之荊州依劉表後太祖辟爲右丞相掾魏國建爲侍中卒

登茲樓以四望兮聊暇古雅日以銷憂馮衍顯志賦曰伏朱樓而四望采三秀之華英孫卿子曰多暇日者其出入不遠也賈逵國語注曰暇閑也暇或爲假楚辭曰遷逡次而勿驅聊假日以消時邊讓章華臺賦曰冀彌日以銷憂漢書東方朔曰銷憂者莫若酒覽斯宇之所處說文曰屋宇邊謂樓之宇也西京賦曰雖斯宇之旣坦李尤高安館銘曰增臺顯敞禁室靜幽蒼頡篇曰敞高顯也爾雅曰仇匹也兮實顯敞而寡仇挾清漳之通浦兮倚曲沮之長洲挾猶帶也山海經曰荊山漳水出焉而東南注于雎漢書地理志曰漢中房陵東山沮水所出至郢入江雎與沮同

背墳衍之廣陸兮臨臯隰之沃流杜預左氏傳注曰陸道也孟康漢書注曰沃灌溉也北彌陶牧西接昭丘爾雅曰彌終也謂終極也盛弘之荊州記曰江陵縣西有陶朱公冢其碑云是越之范蠡而終於陶爾雅曰郊外曰牧荊州圖記曰當陽東南七十里有楚昭王墓登樓則見所謂昭丘華實蔽野黍稷盈疇春秋文耀鉤曰春致其時華實乃榮說文曰疇耕治之田也賈逵國語注曰一井爲疇雖信美而非吾土兮曾何足以少留楚辭曰雖信美而無禮北征賦曰曾不得乎少留說文曰曾謂辭之舒也遭紛濁而遷逝兮漫踰紀以迄今紛濁喻亂也楚辭曰吸精粹而吐紛濁孔安國尚書傳曰十二年曰紀毛詩曰以迄于今毛萇曰迄至也情眷眷而懷歸兮孰憂思之可任韓詩曰眷眷懷顧毛詩曰豈不懷歸毛萇曰懷思也杜預左氏傳注曰任當也憑軒檻以遙望兮向北風而開襟言感北風逾增鄉思也小雅曰馮依也漢書曰天子自軒檻上隤銅丸韋

四海之內各擅疆域王粲不通故託於荊山以蔽也侃

漾以上切

書

中謝

昭曰軒檻殿上欄軒上板也風賦曰有風颯然而至王乃披襟而當之平原遠而極目兮蔽荊山之高岑楚辭曰目極千里傷春心漢書臨沮縣荊山在東北也爾雅曰山小而高曰岑路逶迤而脩迥兮川既漾而濟深逶迤長貌也爾雅曰迥遠也韓詩曰江之漾矣不可方思薛君曰漾長也毛詩曰濟有深涉爾雅曰濟渡也悲舊鄉之壅隔兮涕橫墜而弗禁楚辭曰忽臨睨夫舊鄉漢中山王勝曰不知涕泣之橫集昔尼父之在陳兮有歸歟之歎音左氏傳曰孔丘卒公誄之曰尼父無自律論語子在陳曰歸歟歸歟鍾儀幽而楚奏兮莊舃顯而越吟左氏傳曰晉侯觀于軍府見鍾儀問曰南冠而縶者誰也有司對曰鄭人所獻楚囚也使稅之問其族對曰伶人也使與之琴操南音公曰樂操土風不忘舊也史記曰陳軫適楚秦惠王曰子去寡人之楚亦思寡人不陳軫對曰昔越人莊舃仕楚執珪有頃而病楚王曰舃故越之鄙細人也今仕楚執珪富貴矣亦思越不對曰凡人之思故在其病也彼思越則

白日將匿喻漢祚之將亡也

得

越聲不思越則且楚聲人往聽之猶尚越聲也今臣雖弃逐之楚豈能無秦聲者哉人情同於懷土兮豈窮達而異心窮謂鍾儀達謂莊舄論語子曰小人懷土孔安國曰懷思也呂氏春秋曰道德於此窮達一也惟日月之逾邁兮俟河清其未極尚書曰日月逾邁若弗云來左氏傳鄭子駟曰周詩有之俟河之清人壽幾何杜預曰逸詩也爾雅曰極至也冀王道之一平兮假高衢而騁力賈逵國語注曰覬望也冀與覬同尚書曰王道正直孔安國曰王道平直也高衢謂大道也薛君韓詩章句曰騁馳也懼匏瓜之徒懸兮畏井渫之莫食論語子曰吾豈匏瓜也哉焉能繫而不食鄭玄曰我非匏瓜焉能繫而不食者冀往仕而得祿周易曰井渫不食爲我心惻鄭玄曰謂已浚渫也猶臣脩正其身以事君也張璠曰可爲惻然傷道未行也然不食以彼任用也步棲遲以徙倚兮白日忽其將匿毛詩曰衡門之下可以棲遲楚辭曰步徙倚而遙思杜預左氏傳注曰匿藏也風蕭瑟而並興兮天

音刀
左傳亂氣校憤此借
文而校
切抄階

慘慘而無色楚辭曰蕭瑟兮草木搖落而變衰通俗文曰暗色曰黲慘與黲古字通獸狂顧以求羣兮鳥相鳴而舉翼楚辭曰狂顧南行王逸曰狂猶遽也大戴禮夏小正曰鳴也者相命也原野闃其無人兮征夫行而未息原野閒無農人但有征夫而已周易曰闚其户闃其無人埤蒼曰闃靜也毛詩曰駪駪征夫心悽愴以感發兮意忉怛丁達而憯七感切惻廣雅曰感傷也毛詩曰勞心忉忉毛萇曰憂勞也又曰勞心怛怛毛萇曰怛怛猶忉怛也怛切循堦除而下降兮氣交憤於胷臆於力切司馬彪上林賦注曰除樓階也杜預左氏傳注曰交戾也王逸楚辭注曰憤懣也說文曰臆胷也夜參半而不寐兮悵盤桓以反側方言曰參分也韓子曰衛靈公泊濮水夜分而聞有鼓瑟音毛詩曰耿耿不寐易曰初九盤桓利居貞廣雅曰盤桓不進也毛詩曰展轉反側

遊天台山賦并序支遁天台山銘序曰余覽內經山記云剡縣東南有天台山

凡用释典字及其理者一一記之非抹勒也

抄下有真

孫興公 何法盛晉中興書曰孫綽字興公太原人也爲章安令稍遷散騎常侍領著作郎尋轉廷尉卿卒于時才筆之士綽爲其冠

天台山者蓋山嶽之神秀者也廣雅曰秀異也涉海則有方丈蓬萊登陸則有四明天台方丈蓬萊皆海中名山也爾雅曰高平曰陸謝靈運山居賦注曰天台四明相接連四明方石四面自然開窻皆玄聖之所遊化靈仙之所窟宅名山略記曰天台山即是定光寺諸佛所降葛仙公山也夫其峻極之狀嘉祥之美毛詩曰嵩高維嶽峻極于天東京賦曰備致嘉祥窮山海之瓌富盡人神之壯麗矣埤蒼曰瑰瑋珍琦也所以不列於五嶽闕載於常典者爾雅曰太山爲東嶽華山爲西嶽衡山爲南嶽常山爲北嶽嵩山爲中嶽常典五經之流也豈不以所立冥奧其路幽迥冥奧者冥冥深奧也幽迥遐遠也或倒景於重

抄焉

溟或匿峯於千嶺重溟謂海也山臨水而影倒故曰倒景也始經魑魅之塗卒踐無人之境杜預左氏傳注曰魑山神魅怪物莊子曰其道幽遠而無人舉世罕能登陟王者莫由禋祀劉兆穀梁注曰舉盡也楚辭曰舉世皆然將誰告孔安國尚書傳曰精意以亨謂之禋故事絕於常篇名標於奇紀廣雅曰絕滅也篇即常典也廣雅曰標書也奇紀即內經山記然圖像之興豈虛也哉非夫遺世翫道絕粒茹芝者烏能輕舉而宅之列仙傳曰赤松子好食松實絕穀孔安國尚書傳曰米食曰粒音立列仙傳讚曰吞水溟茹芝莖斷食休糧以除穀氣廣雅曰茹食也讓慮切楚辭曰願輕舉而遠遊非夫遠寄冥搜篤信通神者何肯遙想而存之言非寄情遐遠搜訪幽冥篤信善道通神感化者何肯存之也余所以馳神運思晝詠宵興俛仰之間若已再升者也莊子老聃謂崔瞿曰其疾

抄下有焉

無

抄無

也哉俛仰之間再撫四海之外也王弼周易注曰若辭也臞音劬方解纓絡永託茲嶺方猶將也纓絡以喻世網也說文曰嬰繞也纓與嬰通郭璞山海經注曰絡繞也不任吟想之至聊奮藻以散懷歸田賦曰揮翰墨以奮藻

太虛遼廓而無閡運自然之妙有太虛謂天也自然謂道也無閡謂無名妙有謂一也言大道運彼自然之妙一而生萬物也管子曰虛而無形謂之道鵩鳥賦曰寥廓忽荒老子曰天法道道法自然鍾會曰莫知所出故曰自然王弼曰自然無義之言窮極之辭也又曰妙者極之微也老子曰道生一王弼曰一數之始而物之極也謂之爲妙有者欲言有不見其形則非有故謂之妙欲言其物由之以生則非無故謂之有也斯乃無中之有謂之妙有也阮籍通老子論曰道者自然易謂之太極春秋謂之元老子謂之道也融而爲川瀆結而爲山阜老子曰三生萬物鍾會曰散而爲萬物也融猶銷也班固終南山賦曰流澤遂而成水停積結而爲山嗟台嶽之所奇挺寔神明之所扶持廣雅曰挺出也魯靈光殿賦序曰豈非神明依

抄無而字

憑支持者也蔭牛宿以曜峯，託靈越以正基。天台越境，故云牛宿也。漢書曰：越地牽牛之分野。結根彌於華岱，直指高於九疑。結猶固也。南都賦曰：結根竦本。華岱九疑，皆山名也。劉瓛周易義曰：彌，廣也。應配天於唐典，齊峻極於周詩。配猶對也。左氏傳周史謂陳侯曰：姜，太嶽之後也。山嶽則配天。杜預曰：姜姓之先爲堯四嶽，故曰唐典也。邈彼絶域，幽邃窈窕。王逸楚辭注曰：邈，遠也。絶，遠也。魯靈光殿賦曰：琁室嬹娟以窈窕，洞房叫窱而幽邃。王逸曰：邃，深也。近智以守見而不之，之者以路絶而莫曉。近智猶小智也。爾雅曰：之，往也。言近智守所見而不之，假有之者以其路断絶，莫之能曉也。方言曰：曉，知也。哂夏蟲之疑冰，整輕翮而思矯。言淺近小智同乎夏蟲，今既哂之，故整翮思矯也。馬融論語注曰：哂，笑也。莊子北海若謂河伯曰：夏蟲不可以語於冰者，篤於時也。司馬彪曰：厚信其所見之時也。方言曰：矯，飛也。理無隱而不彰，啓二奇以示兆。劉向列女傳曰：名無細而不聞，行無隱而不彰。二奇，赤城瀑布也。賈逵國語注曰：兆，形也。赤城霞

世說此二句是賦之佳處

起而建標。卑遥瀑布飛流以界道。支遁天台山銘序曰往天台當由赤城山爲道徑孔靈符會稽記曰赤城山名色皆赤狀似雲霞懸霤千仞謂之瀑布飛流灑散冬夏不竭天台山圖曰赤城山天台之南門也瀑布山天台之西南峯水從南巖懸注望之如曳布建標立物以爲之表識也戰國策曰舉標甚高界道謂爲道疆界也洪華經曰黃金為繩以界八道覩靈驗而遂徂。忽乎吾之將行。仍羽人於丹丘。尋不死之福庭。楚辭曰仍羽人於丹丘兮留不死之舊鄉王逸曰因就衆仙於明光也丹丘晝夜常明山海經有羽人之國不死之民苟台嶺之可攀。亦何羨於層城。薛君韓詩章句曰羨願也淮南子曰崐崘墟以下地中有層城九重是也釋域中之常戀。暢超然之高情。老子曰域中有四大漢書音義曰暢通也老子曰雖有榮觀宴處超然被毛褐之森森。振金策之鈴鈴七落曰余好毛褐未暇此服也金策錫杖也鈴鈴策聲披荒榛之蒙蘢。陟峭

橋　注

嵑之崢嶸高誘淮南子注曰叢木曰榛孫子曰草樹蒙蘢文字集略曰嵑崖也字林曰崢嶸山高貌濟楢由溪而直進落五界而迅征顧愷之啓蒙記注曰之天台山次經油溪謝靈運山居賦曰夌石橋之莓苔越楢溪之縈紆注曰所居往來要經石橋過楢溪人迹不復過此楢字雖殊並酉留切落邪行也五界五縣之界孔靈符會稽記曰此山舊名五縣之餘地五縣餘姚鄞句章剡始寧服虔漢書注曰鄞音銀跨穹隆之懸磴丁鄧臨萬丈之絕冥穹隆長曲貌西京賦曰閣道穹隆懸磴石橋也顧愷之啓蒙記曰天台山石橋路逕不盈尺長數十步步至滑下臨絕冥之澗冥幽深也踐莓苔之滑石搏壁立之翠屏莓苔即石橋之苔也翠屏石橋之上石壁之名也異苑曰天台山石有莓苔之險孔靈符會稽記曰赤城山上有石橋懸度有石屏風橫絕橋上邊有過逕纔容數人仲長子昌言曰斧帳翠屏之不坐莓音梅攬樛居求木之長蘿援葛藟力鬼之飛莖顧愷之啓蒙記注曰濟石橋者搏巖壁援女蘿葛藟之莖毛詩曰南有樛木葛

抄於

抄愈

尤云克隮五臣隮作濟

周

藟虆之毛萇曰木下曲曰樛爾雅曰女蘿兎絲賈逵國語注曰援引也雖一冒於垂堂乃永
存乎長生漢爰盎諫上曰臣聞千金之子坐不垂堂老子曰長生久視之道東方朔十洲記曰桂英
流丹服之長生必契誠於幽昧履重嶮而逾乎幽昧謂道也鍾會老子注曰幽
冥晦昧故稱爲玄既克隮於九折路威夷而脩通言其道嶮曲折有九也杜
篤首陽山賦曰九折萋嶵而多艱韓詩曰道威夷者也恣心目之寥朗任緩步之
從容列子曰晏平仲問養生於管夷吾曰恣目之所欲視恣意之所欲行寥朗謂心虛目明也說文曰寥
虛空也毛萇詩傳曰朗明也列子曰子華之容緩步闊視尚書曰從容以和藉慈夜萋萋之
纖草蔭落落之長松以草薦地而坐曰藉楚辭曰春草生兮萋萋杜篤首陽山賦曰
長松落落卉木蒙蒙覿翔鸞之裔裔聽鳴鳳之嗈嗈裔裔飛貌也爾雅曰
嗈嗈和也謂聲之和也過靈溪而一濯疏煩想於心胷靈溪溪名也廣

抄蒙

抄俠

尤云朱闕五臣作珠閣

抄㠌

雅曰濯洗也賈逵國語注曰蹤除也蕩遺塵於旋流發五蓋之遊蒙因一濯而假言也六塵虛假而能不住故曰蕩雖遣而未能盡故曰遺中論曰六塵色聲香味觸法高誘淮南子注曰旋流深淵也身意皆淨而能不離故曰發五蓋非真而蔽己善行故曰遊大智度論曰五蓋貪欲瞋恚睡眠調戲疑悔禮記曰昭然發蒙五蓋或爲神表追羲農之絕軌躡二老之玄蹤羲農伏羲神農也廣雅曰軌跡也又曰躡履也二老老子老萊子也史記曰老子者楚苦縣人名耳字聃姓李氏見周之衰乃遂去西至關關令曰子將隱矣强爲我著書乃著上下二篇言道德之意又曰老萊子亦楚人也著書十五篇言道家之用脩道而養壽也劉向別録曰老萊子古之壽者陟降信宿迄于仙都毛詩曰陟降延止毛萇曰陟降上下左氏傳曰凡師一宿爲舍再宿爲信爾雅曰迄至也十洲記曰滄浪海島中有石室九老仙都治處仙宮數萬人雙闕雲竦以夾路瓊臺中天而懸居朱闕玲瓏於林間玉堂陰映于高隅顧愷之啓蒙記

二字改貯　木

注曰天台山列雙闕於青霄中上有瓊樓瑶林醴泉仙
物畢具十洲記曰承淵山金臺玉樓流精之闕瓊華之
室西王母之所治真官仙靈之所
宗也晉灼漢書注曰玲瓏明見貌　彤雲斐亹亡匪以翼櫺
皦公鳥日烱晃於綺疏　斐亹文貌翼猶承也櫺窻閒子也毛詩曰有如皦日烱晃光明也李
尤東觀銘曰房闥内布綺疏外陳薛綜西京賦注曰疏刻穿之也然刻爲綺文謂之綺疏也　八桂森
挺以凌霜五芝含秀而晨敷　山海經曰桂林八樹在賁隅東郭璞曰八樹成林言
其大也賁隅音番禺神農本草經曰桂葉冬夏常青不
枯又曰赤芝一名丹芝黃芝一名金芝白芝一名玉芝
黑芝一名玄芝紫芝一名木芝馮衍顯志賦曰食五芝之茂英　惠風佇芳於陽林醴泉
涌溜於陰渠　邊讓章華臺賦曰惠風春施宗猶積也佇與宁同毛萇詩傳曰山南曰陽鄭玄周禮
注曰陽林生於山南史記曰崐崘山上有醴泉白虎通曰醴泉者美泉狀如醴陰渠山北之渠　建木滅
景於千尋琪樹璀璨而垂珠　淮南子曰建木在廣都衆帝所自上下日中無

尤云騁神變五臣變作戀

象

景呼而無響蓋天地之中也山海經曰神人之丘有建木百仞無枝又曰崐崘之墟北有珠樹文玉樹玗琪樹璀𤩽珠垂貌玗羽俱切璀七罪切

王喬控鶴以沖天應眞飛錫以躡虛列仙傳曰王子喬者周靈王太子晉也道人浮丘公接以上嵩高山三十餘年後人於山上見之告我家於七月七日待我於緱氏山頭果乘白鶴駐山頭毛萇詩傳曰控引也史記楚莊王曰有鳥不蜚蜚乃沖天百法論曰并及八輩應眞僧然應眞謂羅漢也大智度論曰菩薩常應二時頭陀常用錫杖經傳佛像

騁神變之揮霍忽出有而入無言衆仙既登正道故能騁其神變出於衆有而入無爲也淮南子曰出於無有入於無爲

於是遊覽既周體靜心閑王逸楚辭注曰閑靜也

害馬已去世事都捐莊子曰黃帝將見大隗于具茨之山適遇牧馬童子黃帝曰請問爲大下小童曰夫爲天下者亦奚以異乎牧馬者哉亦但去其害馬者而已矣郭璞曰馬以過分爲害歸田賦曰與世事乎長辭

投刃皆虛目牛無全莊子曰庖丁爲文惠君屠牛文惠君曰善哉技庖丁對曰

據別本善注當作揖

挹与揖同

臣好者道進乎技矣臣始解牛時所見無非牛者三年之後未甞見全牛也今臣以神遇而不以目視也**凝思幽巖朗詠長川**廣雅曰凝止也朗猶清徹也**爾乃羲和亭午遊氣高褰**楚辭曰吾令羲和弭節兮王逸曰羲和日御也午日中徐爰射雉賦注曰褰開也**法鼓琅以振響衆香馥以揚煙**法華經曰擊大法鼓又曰燒衆名香**肆覲天宗爰集通仙**天宗謂老君也通仙謂衆仙也其通猶通侯也尚書曰肆覲羣后孔安國曰肆遂也**挹以玄玉之膏嗽以華池之泉**毛萇詩傳曰挹斟也山海經曰密山是生玄玉玉膏之所出郭璞曰言玉膏中又出黑玉史記曰崐崘其上有華池**散以象外之說暢以無生之篇**象外謂道也周易曰象者像也荀粲列傳粲荅兄俣云立象以盡意此非通乎象外者也象外之意故蘊而不出矣無生謂釋典也維摩詰曰是天女所願具足得無生忍俣牛矩切**悟遣有之不盡覺涉無之有間**言道釋二典皆以無爲宗今悟有爲非而遣之遣之而不盡覺

抄合

無爲是而涉之涉之而有間言皆滯於有也說文曰悟覺也小雅曰間隙也**泯色空以合跡**言有既滯有故釋典泯色空以合其跡道教忽於有而得於玄郭象莊子注曰泯平泯也又曰本末内外暢然俱得泯然無跡維摩經喜見菩薩曰色色空爲二色即是空非色滅空色性自空如是受想行識識空爲二識即是空非識性自空於其中通而達者爲入不二法門有謂有形也王弼老子注曰凡有皆始於無又曰有之所始以無爲本然王以凡有皆以無爲本無以有爲功將欲寤無必資於有故

忽即有而得玄

曰即有而得玄也王弼又曰玄冥嘿無有也

釋二名之同出消一無於三幡

釋謂解說令散也二名即有名物始無名物母也言二名雖異釋之令同出於道也老子曰無名天地之始有名乃物之母故常無欲以觀其妙常有欲以觀其徼此兩者同出而異名同謂之玄王弼曰兩者謂始與母也同出於玄也異名所施不同也在首則謂之始終則謂之母也訓暢令盡也三幡色一也色空二也觀三也言三幡雖殊消令爲一同歸於無也郤敬輿與謝慶緒書論三幡義曰近論三幡諸人猶多欲既觀色空別更觀

何焯說此竟陵王誕反討平定誅城内丁男後感之而作

識同在一有而重假二觀於理爲長然敬輿之意以色空及觀爲三幡識空及觀亦爲三幡**恣語樂**

以終日等寂默於不言夫言從道生道因言暢道之因言理歸空一故終日語樂等乎不言莊子曰言而足則終日言而盡道也又日言無言終身未嘗言終身不言未嘗不言**渾萬象以**

冥觀兀同體於自然妙悟左宗則蕩然都遣不知已之是已不見物之爲物故渾齊萬像以冥觀兀然同體於自然孝經鉤命決曰地以舒形萬象咸載冥昧也言不顯視也兀無知之貌也自然巳見上文

蕪城賦

郡城吴王濞所築

四言集云登廣陵故城作漢書曰廣陵國高帝十一年屬吴景帝更名江都武帝更名廣陵江都易王非廣陵厲王胥皆都焉

鮑明遠

沈約宋書鮑照字明遠文辭贍逸世祖時照爲中書舍人上好爲文章自謂物莫能及照悟其旨爲文多鄙言累句當時咸謂照才盡實不然也臨海王子頊爲荆州照爲前

行參軍

抄瀰

柂 抄拖

三

軍掌書記之任子瑱敗爲亂兵所殺

瀰弭迆以爾平原瀰相連漸平之貌也廣雅曰迆斜也平原即廣陵也南馳蒼梧

漲張海北走去聲紫塞鴈門南馳北走言所通者遠也漢書有蒼梧郡謝承後漢書曰

陳茂常渡漲海如淊漢書注曰走音奏趨也崔豹古今注曰秦所築長城土色皆紫漢塞亦然故稱紫塞漢書

有鴈門郡柂以漕渠軸以崐崗廣雅曰柂引也漕渠邗溝也左氏傳曰吳城邗溝通江淮

杜預曰通糧道說文曰漕水轉穀也又曰軸持輪也崐崗廣陵之鎮平也類車軸之持輪河圖括地象曰崐崗

之山橫爲地軸柂或爲陸軸或爲袖重江複關之隩四會五達之莊南臨江曰

重濵帶江南曰複蒼頡篇曰隩藏也洛陽記曰銅駞二枚在四會道頭爾雅曰五達謂之康六達謂之莊當

昔全盛之時車挂轊衛人駕肩全盛謂漢時也史記蘇秦說齊王曰臨菑之塗

車轂擊人肩摩說文曰轊車軸端杜預左氏傳注曰駕陵也謂相迫切也廛閈撲卜地歌吹

柂謂在後
軸謂在中

滋注

鏟

三蒼解詁璞所自撰

沸天鄭玄周禮注曰廛民居區域之稱說文曰闤闠也方言曰撲盡也郭璞曰今種物皆生云撲地出也

孳兹貨鹽田鏟利銅山聲類曰孳蕃也孳滋古字通也海賦曰陸死鹽田蒼頡篇曰鏟剗平也初産切史記曰吴有豫章郡銅山吴王濞盜鑄錢者煑海水爲鹽

才力雄富士馬精妍班固傳贊曰材力有餘士馬强盛范曄後漢書曰王元說隗囂曰今天水完富士馬最强

故能奓秦法佚周令聲類曰奓侈字也軼過也佚與軼通西都賦曰覽秦制跨周法

劃崇墉刳濬洫圖脩世以休命字林曰隹刀曰劃刳謂除消其土也周易曰刳木爲舟薛綜西京賦注墉謂城洫池也左氏傳北宫文子曰其有國家令問長世尚書曰俟天休命春秋元命苞曰命者天之命也

是以板築雉堞之殷井幹寒烽櫓之勤郭璞曰三蒼解詁曰板築牆上下板築杵頭鐵沓也鄭玄周禮注曰雉長三丈高一丈杜預左氏傳注曰堞女牆也殷盛也淮南子曰大構架興宫室雞棲井幹許慎曰皆屋構飾也郭璞上林賦注曰櫓望樓也

格高五嶽袤廣三墳

田藝衡云書兖州黑墳青州白墳徐州赤埴墳九州惟此三州稱墳而三州邪臨東海與揚接壤故曰袤廣三墳

抄赬

尤云瓜剖五臣作瓜割

蒼頡篇曰格量度也五嶽已見天台賦南北曰袤三墳未詳或曰毛詩曰遵彼汝墳又曰鋪敦淮墳爾雅曰墳莫大於河墳此蓋三墳崪慈聿若斷岸矗丑六似長雲（四向形容城之高廣）崪高峻也矗齊平也製

磁石以禦衝糊赬壤以飛文三輔黃圖曰阿房宮以磁石爲門懷刃者止之廣雅曰衝突也字書曰糊黏也戶徒切毛萇詩傳曰赬赤也七啓曰燿飛文觀基扃之固護將

萬祀而一君說文曰扃外閉之關也凡文士之言基扃沉論城闕猶車稱軫舟謂之艫耳非獨指扃也固護言牢固也出入三代五百餘載竟瓜剖而豆分王逸廣陵郡圖經曰郡城吳王濞所築然自漢迄于晉末故云出入三代五百餘載也漢書賈誼上疏曰高帝瓜分天下王功臣也

澤葵依井荒葛罥塗王逸楚辭注曰風萍水葵生於池中罥猶綰也壇羅虺呼鬼蜮羽逼階鬬麏居筠鼯王逸楚辭注曰壇堂也毛詩曰爲鬼爲蜮毛萇曰蜮短狐也公羊傳曰有麇而角劉兆曰麇麞也麏鼯與麇音義同鼯鼯鼠也木魅莫媿山鬼野鼠城

抄厲　雛鵷雛見莊子秋水篇　抄吻

抄虣　抄飧

抄寒

狐說文曰魅老物精也莫愧切楚辭九歌有祭山鬼漢書曰蘇武掘野鼠草實而食之魏明帝長歌行曰久城育狐兔高墉多鳥聲風嗥雨嘯昏見晨趨左氏傳曰豺狼所嗥也胡高切飢鷹厲吻寒鴟嚇雛厲摩也鄭玄周禮注曰吻口邊也亡粉切鄭玄毛詩箋曰口拒人曰嚇火嫁切郭璞爾雅注曰雛生而能自食者謂鳥子也伏虣藏虎乳血飧膚字書曰虣古文㬥字蒲到切虣或爲虥爾雅曰虥白虎虥戶甘切崩榛塞路崢嶸古馗服虔漢書注曰榛木叢生也廣雅曰崢嶸深冥也韓詩曰肅肅兎罝施于中馗薛君曰中馗馗中九交之道也仇悲切白楊早落塞草前衰崔豹古今注曰白楊葉圓李陵書曰涼秋九月塞外草衰塞或爲寒稜稜霜氣蔌蔌風威稜稜霜氣嚴冬之貌蔌蔌風聲勁疾之貌蔌素鹿切孤蓬自振驚砂坐飛無故而飛曰坐飛灌莽杳而無際叢薄紛其相依廣雅曰灌叢也王逸楚辭注曰草木交曰薄通池既已夷峻隅又已頹通池城濠

抄璇

百

尤云麗人五臣作佳人

佳。注及別本

尤云同輿五臣輿作輦

抄輦

也峻隅城隅也直視。千里。外。唯見。起。黃埃。王逸楚辭注曰埃塵也凝思。寂。聽。心傷。已摧。天台山賦曰凝思高巖若夫藻扃黼帳歌堂舞閣之基璇淵碧樹弋林釣渚之館藻扃扃施藻畫也司馬相如美人賦曰芳香芬烈黼帳高張璇淵玉池也碧樹玉樹也吳蔡齊秦之聲魚龍爵馬之玩楚辭曰吳歈蔡謳漢書藝文志有齊歌秦歌西京賦曰海鱗變而成龍又曰大雀踆踆又曰爵馬同轡皆薰歇燼滅光沉響絕杜預左氏傳注曰薰香草也又曰燼火之餘木東都妙姬南國麗人蕙心紈質玉[illegible]絳脣陸機擬東城一何高曰京洛多妖麗玉顏侔瓊蕤然京洛即東都也曹子建詩曰南國有佳人華容若桃李左九嬪武帝納皇后頌曰如蘭之茂好色賦曰腰如束素蘭蕙同類紈素兼名文士愛奇故變文耳宋玉笛賦曰頳顏臻玉貌起楊雄蜀都賦曰姚朱顏離絳脣莫不埋魂幽石。委骨窮塵。委猶稽也豈憶同輿之愉樂。

去　抄下有起　尤云邊風急五臣急作起　抄徑　徑別本　抄觀

離宮之苦辛哉魏志曰明帝悼毛皇后有寵出入與帝同輿輦長門賦曰期城南之離宮天道如何吞恨者多抽琴命操爲蕪城之歌韓詩外傳曰孔子抽琴撥彰以後子貢廣雅曰命名也琴道曰琴有伯夷之操夫遭遇異時窮則獨善其身故謂之操歌曰邊風急兮城上寒井逕滅兮丘隴殘周禮曰九夫爲井又曰夫間有遂遂上有徑千齡兮萬代共盡兮何言莊子曰化窮數盡謂之死

宮殿

魯靈光殿賦并序

王文考范曄後漢書曰王逸字叔師南郡宜城人也子延壽字文考有雋才遊魯作靈光殿賦後蔡邕亦造此賦未成及見延壽所爲甚奇之遂輟翰而止後溺水死時年二十餘　張載注

抄下有漢

魯靈光殿者蓋景帝程姬之子恭王餘之所立也善曰漢書景帝十三王傳曰程姬生魯恭王餘初恭王始都下國好治宮室善曰漢書曰恭王徙魯好治宮室毛詩曰命于下國韋昭國語注曰曲沃在絳下故曰下國然以天子爲上國故諸侯爲下國遂因魯僖基兆而營焉昔魯僖公使大夫公子奚斯上新姜嫄之廟下治文公之宮故曰遂因魯僖基兆而營焉善曰史記季友奉公子申立是爲釐公釐與僖同爾雅曰兆域也

遭漢中微盜賊奔突突唐突也詩云昆夷突矣自西京未央建章之殿皆見隳壞未央建章西京二殿之名杜預左氏傳注曰隳毀也而靈光巋然獨存巋然高大堅固貌也善曰孔叢子孔子曰夫山者巋然高意者豈非神明依憑支持以保漢室者也善曰廣雅曰意疑也然其規矩制度上應星宿宿音秀亦所以永安也善曰上應星宿謂觜角陬也賦曰規矩應天上憲觜角陬

何焯泛博物志載王子山與父叔師到泰山從鮑子真學筭

抄提行

予客自南鄙觀藝於魯南鄙荆州也廣雅曰鄙國也藝六經也魯有周公孔子在焉覩斯而眙丑吏切愕視曰眙本爲藝而來見此驚也曰嗟乎詩人之興感物而作見可嗟之物爲作詩作賦故奚斯頌僖歌其路寢而功績存乎辭德音昭乎聲善曰韓詩曰新廟奕奕奚斯所作薛君曰奚斯魯公子也言其新廟奕奕然盛是詩公子奚斯所作也左氏傳司馬侯曰先王務脩德音以亨神人毛詩曰我有嘉賓德音孔昭物以賦顯事以頌宣匪賦匪頌將何述焉遂作賦曰

粤若稽古帝漢祖宗濬哲欽明若順也稽考也言能順天地考行古之道者帝也濬深也哲智也又有深知欽明詩云濬哲維商書云放勳欽明善曰書曰粤若稽古帝堯又曰濬哲文明殷五代之純熙紹伊唐之炎精善曰殷盛也五代周殷夏唐虞也言漢盛於五代純熙之道而紹帝堯火德之運毛詩曰時純熙矣爾雅曰純大也孔安國尚書傳曰熙廣也爾雅曰紹

粤
抄何評作荷
馮衍說鮑永入衍集
抄太
為

繼也詩含神務曰慶都生伊堯孔安國尚書傳曰堯以唐侯升爲天子李尤德陽殿賦曰若炎唐稽古作先東觀漢記序曰漢以炎精布耀或幽而光又馮衍說鮑永曰社稷復存炎精更輝

荷天衢以元亨，廓宇宙而作京。衢道也易曰荷天之衢道大行也元善之長也亨嘉之會也天所覆爲宇中所由爲宙也善曰方言曰張小使大謂之廓鄭玄周易注曰人君在上位負荷天之大道

敷皇極以創業，協神道而大寧。皇極皇建其有極謂得中也協和神明之道而天下大寧皆謂廓漢之盛時也善曰孟子曰君子創業垂統謂可繼也周易曰聖人以神道設教

於是百姓昭明，九族敦序。乃命孝孫，俾侯于魯。善曰尚書曰百姓昭明又曰敦叙九族孔安國曰九族高祖玄孫之親也爾雅曰命告也毛詩曰孝孫有慶又曰建爾元子俾侯于魯

錫介珪以作瑞，宅附庸而開宇。介大也圭長尺二寸謂之介瑞信也諸侯錫大圭以爲瑞信又以爲寶申伯之封（詩崧高）云錫爾介圭以作爾寶古者附庸百里魯五百里之封也成王以周公有大功錫二十四等附庸方

抄烈　抄乎　抄嵣　善曰

七百里以是開居也善曰毛詩曰錫之山川土田附庸又曰大啓爾宇爲周室輔乃立靈光之秘殿配紫微而爲輔詩云秘宮有𠍴紫微至尊宮斥京師也善曰毛萇詩傳曰秘神也西京賦曰思比象於紫微春秋合誠圖曰北辰其星七在紫微中承明堂於少陽昭列顯於奎之分野善曰言承漢明堂而在少陽之位其光昭列顯於奎之分野也爾雅曰分次也漢書曰泰山郡奉高縣有明堂武帝造又曰少陽東方也又曰魯地奎婁之分野也一曰春秋說題辭曰心爲天明堂以布政教言靈光承天之明堂在少陽之地瞻彼靈光之爲狀也則嵯峨嶵罪嵬隗峞巍𡾊㟜皆其形也善曰皆高峻之貌峞羌軌切巍五軌切𡾊盧罪切㟜枯罪切吁可畏乎其駭人也駭驚也故覩斯而眙孔安國尚書傳曰吁疑怪之辭迢嶢倜儻豐麗博敞洞轇轕乎其無垠也又其形也傅廣也敞高平也善曰迢嶢高貌也倜儻非常也上林賦曰張樂乎膠葛之寓郭璞曰言曠遠深邈貌邈希世而特

抄蔚 隆
抄軋 抄崚 張景陽七命注引作嶒崚
巖
抄燭川 川爲仄之誤
嶈ゝ注 抄嶈
陸佐公石闕銘注引而作以

出羌瓌譎而鴻紛羌辭也羌亦乃也善曰瑰異譎詭也甘泉賦曰上洪紛而相錯屹魚乙
山峙以紆鬱隆崛魚勿㠥勿乎青雲屹猶孽也高大貌詩云臨衝茀茀崇墉峙
屹隆屈也西京賦曰終南太一隆屈崔崒崛㠥乎青雲言此物上逮青雲善曰廣雅曰峙止也鬱坱鞅
圠烏黠以嶒七耕㟥宏崱助力繒綾陵而龍鱗崱崱嶷然皆其形也善曰坱圠
無齊限之貌嶒㟥深空貌繒綾不平貌甘泉賦曰嶔巖巖其龍鱗汩于筆磑磑五哀以璀璨赫
燡燡亦而燭坤皆其形貌光輝也善曰汩淨貌磑磑高貌璀璨衆材飾貌燡光明貌燭坤光照
下土狀若積石之鏘鏘又似乎帝室之威神威神言尊嚴也善曰積石
山名西都賦曰激神岳之嶈嶈帝室天帝之室春秋合誠圖曰紫宮太帝室也崇墉岡連以嶺
屬朱闕巖巖而雙立墉牆也善曰李尤德陽殿賦曰朱闕巖巖高門擬于
閶闔方二軌而並入閶闔天門也王者因以爲門善曰二軌謂容兩車也鄭玄儀禮注曰

抄乎

方併也周禮曰應門二轍鄭玄周禮注曰軌謂轍廣於是乎乃歷夫太階以造其堂。俯仰顧眄東西周章造其堂觀其狀而賦之善曰孔安國尚書傳曰造至也彤彩之飾徒何爲乎。澔澔涆涆流離爛漫善曰澔澔涆涆光明盛貌澔古老切。涆古旦切流離爛漫分散遠貌皓壁暠曜以月照丹桂歘絶而電烻霞駮雲蔚若陰若陽。其色狀也善曰暠白也古老切崔駰七依曰丹桂彫牆烻光盛烻弋戰切霍濩燐亂煒煒煌煌善曰采色衆多眩曜不定也霍音霍濩音擭隱陰夏以中處霐寥窲以崢嶸善曰陰夏向北之殿也韋仲將景福殿賦曰陰夏則有望舒涼室亦與此同霐寥窲崢嶸皆幽深之貌霐烏宏切寥魚天切窲音巢鴻爌炾以爣閬飉蕭條而清冷鴻大也爌炾爣朗皆寬明也善曰飉蕭條清涼之貌爌苦晃切炾呼廣切爣土黨切閬音朗動滴瀝以成響。殷雷應其若

抄英

抄以 霄 法同 抄 藹

抄 籍 廚 法同 作

驚善曰言簷霤垂滴瀝繞成小響室內應之其聲似雷之驚也說文曰滴瀝水下滴瀝之也耳嘈嘈以失聽目矘矘而喪精言炫燿也矘矘目不正也善曰埤蒼曰嘈嘈聲衆也廣雅曰矘視也洞簫賦曰愍眸子之喪精矘火縣切駢密石與琅玕齊玉璫與璧英琅玕珠也似玉尚書曰球琳琅玕善曰李軌法言注曰駢並也國語曰天子之室加密石焉韋昭曰密密理謂砥也然彼以密石磨琢此亦爲飾也西都賦曰裁金辟以飾璫璧英辟玉之英也孝經援神契曰玉英玉有英華之色遂排金扉而北入霄靄靄而晻曖言深邃也霄冥也旋室㛹娟以窈窕洞房叫窱而幽邃善曰淮南子曰傾宮旋室在崐崘閶闔之中徐幹七喻曰連觀飛榭旋室迴房旋室曲屋也㛹娟迴曲貌楚辭曰姱容脩態亘洞房西京賦曰望叫窱以經廷西廂踟躕以閑宴西廂西序也踟躕連閣傍小室也閑清閑也可以燕會踟躕或移字善曰踟躕相連貌毛萇傳曰宴安也言安靜也東序重深而奧祕東序東廂也互言之文相避耳爾雅

抄矘　尤云鏗瞑五臣作鏗矘

抄其下有若　尤云驚斯五臣作若驚

詳謂

抄𡸣　別本　抄𡾰　樓　注同　抄樓

抄迢遰　桂　注及別本

曰東西廂謂之序善曰廣雅曰奥藏也字書曰祕寀也屹鏗瞑以勿罔屑黶翳以懿濞寂寞之形也善曰瞑莫耕切魂悚悚其驚斯心㥽㥽而發悸驚斯於此驚也善曰蘇林漢書注曰葸葸懼貌㥽與葸同說文曰悸心動也渠季切悸或爲欷於是詳察其棟宇觀其結構欲安心定意審其事也善曰高誘呂氏春秋注曰結交也構架也規矩應天上憲觜陬應天文星宿也憲法也善曰爾雅曰觜角陬之星營室東壁也毛詩曰定之方中作爲楚宮毛萇曰定營室也觜觿子移切陬子瑜切倔佹雲起嶔崟離摟善曰甘泉賦曰大夏雲譎波詭離摟衆木交加之貌長門賦曰羅丰茸之遊樹離樓梧而相撐倔渠物切佹君委切摟力朱切三閒四表八維九隅室每三閒則有四表四角四方爲八維并中爲九萬楹叢倚磊砢相扶楹柱也善曰磊砢壯大之貌浮柱迢遰以星懸漂嶢峴而枝拄枝柱言無根而倚立也善曰甘泉賦曰抗浮柱之飛榱漂輕貌嶢峴不安之貌峴五

抄遰、

抄桅

抄欑

抄橖

抄蟜　抄黝　抄二字到

尤云搏負五臣作負搏搏入分鼓切

抄鬱

抄枝　枝之誤

結切蒼頡篇曰柱枝也誅僂切飛梁偃蹇以虹指揭遽蘧而騰湊善曰
甘泉賦歷倒景而絶飛梁西都賦曰抗應龍之虹梁崔駰七依曰夏屋遽蘧高也音渠王逸楚辭注曰湊聚也
層櫨磥垝以岌峩曲枅要（上聲）紹而環句善曰說文曰欂櫨柱（構）上枅蒼頡篇曰
枅柱上方木然枅櫨爲一此重言之蓋有曲直之殊爾要紹曲貌
牚杈枒而斜據芝栭山節方小木爲之牚眉梁之上也各長三尺牚或作棖字善曰說文曰栭
枅上梁蒼頡篇曰欑聚也戢孴衆貌孴音乃立切說文曰牚柱也耻孟切杈枒參差之貌杈楚加切枒音牙毛萇
詩傳曰據依也傍夭蟜以橫出互黝糾而搏負善曰夭蟜黝糾特出之貌蟜巨
表切黝於糾切搏負負荷而欑搏也下岪蔚以璀錯上崎嶬而重注善曰岪蔚
特起貌璀錯衆盛貌岪扶弗切崎嶬危嶮貌崎音綺嶬音蟻注猶屬也捷獵鱗集支離分
赴善曰捷獵相接貌支離分散也縱橫駱驛各有所趣善曰縱橫罔散也駱驛不絕

爾乃懸棟結阿天窻綺疎天窻高窻也綺文也疎刻鏤也善曰周書曰明堂咸有四
阿屋四垂也綺疎已見上文圜淵方井反植荷蕖反植者根在上而葉在下爾雅曰荷
芙蕖種之於員淵方井之中以爲光輝善曰鄭玄周礼注曰植根生之屬發秀吐榮菡萏披
敷綠房紫菂窋咤垂珠綠房美蕖之房刻鏤爲之綠色紫菂菂中芍也爾雅曰其中菂
珠珠之寶窋咤也善曰爾雅曰荷其華菡萏菡胡感切菂徒感切菂與芍同音的說文曰窋物在穴中見張滑
切咤亦窋也竹亞切雲楶藻棁龍桷雕鏤雲節畫雲氣爲山節也棁梁上楹又畫水草之
文龍桷書椽爲龍善曰爾雅曰桷謂之節郭璞曰節櫨也楶與節同論語曰山節藻棁包咸曰棁者梁上楹畫
爲藻文鄭玄禮記注曰桷謂之梁楚辭曰仰觀刻桷畫龍蛇飛禽走獸因木生姿爲之
形也善曰高唐賦曰狀似走獸或象飛禽奔虎攫挐以梁倚仡奮亹而軒鬐○
善曰攫挐相搏持也羽獵賦曰熊羆之挐攫張揖漢書注曰梁倚相著也仡舉頭也郭璞曰鬐背上鬣也杜預

抄峙　抄繞

子　蛇無足而騰

抄戴

左氏傳注曰疊動也蚪龍騰驤以蜿蟺頷若動而躨跜善曰杜預左氏傳注曰頷摇頭也牛感切李尤辟雝賦曰万騎躨跜以攫挐躨跜動皃躨音逵跜音尼朱鳥舒翼以峙衡騰虵蟉虬而遶榱榱亦椽也有三名一曰椽二曰桷三曰榱善曰春秋漢含孳曰太一之常居前朱鳥衡四阿之長衡也淮南子曰桁題不枅文字曰騰蟉虬曲貌蟉力鳥切虬巨繞切白鹿孑蜺於欂櫨蟠螭蜿轉而承楣善曰古王子喬碑曰王子喬參駕白鹿雲中遨子蜺延首之貌子甄熱切蜺詣結切方言曰未升天龍謂之蟠龍狡兔跧伏於柎側猨狖攀椽而相追善曰說文曰跧蹴也壯欒切柎音父玄熊舑舕以齗齗卻負載而蹲跠跠踞也善曰舑舕吐舌貌舑吐玷切舕吐暫切蒼頡篇曰齗齒根也牛斤切廣雅曰蹲跠踞也齊首目以瞪眄徒脈脈而狋狋齊首目以瞪眄駢頭而相觀視脈脈狋狋視貌善曰埤蒼曰瞪直證切爾雅曰脈相視也莫革切說文曰狋犬怒貌牛飢切胡人遙

抄雕評作鵰　抄顱

抄慘頻　抄瘁

踞

尤云神仙岳二五臣岳作諤　抄窺　抄眡 眡之別字

抄象

抄鬖

集於上楹儼雅跽而相對仡欺猥以鵰䀢鸕顤顟而睽雎狀若悲愁於危處憯嚬蹙而含悴皆胡夷之畫形也人尊於鳥獸故著在上楹儼雅而相對言敬恭也善曰儼雅跽貌說文曰跽長跪也欺几切欺猥大首也鵰䀢如鵰之視也聲類曰矚驚視也䀢與矚同呼穴切鸕顤顟大首深目之皃鸕鳥交切顤呼交切顟力交切睽雎張目皃孟子曰頻蹙而言嚬蹙足憂貌神仙岳岳於棟間玉女闚窗而下視神女之人又弥高也善曰岳岳立貌李尤函谷關銘曰玉女流眄而下視忽瞟眇以響像若鬼神之髣髴善曰瞟眇視不明之貌說文曰瞟眹也廣雅曰眇莫也響像猶依俙非正形聲也說文曰彷佛相似視不諟也諟與諦同圖畫天地品類羣生雜物奇怪山神海靈寫載其狀託之丹青千變萬化事各繆形隨色象類曲得其情言委曲得情也善曰列子曰千變萬化不可窮極繆形形不同也淮南子曰以鏡視形曲得其情

抄二字到

上紀開闢遂古之初更畫太古開闢之時帝王之君也善曰尚書考靈耀曰天地開闢曜滿舒光楚辭曰遂古之初誰傳道之五龍比翼人皇九頭善曰春秋命歷序曰皇伯皇仲皇叔皇季皇少五姓同期俱駕龍周密與神通號曰五龍又曰人皇九頭提羽蓋乘雲車出暘谷分九河宋均曰九頭九人也提羽蓋鳥之羽伏羲鱗身女媧蛇軀女媧亦三皇也善曰列子曰伏羲女媧蛇身而人面有大聖之德玄中記曰伏羲龍身女媧蛇軀鴻荒朴略厥狀睢盱鴻大也朴質也略野各上古之世爲鴻荒之世也畫其形亦質而略睢盱質朴之形善曰法言曰鴻荒之世聖人惡之尚書璇璣鈐曰帝喾以上朴略有象難傳西京賦曰睢盱跋扈字林曰睢仰目也盱張目也煥炳可觀黃帝唐虞至於煥炳可觀唯黃帝堯舜以來易曰黃帝堯舜垂衣裳而天下治善曰尚書璇璣鈐曰帝堯煥炳隆興可觀軒冕以庸衣裳有殊車曰軒冠曰冕庸用也作此車服以賜有功章有德書曰車服以庸上曰衣下曰裳有功者賞無功者否故曰殊也下及三后婬妃亂主皆畫其形也三后夏殷周也善

光云高徑五臣經作經

陽榭以字或云無

火

曰國語史蘇曰昔夏桀妹嬉有寵而亡夏殷辛妲己有寵而亡殷周幽褒姒有寵周於是乎亡忠臣孝子烈士貞女忠臣屈原子胥之等孝子申生伯奇之等烈士豫讓聶政之等貞女梁寡昭姜之等賢愚成敗靡不載叙善曰列子曰但伏羲以來賢愚好醜成敗是非無不消滅也惡以誡世善以示後善曰家語曰孔子觀於明堂覩四墉有堯舜桀紂之象而各有善惡之狀興廢之誡焉孔叢子子思曰古者則有國史書之以示後也善以爲示惡以爲誡也於是乎連閣承宮馳道周環馳道馳馬之道旋宮而市毛萇詩傳曰年不順成馳道不脩善曰馳道人君所行之道也君必乘車馬故以馳爲名也陽榭外望高樓飛觀大殿無內室謂之榭春秋傳曰宣榭災榭而高大謂之陽長途升降軒檻曼延長途升降閣道上下也軒檻所以開明也善曰上林賦曰長途中宿郭璞曰途樓閣間陛道漸臺臨池層曲九成善曰言重高九層也呂氏春秋曰有娀氏有二佚女爲九成之臺也屹然特立的爾殊形高徑華蓋仰看天庭高徑所徑高亢上至華蓋也善曰楚辭曰

乘 注

突 注同 突當作穾 批窔 批螮蝕 批步

光三巖窔洞出孟巨作巖 穴

批孰

批笣

登華蓋兮乘暘谷荅賓戲曰未仰天庭而覩白日飛陛揭孽緣雲上征善曰揭孽高貌中坐垂景頫視流星言臺之髙自中坐而乘日景也楚辭曰流星墜兮成雨千門相似萬戶如一千門萬戶言衆多也相似如一言皆好也善曰漢書曰建章宮度爲千門萬戶巖突洞出逶迤詰屈善曰子虛賦曰巖突洞房周行數里仰不見日或二或三爲數非正之辭也論語孔子曰加我數年可以學易何宏麗之靡靡咨用力之妙勤善曰小雅曰靡靡細也郭璞方言注曰靡靡細好也妙勤精妙功勤也非夫通神之俊才誰能剋成乎此勳善曰移太常博士曰聖上德通神明漢書曰益州刺史王襄聞王襃有俊才爾雅曰勳功也據坤靈之寶勢承蒼昊之純殼易曰地勢坤蒼昊皆天之稱也春爲蒼天夏爲昊天純大殼中也言魯承天之大中也包陰陽之變化含元氣之烟熅烟熅天地之蒸氣也善曰孫卿子曰陰陽大化周易曰四時變化春秋命歷序曰元氣正

則天地八卦蓍周易曰天地絪緼萬物化醇玄醴騰涌於陰溝甘露被宇而下秦醴泉出地故曰陰溝也善曰春秋元命包曰天樞至得則醴泉出孝經援神契曰德至天則甘露降朱桂黝儵於南北蘭芝阿那於東西黝儵阿那皆茂盛之貌善曰尚書大傳曰德光地序則朱草生礼斗威儀曰君乘金而王其政平則蘭芝常生鄭玄曰主調和也伏儼子虛賦注曰芍藥以蘭桂調食也然蘭既爲瑞桂亦宜同春秋運斗樞曰搖光得陵黑芝朱穆鬱金賦曰丹桂植其東祥風翕習以颯灑激芳香而常芬風之散物如灑颯然及激漑草木出其芳滋故云翕習以灑颯善曰禮斗威儀曰君乘火而王其政平則祥風至翕習盛貌颯素合切神靈扶其棟宇歷千載而彌堅善曰甘泉賦曰神莫莫而扶傾尔雅曰弥益也永安寧以祉福長與大漢而久存實至尊之所御保延壽而宜子孫善曰喪服傳曰天子至尊高唐賦曰延年益壽千萬歲毛詩曰宜爾子孫振振兮苟可貴其若斯孰亦有云而不珍毛萇詩傳曰云言也

抄不提行

抄歘

靄 抄黮

抄硌 尤云礧磈五臣磈作硌 别本作硌 舊注音落

抄以

爾雅曰珍美也

亂曰彤彤靈宮巋䆅穹崇紛庬鴻兮善曰皆高大之貌䆅助軌切庬莫董切鴻胡董切崱屴嵫釐岑崟崰嶷駢巃嵸兮善曰皆峻嶮之貌崱助力切屴音力嵫音兹釐音貍崰音葘嶷音疑連拳偃蹇崘菌踡嵼傍欹傾兮善曰皆特起之貌倫音倫菌巨貧切踡巨免切嵼音產歇欻幽藹雲覆霮䨴洞杳冥兮善曰皆幽邃之貌歇許乞切欻許勿切霮杜感切䨴杜對切葱翠紫蔚礧磈瓌瑋含光晷兮善曰蔚文貌埤蒼曰礧磈礧也礧力罪切磈於賄切郭璞尉山海經注曰礧硌大石也音洛埤蒼曰瓌瑋珍琦也窮奇極妙棟宇已來未之有兮善曰周易曰上棟下宇以庇風雨神之營之瑞我漢室永不朽兮

景福殿賦

洛陽宮殿簿曰許昌宮景福殿七間

何平叔　典略曰何晏字平叔南陽人也尚金鄉公主有奇才頗有材能美容貌魏明帝將東巡恐夏熱故許昌作殿名曰景福既成命人賦之平叔遂有此作平叔爲散騎常侍遷尚書主選後曹爽反爲司馬宣王斬於東市

大哉惟魏世有哲聖武創元基文集大命　武武帝文文帝並見魏都賦毛詩曰世有哲王尚書伊尹曰天監厥德用集大命孔安國曰集王命於其身　皆體天作制順時立政　東都賦曰體元立制順時立政謂依月令而行也禮記曰凡舉事必順其時尚書有立政篇　至于帝皇遂重熙而累盛　魏志曰明皇帝諱叡字元仲文帝太子也生數歲而有岐嶷之姿武皇異之文帝崩即皇帝位東都賦曰至乎永平之際重熙而累洽也　遠則襲陰陽之自然近則本

抄二 抄無
尤云歲三月東巡狩五臣作
歲二月東巡

抄祀
尤云望祠五臣祠作祀

肅

人物之至情周易曰一陰一陽之謂道阮籍通老子論曰道法自然漢書晁錯對策曰討安天下莫不本於人情也上則崇稽古之弘道下則闡長世之善經稽古巳見靈光殿賦尚書序曰謂之三墳言大道也左氏傳曰北宮文子曰有其國家令問長世又隨武子曰兼弱攻昧武之善經庶事既康天秩孔明尚書咎繇曰庶事康哉又曰天秩有禮毛詩曰祀事北明故載祀二三而國富刑清歲三月東巡狩至于許昌魏志明紀曰大和六年三月行幸東巡四月行幸許昌宮春秋說題辭曰國富民康周易曰聖人以順動則刑罰清班固漢書述曰國富刑清尚書曰歲二月東巡狩至于岱宗柴望祠山川考時度方存問高年率民耕桑禮記王制曰歲二月東巡狩望祠山川問百年者就見之考時月定禮樂制度衣服正之史記曰撫萬民度四方王齊曰漢定四方而安撫之司馬彪續漢書曰凡郡國掌治民嘗以春行所至縣勸民農桑越六月既望林鍾紀律大火昏正桑梓繁

抄蕪

抄上有相與
尤云感乎溽暑五臣多
相與字

注飭及别本
抄飾

廡大雨時行尚書曰惟五月既望孔安國曰十五日日月相望也又越於也禮記曰季夏之月昏火中又曰律中林鍾是月也大雨時行尚書曰廡草蕃廡三事九司宏儒碩生三事三公也毛詩曰三事大夫莫肯夙夜九司九卿也春秋漢含孳曰九卿象河海劇秦美新曰耆儒碩老尒雅曰宏碩大也感乎溽暑之伊鬱而慮性命之所平禮記曰季夏是月也土潤溽暑伊鬱煩熱貌周易曰乾道變化各正性命家語孔子對魯哀公曰分於道謂之命形於一謂之性王肅曰分於道始得爲人也各受陰陽剛柔之性故曰形於一惟岷越之不靜寤征行之未寧岷越吴蜀二境也尚書曰西土人亦不靜也乃昌言曰昔在蕭公暨于孫卿皆先識博覽明允篤誠尚書曰禹拜昌言蕭公何也荀卿子曰宮室臺榭以近燥濕養德別輕重也長笛賦序曰博覽典雅左氏傳曰高陽氏有才子明允篤誠莫不以爲不壯不麗不足以一民而重威靈不飭飾不美不足以訓後而

抄響

范書獻帝紀無此文章懷注引有劉艾獻帝紀

永厥成。漢書曰蕭何治未央宮上見其壯麗甚怒何曰天子以四海爲家非令壯麗亡以重威且亡令後世有以加也賈逵注國語曰夫君人者不飾不美不足以一民國語屈建曰不可以訓後嗣不可以私欲干國毛詩曰我客戾止永觀厥成故當時享其功利。後世賴其英聲。杜預左氏傳注曰享受也史記司馬季曰助上養下多其功利封禪書曰飛英聲且許昌者乃大運之攸戾。圖讖之所旌。獻帝紀曰太史丞許芝奏故白馬令李雲上書曰許昌氣見於當塗高者昌於許當塗高者魏也今魏基昌於許漢微絶於許春秋元命包曰許昌爲周當塗春秋説題辭曰大運在五維書摘云辝曰五德之運杜預左氏傳注曰戾定也賈逵國語注曰旌表也苟德義其如斯。夫何宮室之勿營。帝曰俞哉。廣雅曰何問也尚書帝曰俞孔安國曰俞然也玄輅既駕。輕裘斯御。禮記曰孟冬之月天子乘玄輅又曰是月也天子始裘論語子曰衣輕裘蔡邕月令章句曰凡衣服加於身曰御乃命有司禮儀是具禮記曰乃命有司漢書景帝詔曰禮官具禮儀審量日力詳度貴務漢書曰王延世功費約省用日力寡孫子曰必先筭其費務鳩經始之黎民輯農功之暇豫左氏傳郯子曰以鳩其民爾雅曰鳩聚也毛詩曰經始靈臺孔安國尚書傳曰黎衆也又輯集也左氏傳呂相絕秦曰芟夷我農功國語優施曰我教暇豫之事君韋昭曰暇間也豫樂也因東師之獻捷。就海孽之賄賂。魏志明帝六年九月脩許昌宮十月田豫討大將周賀於成山殺賀東師獻捷蓋謂此也左氏傳曰文侯來獻戎捷漢書曰蟲豸之妖謂之孽以吳僻居海曲而稱亂故曰海孽魚列切爾雅曰賄財也立景福之秘殿。備皇居之制度。魏志明紀曰脩許昌宮起景福殿魯靈光殿賦曰立靈光之秘殿爾乃豐層覆之耽耽建高基之堂堂西京賦曰大廈耽耽史記曰楚國堂堂之大也羅疏柱之汩王筆越肅坻直夷鄂五各之鏘鏘羅列也疏柱畫柱也汨越光明貌坻殿基也鄂垠鄂也西京賦曰坻鍔潾眴飛櫚翼以軒翥反宇巘

參 抄晧睥 抄緣 抄棿

魚禁以高驤西京賦曰反宇業業飛櫩轆轆又曰鳳鶱翥於甍標西都賦曰荷棟桴而高驤流羽
毛之威蕤垂環玼之琳琅言宮室以羽毛爲飾文垂環玼及琳琅也西都賦曰翡翠
火齊威蕤羽毛之皃爾雅曰肉好若一謂之環說文曰玼珠也蒲眠切參旗九旒從風飄
揚周禮曰熊旗六斿以象伐毛萇詩傳曰參伐也然伐一星以旗象參故曰參旗周易曰龍旗九旒今云參
旗九旒蓋一指旗名一言旒數可以相明也皓皓旰旰丹彩煌煌旰旰煌煌皆盛貌
故其華表則鎬鎬杲鑠鑠赫奕章灼若日月之麗天也華表謂華飾屋外之表也鎬鎬鑠鑠赫奕章灼皆謂光顯昭明也周易曰日月麗乎天鎬古皓切鑠舒藥切
其奧秘則蘙蔽曖昧髣髴退概若幽星之纚連也魯灵
光殿賦曰西序重深而奧秘翳蔽曖昧髣髴退概皆謂幽深不明也幽猶夜也曖音愛概古愛切纚相連之皃
力氏切旣櫛比明逸而攢集又宏璉以豐敞毛詩曰其比如櫛璉未詳一曰

抄燿

抄或許云鈙或作郁

抄二字到　抄巍

抄跱

抄燿

宏連大連衆木也王逸楚辭注曰横木關柱爲連褳與連古字通兼苞博落不常一象博落謂所繞者廣也郭璞山海經注曰絡繞也落與絡古字通遠而望之若摛朱霞而燿天文迫而察之若仰崇山而戴垂雲廣雅曰摛舒也宋衷易緯注曰天文者謂三光王褒甘泉賦曰却而望之鬱乎似積雲就而察之䨴乎若太山羌瓌瑋以壯麗紛彧彧其難分此其大較角也南都賦曰紛郁郁其難詳大較猶大略也孔安國尚書傳曰大較三品也若乃高甍萌崔嵬飛宇承霓薛綜西京賦注曰甍棟也緜蠻黮徒感䨴徒會隨雲融泄韓詩曰緜蠻黃鳥薛君曰緜蠻文貌黮䨴黑貌黮徒感切䨴徒對切融泄動貌也鳥企山峙若翔若滯言屋形高竦如鳥之企如山之竦若翔若滯山鳥之貌毛詩曰如鳥斯企說文曰企舉踵也去鼓切魯靈光殿賦曰屹山峙以紆鬱峨峨嶫業嶫罔識所屆西京賦曰嵯峨捷業罔識所則雖離朱之至精猶眩曜

殷 據注引詩傳當如此

而不能昭晰也趙岐孟子章句曰離朱即離婁也淮南子曰離朱之明察箴末於百步之外箴古針字王逸楚辭注曰眩曜惑亂貌說文曰昭晰明也晰之逝切爾乃開南端之豁達張筍虡之輪囷凡正門皆謂之端門春秋說題辭曰血書魯端門豁達門通之貌輪囷其形也華鍾杌其高懸悍獸仡以儷陳言端門之內爲筍以懸華鍾又植悍獸爲虡以負之仡然相對而陳列之東都賦曰鐙華鍾獸負鍾巳見西京賦何休公羊傳注曰仡然壯勇貌賈逵國語注曰儷偶也儷力計切體洪剛之猛毅聲訇普安磤其若震音眞毛詩傳曰磤雷聲也於謹切爰有遐狄鐐質輪菌遐狄即長狄也以鐐爲質輪菌然也爾雅曰白金謂之銀美者謂之鐐郭璞曰音遼廣雅曰質軀也輪音倫菌其旻切坐高門之側堂彰聖主之威神言爲金狄坐於高門側堂之中以明聖主之有威神晏子曰景公坐於堂側芸若充庭槐楓被宸禮記曰仲冬之月芸始生鄭玄曰芸香草也若杜若也何休公羊傳注曰充蒲也槐楓

名

尤云厥庸五臣庸作用　抄趍

二趨叚趍

抄髹旁注髤

二木名說文曰宸屋宇也音辰綴以萬年綷以紫榛賈逵國語注曰綴連也晉宮閣銘曰華林園萬年樹十四株綷猶雜也毛詩曰山有紫榛毛萇曰榛木名或以嘉名取寵或以美材見珍萬年嘉名之屬紫榛美材之屬結實商秋敷華青春禮記曰孟秋之月其音商楚辭曰青春爰謝王逸曰青東方爲春位其色青藹藹萋萋馥馥芬芬爾其結構則脩梁彩制下褰上奇脩梁跨迴故曰褰衆彩殊制故曰奇徐爰射雉賦注曰褰開也說文曰奇異也桁梧複疊勢合形離桁梁上所施也桁與衡同梧柱也音悟赩如宛虹赫如奔螭宛虹奔螭梁上之飾也如淳漢書注曰宛虹屈虹也南距陽榮北極幽崖宜任重道遠厥庸孔多言椽栱交結南自陽榮而北至幽崖故云任重道遠其功甚多多當爲趨廣雅曰趨多也紙移切郭璞上林賦注曰榮屋南簷也在南曰陽論語曰任重而道遠於是列髹休彤之繡桷垂琬琰之文璫

抄斑即班字

尤云飛柳五臣柳作昂印

尤云飛險五臣險作隘

言楄以緜漆飾之而爲藻繡以琬琰之五而爲文璫漢書曰殿上緜周禮曰王之喪車緜飾鄭玄曰赤多黑少謂之緜韋昭曰刷漆爲緜尚書曰弘璧琬琰在西序上林賦曰華欀璧璫蝹於云若神龍之登降灼若明月之流光神龍繡桷也明月文璫也薛綜西京賦注曰蝹龍貌爰有禁楄補沔勤分翼張楄附陽馬之短桷也說文曰楄署也扁從戶冊者署門戶也楄署雖殊爲文之義則一也扁與楄同一音必緜切冊楚責切勤分翼張言如獸勤之分鳥翼之張釋名曰勤與肋古字通承以陽馬。接以貟方陽馬四阿長桁也禁楄列布承以陽馬衆材相接或貟方也馬融梁將軍西第賦曰騰極受檐陽馬承阿班間賦白。疎密有章。廣雅曰斑分也毛萇詩傳曰賦布也考工記曰畫繢之事赤與白謂之章飛枊鳥踊雙轅是荷飛枊之形類鳥之飛又有雙轅任承檐以荷衆材今人名屋四阿栱曰欂枊也劉梁七舉曰雙轅覆井芰荷垂英枊吾郎切赴險凌虗其衆材相加或凌虗赴嶮獵捷相接之貌獵捷相加皎皎白間離離列錢白閒

騧徙今所謂螺旋形
尤云騧徙五臣徙作徒
抄懸
抄鞢
抄蘞印茬頷之誤
茬頷注

青瑣之側以白塗之今猶謂之白間列錢金釭也西京賦曰金釭銜璧是爲列錢晨光內照流景外㷿延晨光日景也日光照於室中而流景外發而延起也西都賦曰激日景而納光㷿起貌式延切烈若鉤星在漢煥若雲梁承天言宮殿烈然光明若鉤星之在河漢煥然高廣又似雲梁而承於天也廣雅曰辰星或謂之鉤星雲梁以雲爲梁也騧徙增錯轉縣成郛騧或爲蝸言合衆板上爲井欄而形文錯若蝸之徙遞轉縣之各成郛郭茄蔤倒植吐被芙蕖爾雅曰荷芙蕖其莖茄其本蔤郭璞曰莖下白蒻在泥中者蔤音密蒼頡篇曰植種也繚了以藻井編以綷子會疏紅葩華甲、胡甲鞶華甲直丹綺離婁力俱反廣雅曰繚繞纏也西京賦曰蔕倒茄於藻井披紅葩之狎獵又曰何工巧之瑰瑋交綺豁以疏寮綷疏謂繪五彩於刻鏤之中離婁刻鏤之貌劉向熏爐銘曰彫鏤萬獸離婁相加菡萏𦺁翕纖縟紛敷菡萏已見上文頷與菡同說文曰縟采飾也繁飾累巧不可勝書廣雅曰勝舉也言不可勝而書於

抄窶

抄瓅

本賦作以

是蘭栭積重窶數矩設蘭木蘭也以木蘭爲栭言蘭栭重疊交互以相承有似窶數故借其名焉蘇林漢書注曰窶數四股鉤窶其矩切數所柱切櫼子燕櫨各落以相承欒栱夭蟜而交結櫼即柳也櫼子廉切說文曰櫨柱上栭也薛綜西京賦注曰欒柱上曲木兩頭受櫨者栱欒類而曲也天蟜欒栱長壯之貌蟜其天切金楹齊列玉舃承跋金楹金柱也而以玉礩承柱之跋也西京賦曰彫楹玉舃廣雅曰磶礩也禮記曰燭不見跋鄭玄曰跋本也方末切青瑣銀鋪是爲閨闥言以青鎖銀鋪是爲閨闥之飾漢書曰赤墀青瑣銀鋪以銀爲鋪首也長門賦曰擠玉戶而撼金鋪雙枚既脩重桴乃飾雙枚屋內重檐也重桴重棟也在內謂之雙枚在外謂之重桴言重檐既長因達于外而爲重棟以施采飾也枚莫回切梍梠緣邊周流四極言以梍梠緣屋邊隅周市流移至於四極說文曰梍梠秦名屋緜聯楚謂之梠也梍頻移切侯衛之班藩服之職言梍梠之居四極若五服之鎮外藩也周書有侯衛藩服小雅曰班

以也温房承其東序涼室處其西偏温房涼室二殿名卞蘭許昌宮賦曰則有超舒涼室羲和温房然卞何同時今引之者轉以相明也他皆類此開建陽則朱炎豔啓金光則清風臻建陽門在東金光在西白虎通曰炎者太陽韋仲將景福殿賦曰昭剛義於金光崇柔惠於建陽爾雅曰臻至也故冬不淒寒夏無炎燀言寒暑猶門故無寒燀之患毛萇詩傳曰淒寒風也國語太子晉曰水無沉氣火無炎燀韋昭曰燀炎起貌昌延切鈞調中適可以永年呂氏春秋曰衷也者適也高誘曰適中也舞賦曰永年之術墉垣碭基其光昭昭爾雅曰牆謂之墉說文曰碭文石也徒浪切昭之紹切周制白盛今也惟縹墉之色也周禮曰掌蜃共白盛之蜃鄭玄注曰盛猶成也謂飾墉使白之蜃也今東萊用蛤謂之叉灰劉梁七舉曰丹墀縹壁紫柱紅梁落帶金釭此焉二等落帶壁帶也而交落之上施金釭而爲二等漢書曰昭陽舍其壁帶往往爲黃金釭函藍田璧明珠翠羽往往而在漢書曰昭陽舍

繪注同 抄繪 抄章

會

恩

抄覲 尤云五臣觀作覲

往往明珠翠羽飾之欽先王之允塞悅重華之無爲尚書曰重華濬哲文明溫恭允塞孔安國曰舜有深智文明溫恭之德信充塞四表上下也論語曰無爲而治者其舜也歟命共工使作繢明五采之彰施尚書帝曰垂命汝作共工又曰予欲觀古人之象作會宗彝以五采彰施于五色作服汝明鄭玄曰繢讀曰繪凡畫者爲繪胡對切圖象古昔以當箴規韋昭國語注曰箴箴刺王闕鄭玄毛詩箋曰規正圓之器以思親正君曰規也椒房之列是準是儀漢舊儀曰皇后稱椒房詩曰椒聊之實蔓延盈升美其繁興也觀虞姬之容止知治國之佞臣列女傳曰齊虞姬者名損之齊威王之姬也威王即位諸侯並侵之其佞臣周破胡專權擅勢嫉賢妒能即墨大夫賢而日毀之阿大夫不肖反日譽之虞姬謂王曰破胡讒諛之佞臣也不可不退齊有北郭先生者賢明於道可置左右王乃封即墨大夫以萬戶烹阿大夫與周破胡遂收故侵地齊國大治見姜后之解珮寤前世之所遵列女傳曰周宣王姜后者齊侯之女宣王

男　流

之后也宣王嘗夜卧而晏起后夫人不出於房姜后既出乃脫簪珥待罪於永巷使其傅母通言於王曰妾不才妾之淫心見矣致君王失禮而晏朝注云永巷堂塗是也

賢鍾離之讜言懿楚樊之退身

列女傳曰鍾離春者齊無鹽邑之女也爲人極醜自詣宣王願乞一見宣王召見之乃舉手拊膝曰殆哉殆哉宣王曰願聞命對曰今西有横秦之患南有强楚之讎春秋四十壯勇不立此一殆也漸臺五層萬民疲困此二殆也賢者伏匿山林諂諛强於左右此三殆也酒漿沉湎以夜繼日女樂俳優縱横大笑此四殆也宣王喟然而歎寡人之殆幾不全拜無鹽君以爲王后漢書成帝曰久不見班生今日復聞讜言聲類曰讜善言也列女傳曰楚莊王樊姬者楚莊王之夫人也王嘗聽朝而罷晏樊姬曰何罷之晏也王曰今旦與賢者語樊姬曰王之所謂賢者諸侯之客與將國中士也王曰虞丘子也樊姬掩口而笑曰妾幸得充後宮妾所進者九人今賢於妾者二人與妾同列者七人今夫虞丘子之相楚十餘年矣其所薦者非其子孫則族昆弟未嘗聞其進賢而退不肖夫知賢而不進是不忠也若不知賢是無知也豈可謂賢哉

嘉班妾之

詩

辛辭去輦偉子孟母之擇鄰漢書曰成帝遊於後庭嘗與班婕妤同輦婕妤辭曰三代末主乃有
嬖女今欲同輦得無近似之列女傳曰孟軻母者即孟子母也號曰孟母其舍近墓孟子之少也嬉戲爲墓間
之事踊躍築埋孟母曰此非所以居處子也乃去舍市傍其子嬉戲爲賈又曰此非所以居處子也乃舍學官
之傍其子遊戲乃設俎豆揖讓進退曰此可以居子遂居及孟子長學六藝卒成大儒故將廣智。
必先多聞。文子曰聰明廣智守以愚多聞博辯守以儉國語曰晉公使趙衰爲卿辭曰胥臣多聞臣
不若也多聞多雜。多雜眩眞。楊子曰雜乎雜人病多知爲雜惟聖人爲不雜賈逵國語
注曰眩惑也不眩焉在。在乎擇人。左氏傳士文伯謂晉侯曰務三而已一曰擇人杜預
曰擇賢人也故將立德必先近仁言將欲立德必先近於仁賢也左氏傳穆叔曰太上
立德禮記曰力行近乎仁也欲此禮之不僭去乾是以盡乎行道之先
民大戴禮記曰禮義之不僭何恤人言禮記孔子曰行道之人國語曰古曰在昔昔曰先民也朝覲

連

尤云邳張五臣作披張
本賦引無檻字欄作
蘭

抄巚

夕覽何與書紳言朝夕觀覽圖畫何如書紳若乃階除連延蕭曼雲征蕭曼蕭條曼延言高遠也西京賦曰途閣雲曼魯靈光殿賦曰飛陛揭孽緣雲上征櫺檻邳張鉤錯矩成西京賦曰伏櫺檻而頫聽薛綜曰櫺檻臺上欄也邳或為丕孔安國尚書傳曰丕大也鉤以正曲矩以正方也莊子曰曲者不以鉤方者不以矩錯猶治也楯類騰蛇槢音習似瓊英榮楯彫鏤形類騰蛇衆槢文采又似瓊英越絕書曰越王句踐欲伐吴大夫文種於是作榮楯嬰以白璧鏤以黃金狀類龍蛇以獻吴王一曰應劭漢書注曰楯欄橫也司馬彪莊子注曰槢械楔也瓊英玉英也此既施之於櫺檻然凡楔皆謂之槢辭立切楔先結切如螭之蟠虯之停廣雅曰無角曰螭龍有角曰虯龍蟠已見上文玄軒交登光藻昭明司馬彪上林賦注曰軒楯下板也上加漆故曰玄軒楯階除之欄故曰交登鄭玄周禮注曰登升也騶虞承獻素質仁形言為騶虞以乘軒板狀軒軒然毛毳詩傳曰騶虞白虎黑文毛詩序曰仁如騶

昭 別本

孝 別本

虞則王道成矣劉熙孟子注曰獻猶軒軒在物上之稱也廣雅曰質地也彰天瑞之休顯照遠戎之來庭司馬相如封禪書騶虞頌曰厥塗靡從天瑞之徵王褒四子講德論曰南郡獲白虎是以北狄賓也陰堂承北方軒九戶在北故曰陰堂也方軒併窓也西京賦曰九戶開闢右个清宴西東其宇杜預左氏傳注曰个東西廂也清宴殿名韋誕景福殿賦曰離殿別館槩如列星安昌延休清宴永寧連以永寧安昌臨圃洛陽宮殿簿曰許昌宮永寧殿七間安昌殿十間臨圃殿名遂及百子後宮攸處韋誕景福殿賦曰美百子之特居嘉休祥之令名鄭玄毛詩箋曰大姒十子衆妾則宜百子其殿之名蓋取於此處之斯何窈窕淑女毛詩曰窈窕淑女君子好仇思齊徽音聿求多祜毛詩曰思齊大任文王之母又曰大姒嗣徽音則百斯男又曰靡有不克自求伊祜其祜伊何宜爾子孫宜爾子孫已見上文克明克哲克聰克敏蔡邕橋玄碑曰克明克哲實叡實聰毛詩曰農夫克敏

莫

杪碎　夏雅　軌

永錫難老，兆民賴止。錫之以難老，令其壽考。毛詩曰：既飲旨酒，永錫難老。尚書曰：一人有慶，兆民賴之。於南則有承光前殿，賦政之宮。洛陽宮殿簿曰：許昌宮承光殿七間。納賢用能，詢道求中。西東京賦曰：表賢簡能。毛萇詩傳曰：親戚之謀爲詢也。疆理宇宙，甄陶國風。左氏傳齊賓媚人謂晉人曰：先王疆理天下。楊子法言曰：甄陶天下，其在和乎。李軌曰：埏埴爲器曰甄陶。王者亦甄陶其民也。埏，失然切。雲行雨施，品物咸融。周易曰：雲行雨施，品物流形。融猶通也。其西則有左城右平，講肆之場。七略曰：𧷤鞠者，傳言黃帝所作。王者宮中必左城而右平。城猶國也。言有國當治之也。𧷤鞠亦有治國之象。左城而右平侯權。景福殿賦曰：乃造彼鞠室，講肆謂習武也。賈逵國語注曰：肄，習也。二六對陳，殿翼相當。二六，蓋鞠室之數，而室有一人也。李尤鞠室銘曰：圓鞠方牆，放象陰陽。法月衡對，二六相當。卞蘭許昌宮賦曰：設御坐於鞠域，觀奇材之曜暉。翻二六對而講功，体便捷其若飛。僻脫承便，蓋象戎兵。

言相僻脫似承敵人之便以象戎兵習戰之術也七略曰蹋鞠兵勢也漢書音義曰捽胡若今相僻卧輪之類僻匹亦切察解言歸譬諸政刑將以行令豈唯娛情言察之既解而各言歸斯實譬之政刑非爲戲樂而巳七略曰蹋鞠其法律多微意皆因嬉戲以講練士至今軍士羽林無事使得蹋鞠帰田賦曰聊以娛情鎮以崇臺寔曰永始永始臺名倉廩所居也韋仲將景福殿賦曰時襄羊以劉覽步華輦於永始知稼穡之艱難壯農夫之克敏複閣重闈猖狂是俟莊子曰猖狂妄行也京庾之儲無物不有毛詩曰曾孫之庾如坻如京鄭玄曰庾露積穀也西京賦曰于何不有不虞之戒於是焉取言有不虞之戒取京庾以給之周易曰君子以除戎器戒不虞爾乃建凌雲之層盤浚虞淵之靈沼凌雲層盤名也爲之以承甘露也虞淵靈沼名也韋仲將景福殿賦曰虞淵靈沼淥水決決毛詩曰王在靈沼清露瀼瀼淥水浩浩清露層盤之露也毛詩曰零露瀼瀼而羊切尚書曰浩浩滔天樹以

抄槃

抄綠

嘉木植以芳草西京賦曰嘉木樹庭芳草如積悠悠玄魚皠皠白鳥孔叢子孔子歌曰黃河洋洋悠悠之魚毛詩曰白鳥翯翯毛萇曰翯翯肥澤也翯與皠音義同沈浮翱翔樂我皇道言魚鳥得所若乃虯龍灌注溝洫交流言爲虯龍之形吐水灌注以成溝洫交橫而流東征賦曰望河洛之交流陸設殿館水方輕舟爾雅曰大夫方舟郭璞曰併兩船篁棲鶂鷺瀨戲鰋鮋音由服虔漢書注曰篁叢竹也鶂鷺二鳥名鰋鮋二魚名豐侔淮海富賑山丘字林曰侔齊等也馮衍爵銘曰富如江海孫卿子曰節用裕民且有富厚丘山之積矣爾雅曰賑富叢集委積焉可殫籌鄭玄周禮注曰少曰委多曰積儀禮注曰籌筭也雖咸池之壯觀夫何足以比讎春秋漢含孳曰咸池主五穀宋均曰咸池取池水灌注生物以爲名也元命包曰其星五者各有職以蓄積爲作恃五穀爾雅曰讎匹也視周切於是碣以高昌崇觀表以建城峻廬薛綜東京賦注

抄階
本賦作除

尤本頫眺五臣作俯看

謂九野也

曰高昌建城二觀名也韋仲將景福殿賦曰北看高昌邪睨建城碣揭同岧嶤岑立崔嵬巒居爾雅曰山小而高曰岑又曰巒山隨墮郭璞曰山形長狹者荊州謂之巒飛閣干雲浮堦乘虛西都賦曰脩塗飛閣西京賦曰干雲霧而上達浮堦飛陛也遙目九野遠覽長圖謂建城也淮南子曰上通九天下貫九野高誘曰九天八方中央九野亦如之周禮曰遂人掌邦之野以土地之圖經田野頫眺三市孰有誰無謂高邑也韋仲將景福殿賦曰踐高昌以北眺臨列隊之京市周禮曰大市日仄而市朝市朝時爲市夕市夕時爲市孟子曰古之爲市以其所有易其所無者觀農人之耘耔亮稼穡之艱難惟饗年之豐寡思無逸之所歎毛詩曰或耘或耔黍稷薿薿尚書無逸周公曰嗚呼君子所其無逸先知稼穡之艱難乃逸又曰我聞在昔殷王中宗享國七十有五年高宗之享國五十有九年自是厥後立王生則逸或五六年或四三年感物衆而思深因居高而慮危謂三市也感猶思也周易曰日中爲市聚

注

杪　樂　方

天下之貨又曰君子安而不忘危惟天德之不易懼世俗之難知周易曰用
九天德不可爲首也尚書曰爾亦弗知天命不易也觀器械之良窳以主察俗化之
誠僞文子曰器械不惡而職事不慢也鄭玄禮記曰器械禮樂之器及兵甲也史記曰舜陶河濱器不苦
窳晉灼曰窳病也班固漢書贊曰孝宣之治至於器械自元成間鮮能及之亦足以知吏稱其職民安其業贍
貴賤之所在悟政刑之夷陵晏子春秋景公謂晏子曰子之宅近市則識貴賤乎
對曰既竊利之敢不識乎公曰何貴何賤是時也景公繁於刑晏子對曰踊貴而屨賤公是以省刑孔安國尚
書傳曰夷平也陵險也亦所以省風助教豈惟盤樂而崇侈靡
省風觀器械也國語伶州鳩曰天子省風以作樂助教察政刑也班固漢書述曰威實輔德刑亦助教子虛賦
曰奢言淫樂而顯侈靡也屯坊列署三十有二星居宿陳綺錯鱗比
聲類曰坊別屋也方與坊古字通釋名曰坊別屋名星散也列位布散也宿星宿也比比相次也扶至切辛

而衍 ○據注二皆羨文 不衍

壬癸甲爲之名秩辛壬癸甲十干之名今取以題坊署以別先後也房室齊均堂庭如一出此入彼欲反忘術廣雅曰術道也惟工匠之多端固萬變之不窮楚辭曰亦多端而膠加又曰萬變之情豈其可盡物無難而不知乃與造化乎比隆列子曰穆王見偃師歎曰人之巧乃與造化同功造化已見東都賦注雖天地以開基並列宿而作制制無細而不協於規景作無微而不違於水臬五結切無細不合皆言合也無微而違言不違也周禮匠人建國水地以縣置槷以縣眡其景爲規識日出之景與日入之景鄭玄曰於四角立植而縣以水望其高下高下既定乃爲位而平地也槷古文臬假借字也於所平之地中樹八尺之臬以縣正之眡之其景將以正四方也故其增構如積植木如林區連域絶葉比枝分離背別趣騈田胥附離背別趣各有所施也騈田胥附羅列相著也縱横踰延各有

下有脫

抄璘　尤袤云五臣作璘　璘

攸涉公輸荒其規矩匠石不知其所斲墨子曰公輸般為雲梯鄭玄禮記注曰公輸若匠師也般若之族多技巧也孔安國尚書傳曰荒廢也莊子曰匠石之齊見櫟社樹觀者如市匠伯不顧司馬彪曰匠石字伯說文曰斲竹句切既窮巧於規摹何彩章之未殫爾乃文以朱綠飾以碧丹言既極規摹之巧而未盡采章之盛故文之以朱綠而飾之以碧丹也傳毅七激曰文以朱綠殫下或有駭字非也點以銀黃爍以琅玕黃謂黃金漢書音曰楊僕懷銀黃也光明熠以入爚火藥文彩璘班說文曰熠盛光也爚火光也埤蒼曰璘璘文貌清風萃而成響朝日曜而增鮮雖崐崘之靈宮將何以乎侈旃穆天子傳曰天子升於崐崘之丘觀黃帝之宮規矩既應乎天地舉措又順乎四時太玄經曰天道成規地道成矩文子曰舉措廢置不可不審順乎四時即順時立政也是以六合元亨九有雍熙呂氏春秋曰神

抄堙

通乎六合高誘曰四方上下爲六合元亨已見上文毛
詩曰方命厥后奄有九有毛萇曰九有九州也東京賦
曰上下共其雍熙尚書曰黎民於變時雍又曰庶績咸熙家懷克讓之風人詠康哉
之詩尚書曰允恭克讓又咎繇乃歌曰元首明哉股肱良哉庶事康哉莫不優游以自
得故淡泊而無所思毛詩曰優哉游哉鄭玄曰優游自安止也東都主人曰莫不優游而
自得玉潤而金聲淮南子曰所謂有天下者自得而已老子曰道之出口淡乎其無味說文曰泊無爲也莊子
曰知反於帝宮見黃帝而問焉曰何思何慮則知道黃帝曰無思無慮則知道也歷列辟而論功
無今日之至治直之反封禪書曰歷選列辟李尤平樂觀賦曰披典籍以論功蓋罔及乎大漢莊
子曰容成氏大庭氏若此時至治也彼吳蜀之湮滅固可翹足而待之封禪
書曰湮滅而不稱新序趙良謂商君曰君亡可翹足而待也廣雅曰翹舉也然而聖上猶孜
孜靡忒求天下之所以自悟孟子曰雞鳴而起孳孳爲善者舜之徒也孳與孜同

鄭玄毛詩箋曰惑變也家語魯君曰微夫子寡人無由自悟也招忠正之士開公直之路漢書谷永上書曰崇諫爭之官廣開忠直之路想周公之昔戒慕咎繇之典謨。周公昔戒謂無逸也咎繇典謨謂康哉之歌也除無用之官省生事之故史記曰吳起如楚損不急之官漢書蕭望之曰生事於外夷漸不可長公羊傳曰遂者何生事也何休曰生猶造也賈逵國語注曰故謀也絶流遁之繁禮反民情於太素。淮南子曰凡亂之所由生者皆在流遁流遁之所生者五或遁於木或遁於水或遁於土或遁於金或遁於火民五者一足以亡天下也說文曰遁遷也尚書曰禮煩即亂太素樸素也東都賦曰昭節儉示太素故能翔岐陽之鳴鳳納虞氏之白環國語周內史過曰周之興也鸑鷟鳴於岐山世本曰舜時西王母獻白環及珮蒼龍覿於陂塘龜書出於河源魏志文紀曰青龍見於摩陂魏略文紀曰神龜出於靈池東京賦曰龜書畀姒班固漢書贊曰漢使窮河源也醴泉涌於池

抄明
尤亡總神靈五臣作神明
抄祜
祜注同○據注訓福改

圃靈芝之生於丘園魏志曰延康元年醴泉出芝草生於樂平郡揔神靈之貺祐集華夏之至歡王逸楚辭注曰揔合也春秋元命包曰通三靈之貺長楊賦曰受神人之福祐爾雅曰貺賜也祐福也尚書曰華夏蠻貊方四三皇而六五帝曾何周夏之足言鄭玄毛詩箋曰方且也燕丹子夏扶謂荆軻曰何以教太子軻曰高欲令四三王下欲令六五霸於君何如也

文選卷第十一

壬戌六月廿五日乙夜　侃覽